大魚讀品
BIG FISH BOOKS

让日常阅读成为砍向我们内心冰封大海的斧头。

THE OXFORD SHAKESPEARE
MACBETH

麦克白

· 牛津版莎士比亚 ·

[英] 威廉·莎士比亚 _ 著
[英] 斯坦利·韦尔斯 _ 主编 [英] 尼古拉斯·布鲁克 _ 编
朱生豪 樊淑英 李平 _ 译

中国友谊出版公司

图书在版编目（CIP）数据

麦克白/（英）威廉·莎士比亚著；（英）斯坦利·韦尔斯主编；（英）尼古拉斯·布鲁克编；朱生豪，樊淑英，李平译. -- 北京：中国友谊出版公司，2024.4
（牛津版莎士比亚）
ISBN 978-7-5057-5778-3

Ⅰ.①麦… Ⅱ.①威…②斯…③尼…④朱…⑤樊…⑥李… Ⅲ.①悲剧-剧本-英国-中世纪 Ⅳ.
①I561.33

中国国家版本馆 CIP 数据核字 (2024) 第 000984 号

著作权合同登记号　图字：01-2024-0769

THE TRAGEDY OF MACBETH: THE OXFORD SHAKESPEARE
by William Shakespeare and edited by Nicholas Brooke
Copyright © Oxford University Press 1990
This translation is published by arrangement with Oxford University Press through Andrew Nurnberg Associates International Ltd.
Simplified Chinese copyright © 2024 by Beijing Xiron Culture Group Co., Ltd.
Beijing Xiron Culture Group Co., Ltd. is solely responsible for this translation from the original work and Oxford University Press shall have no liability for any errors, omissions or inaccuracies or ambiguities in such translation or for any losses caused by reliance thereon.
All rights reserved.

书名	麦克白
作者	［英］威廉·莎士比亚
编者	［英］斯坦利·韦尔斯 主编　［英］尼古拉斯·布鲁克 编
译者	朱生豪　樊淑英　李平
出版	中国友谊出版公司
发行	中国友谊出版公司
经销	新华书店
印刷	河北鹏润印刷有限公司
规格	880 毫米 × 1230 毫米　32 开　9.75 印张　206 千字
版次	2024 年 4 月第 1 版
印次	2024 年 4 月第 1 次印刷
书号	ISBN 978-7-5057-5778-3
定价	59.00 元
地址	北京市朝阳区西坝河南里 17 号楼
邮编	100028
电话	（010）64678009

如发现图书质量问题，可联系调换。质量投诉电话：010-82069336

《牛津版莎士比亚》英文版主编序

《牛津版莎士比亚》经典文库的缘起，可以追溯至1977年。一天，牛津大学出版社的资深编辑约翰·贝尔（John Bell）来到我埃文河畔斯特拉特福的家中。当时，我是伯明翰大学莎士比亚研究课程的高级讲师，工作地点在埃文河畔斯特拉特福的莎士比亚研究院（Shakespeare Institute）。当时的研究院院长是T. J. B. 斯宾瑟（T. J. B. Spencer）教授，他是新企鹅（New Penguin）莎士比亚丛书的主编，我是副主编。丛书为平装本，涵盖全部戏剧、叙事诗和十四行诗，用的是现代拼写，附带长篇导读和注释。导读的目的是剧本赏析，并提供剧本有关的基本信息，还包括每部戏剧评论史和演出史方面的情况，语言准确直白，尽量避开专业术语。总体上，丛书旨在方便有学识的非专业人士阅读。斯宾瑟自己编辑了《罗密欧与朱丽叶》作为样本，供其他编者参照。我协助斯宾瑟为该丛书起草了编辑规范，我的职责还有检查交来的打字稿、核查付印后的校样。我自己也编了三部剧，分别是《仲夏夜之梦》《理查二世》《错误的喜剧》。所有这些，为我本人日后成为新一套丛书的主编积累了宝贵经验。

牛津大学出版社偶尔来向我咨询有关项目出版的事情，我也曾为他们编撰、编辑过两份参考书目，所以他们对我的能力有所了解。不过，听到约翰·贝尔来找我的目的，我还是感到惊讶，而且有点受宠若惊。贝尔说，他来找我，是想问我是否有兴趣策划一套新的《牛津版莎士比亚》全集，并全职做这一工作。

当时的图书市场有明显的断档。环球（Globe）版莎士比亚系列当时还在出，但最早是1868年开始的；当时在售的牛津（Oxford）版最先是1891年出的，显然也早已过时。牛津大学出版社此前曾几次想请学者以自由作者的身份编一套丛书，但都没有成功，此时意识到这一做法不太实际，因此希望找一位全职编辑到牛津工作，从头至尾负责该项目。对我而言，接受这一职位，就得放弃埃文河畔斯特拉特福莎士比亚研究院的工作，搬到牛津，全职做编辑。牛津的计划是出一部单卷本的全集，以替代牛津自己那部已经过时的全集，同时与英国和美国已有的全集相竞争。这是一个令人激动的项目，也是我很乐意合作的项目。

我接受了这一提议，举家搬迁到牛津生活。出版社在一幢靠近主社的楼里成立了专门的莎士比亚部门，并任命对莎士比亚也有学术兴趣的克莉丝汀·艾文-卡尔［Christine Avern-Carr，后改姓伯克利（Buckley）］为我的秘书。社里也支持我找一位合适的编辑助理。找编辑助理的过程，开始并不容易，最后终于找到了一位合适的人选，就是加里·泰勒（Gary Taylor）。他是一位非常出色的美国年轻学者，当时在剑桥即将读完博士。这些年过去，加里如今已成为校勘届的领军人物，最近还成了2016年出版的多卷本新《牛津版莎士比

《牛津版莎士比亚》英文版主编序

亚》的总编辑。

我来牛津上任后，给自己定的第一个任务是深入研究莎士比亚拼写现代化的原则。令人震惊的是，以前从来没有人做过这件事情。自17世纪以来，以往全集的编辑无一例外都只是在已有版本上写写画画，而且经常是很任意地做些标记。我的研究成果与加里·泰勒对《亨利五世》的校勘研究放在一起，以《莎士比亚拼写的现代化处理及〈亨利五世〉文本的三篇研究文章》（Modernizing Shakespeare's Spelling, with three Studies in the Text of Henry V）为题出版。我喜欢做得彻底一些，这与其他一些版本不同，比如，美国的河滨版（Riverside），选择保留了一些早期的拼法，这样的做法在我看来似乎是编辑实践的倒退。

我对当时通行的莎士比亚版本做了调查，意识到市场上还有另外一个大的断档。当时正在进行的严肃学术性多卷本只有一种，是梅休因出版公司（Methuen）七十多年的时间里陆续出版的阿登（Arden）系列。在那七十多年里，评论界对莎士比亚戏剧和诗歌的态度有了明显的变化，研究也有了许多显著的进步。阿登版当时的主编是哈罗德·詹金斯（Harold Jenkins）和哈罗德·布鲁克斯（Harold Brooks）。哈罗德·詹金斯是我当年在伦敦大学学院（University College, London）读本科时的导师。在牛津大学出版社来找我之前，两位哈罗德曾经邀请我编辑阿登版这套丛书，但我没有同意，因为当时我已经在为企鹅那套丛书工作，觉得有利益冲突。詹金斯和布鲁克斯两人都是很好的校勘学者，但他们自己编辑阿登版是出名地慢。所有这些都促使我向牛津大学出版社提出建议：除了出一部新的单卷本牛津版全集外，我们还应该开始做一个新的多卷本，由我任主编，按照新的编辑原则，重新编辑所有的莎士比亚戏剧和诗歌。社里同意了我的建议，我起草了一份详细的编辑指南，开始挑选编者。我希望组建一支国际化的队伍，由认同我对莎士比亚作品做现代化处理的理念并能够胜任这项工作的学者组成。我希望聘请的人精通莎士比亚研究，有较强的戏剧演出意识，乐意与广大读者分享自己的学识与热情，并能在合理的时间内完成任务。我发出了邀请，起草了第一批书目的合同，然后就坐下来等待结果。泰勒自己编了《亨利五世》，作为丛书的第一种于1982年出版。我与多位编者紧密合作，回复他们的询问，检查他们交来的稿子，看长条校样及分页校样。这中间也有一些意外，至少有两个我所请的人因觉得稿酬达不到预期水平而放弃，结果还得另外找人。此外，也并不是所有编者都能遵循预定的框架。有一部戏注释过长，某年圣诞节假期，那是在我离开牛津大学出版社回到莎士比亚研究院任院长和莎士比亚研究课程教授以后，我把大部分时间花在了删减这部戏的注释上。

同时，单卷本的工作也在继续。进展没有达到预期的速度，因此我们的编辑队伍中增加了约翰·兆伊特（John Jowett）教授，后来又增加了威廉·蒙哥马利（William Montgomery）博士。最终，单卷本于1986年与古代拼法版和一册详尽的文本导读一起出版。

我启动多卷本以后不久，就面临竞争。剑桥大学出版社也有同样的想法，并请了时任约克大学英语系主任的菲利普·布洛克班克

《牛津版莎士比亚》英文版主编序

（Philip Brockbank）教授任新剑桥（New Cambridge）多卷本版主编。有一天，我接到了一个意想不到的电话，是布洛克班克教授打给我的。他提出，我们一起合作，协力出一套牛津剑桥版的多卷本。这个想法让人很感兴趣，甚至也许是一个很理想的主意，但我的牛津东家应该不会喜欢，我自己也觉得过于复杂，很难实际操作，因此婉言谢绝了。多卷本的工作，虽然速度比我希望的慢，但继续做着。1997年，我卸下大学教职退休，用了三年中的大部分时间编了《李尔王》。最后一卷是《理查二世》，于2011年出版。

今天，《牛津版莎士比亚》多卷本汉译本即将出版，以帮助中国读者欣赏研究这位世界最伟大的剧作家，我感到非常高兴。预祝这一项目取得方方面面的成功。

斯坦利·韦尔斯（Stanley Wells）

天鹅最美一支歌
——《牛津版莎士比亚》中文版总序

一

在西方受到赞美最多的,除了上帝,也许就是莎士比亚了。下面这段文字或许可以反映当今世界对莎士比亚的肯定和赞美:

> 毫无疑问,在英语读者和戏剧观众中,威廉·莎士比亚被认为是有史以来最伟大的剧作家、诗人,甚至是最伟大的作家。他是迄今为止产量最高的剧作家,不仅在他的祖国——英国,在美国更是如此。在美国,每年有一百多个戏剧节,大多数持续数周甚至数月,都以他的名字命名,持续不断地上演他的全部经典。更有甚者,整个图书馆都心无旁骛地倾力研究他的作品,华盛顿的福尔杰图书馆、费城的弗内斯图书馆、慕尼黑的莎士比亚研究图书馆尽皆如此。此外,莎士比亚是世界历史上唯一在喜剧和悲剧方面双双登峰造极的剧作家,更不用提他在历史剧、十四行诗

和叙事诗上的成就了。（Robert Cohen，*Shakespeare on Theatre*，2016）

在西方，如果一个人要成为大诗人，却写不了气度恢宏的壮观的长诗，为了立名、立言，就会写一部关于莎士比亚的著作。理论家、史学家、文化的讨论者，也总要把莎士比亚作为一种可望而不可即的标准和榜样。在这些名垂青史的人物中，我们耳熟能详的有卡莱尔、鲍桑奎、黑格尔、塔塔尔凯维奇等。甚至有莎士比亚行业（Shakespeare Industry）的说法。除开莎士比亚的同代人和同行本·琼森说他"名垂千古"（for all time），德国大诗人歌德还用一句"说不完的莎士比亚"对其进行概括。人们为莎士比亚冠以"天鹅"的称呼，加之以"天鹅"的标志，这些都反映了其伟大程度和普遍价值。

二

威廉·莎士比亚于1564年4月出生在英国中部偏西北方向的斯特拉特福小镇。小镇依山傍水，风光旖旎，碧波荡漾的埃文河从前方穿流而过。

莎士比亚七岁的时候，开始在当地著名的小学"文法学校"学习语法、逻辑和修辞，阅读古典文学。在这里他大约学到了十三岁。莎士比亚在校时代的老师都拥有大学学位，他受到了良好的教育，阅读了《伊索寓言》、古罗马诗人维吉尔和奥维德的诗歌,古罗马戏剧家普劳图斯、泰伦斯和塞内加的戏剧。后来,莎士比亚家道中落,父亲在生意上失利,小威廉辍学回家,给家里当起了帮手。

1582年,莎士比亚十八岁,他娶了一个比自己大八岁的姑娘,名叫安妮·哈瑟维。1583年5月26日,他们生下了一个女儿,取名苏珊娜。不到两年,他们又生了一对龙凤胎,据好友名取名为朱迪斯与哈姆内特。后来,哈姆内特十一岁夭亡。莎士比亚最有名的悲剧《哈姆雷特》来自一部12世纪的古老故事《阿姆雷斯》(*Amleth*),为何将作品名改为与儿子姓名谐音,这颇有几分妙合。

从1585年莎士比亚的龙凤胎朱迪斯与哈姆内特出生,到1592年莎士比亚突然作为梨园戏子、脚本作家蜚声伦敦大街小巷,中间这一段时间他好像人间蒸发了一样。历史上把这一段时间称为"失踪年代"(The Lost Years)。这些年莎士比亚究竟来往何地、从事什么职业、以什么为生,没有任何记载,没有任何传说,也没有任何奇闻逸事,这给莎士比亚传记作家留下了不少的想象空间。

尼古拉斯·罗(Nicholas Rowe),莎士比亚的第一位传记作家,讲述了一个斯特拉特福镇的传说故事。莎士比亚逃离小镇,到了伦敦,目的是躲过一桩诉讼。他在当地的地主托马斯·露西的庄园里偷猎鹿,于是地主向法院起诉,要求处罚莎士比亚。为此,据传莎士比亚以牙还牙,写了一首粗俗的诗讽刺露西爵士。另一个18世纪的故事说,莎士比亚在伦敦开始了他的梨园生活,他投身戏剧产业,为剧院的赞助人看管马匹。另有约翰·奥布里(John Aubrey)"报道"说，莎士比亚到了乡下，做了小学教师。还有些20世纪的学者则认为，莎士比亚可能是被兰开夏郡的亚历山大·霍顿（Alexander Hoghton）聘为教师，这位天主教地主在他的遗嘱中提到了一个人，名字叫作"威廉·莎克斯夏福特"（William Shakeshafte）。这一点确有其事，可是"莎克斯夏福特"在兰开夏郡是一个很常见的名字，到底是不是我们所说的威廉·莎士比亚，无从稽考。还有人说莎士比亚到欧洲大陆游学或游荡，甚至开始了戎马生涯，等等。真相究竟如何，现已无法查明。但是，有一点是很明确的，那就是到1592年，他在伦敦已经家喻户晓，甚至引起了同行的嫉妒。

所有的史传，或推想，或猜测，都认为莎士比亚随巡回演出的戏班子到了当时的世界中心大都市——伦敦。据萨缪尔·舍恩鲍姆（Samuel Schoenbaum）的经典莎传《莎士比亚考传》（*William Shakespeare: a Documentary Life*，1975）考证，到1592年，莎士比亚已名满天下，甚至被对手"大学才子"罗伯特·格林（Robert Greene）在他的"警世通言"《万千悔恨换一智》（*Greene's Groatsworth of Wit*）中称为"暴发户乌鸦"（Upstart Crow）。

格林的《万千悔恨换一智》中有一段，虽然出言不逊，极不友好，但反证了莎士比亚在当时已经名声在外：

> 不要相信他们：因为有一只暴发户乌鸦，用我们的羽毛装点了他自己，在演员的皮囊之下包藏着虎狼之心，以为他能吟咏几句无韵诗，就目中无人，认为他是剧坛老大；以为国中无人，只有他

能威震舞台,其实他是个彻头彻尾的门门懂、样样瘟的家伙。

格林是在提醒包括克里斯托弗·马洛和托马斯·纳什(Christopher Marlowe, Thomas Nashe)以及他自己在内的"大学才子"。这一段文字话中有话,显然是在影射莎士比亚借用了他们的材料。一个不是科班出身的边缘人,居然声名鹊起,超过了他们。所谓"在演员的皮囊之下包藏着虎狼之心",是借莎士比亚在《亨利六世·下篇》里所说的"女人的皮囊之下包藏着虎狼之心"(tiger's heart wrapped in a woman's hide)这句话,来讥讽莎士比亚的。

这样的攻击表明,莎士比亚已经声名大振,广受喜爱。一些传记作者也据此推断莎士比亚是在16世纪80年代中期开始写作戏剧的。

到2016年,学界比较肯定的看法是,莎士比亚一生独立创作戏剧三十七部,合著戏剧或有莎士比亚手笔的有四部,大类包括喜剧、历史剧、悲剧和传奇剧,其中喜剧十四部,历史剧十二部,悲剧十部,传奇剧五部。

一般认为,莎士比亚的戏剧写作按时间顺序排列可分为四个阶段。

第一个时期,即1590—1594年,这是他的试笔期。此时,他主要在改写旧的脚本,或者邯郸学步,模仿他人。喜剧当中,李利和格林的痕迹比较明显,而其早期的历史剧和悲剧在很大程度上则得益于克里斯托弗·马洛。

这个时期,莎士比亚所写剧本包括历史剧《亨利六世》上中下篇、《理查三世》;喜剧《错误的喜剧》《驯悍记》《维洛那二绅士》

《爱的徒劳》；复仇剧《泰特斯·安德洛尼克斯》；传奇悲剧《罗密欧与朱丽叶》。此外，他还创作了《维纳斯与阿都尼》和《鲁克丽丝受辱记》两首叙事诗。

在第二个时期，即1594—1600年，莎士比亚在历史剧和传奇剧方面，和他所有同时代的人相比，显得鹤立鸡群、技冠群芳。他立意机巧，情溢字句，诗美灼灼，人物形象多姿多彩，所有这一切使他的作品跻身名篇大著的行列。在这个阶段，他创作了六部喜剧，包括《仲夏夜之梦》《威尼斯商人》《温莎的风流娘儿们》《无事生非》《皆大欢喜》《第十二夜》；五部历史剧，包括《理查二世》《亨利四世》上下篇、《亨利五世》、《约翰王》；一部罗马悲剧《裘力斯·凯撒》。在这个时期内，他还创作了《十四行诗集》。

第三个时期，即1601—1609年，可以说是他工于悲剧也长于悲剧的时期。莎士比亚不仅超越了同代人，也超越了他自己。在思想深度方面，在探析人类心理方面，在表达最深刻的感情方面，从《哈姆雷特》到《安东尼与克莉奥佩特拉》一系列伟大悲剧，都堪称人类思想的杰作。之所以说莎士比亚是"说不完"的，说他是不朽的，这些悲剧立下了汗马功劳。人们熟知的四大悲剧，也是在这个时期创作出来的。

《哈姆雷特》《奥赛罗》《李尔王》《麦克白》《雅典的泰门》五部悲剧，《特洛伊罗斯与克瑞西达》《终成眷属》《一报还一报》三部喜剧，以及《安东尼与克莉奥佩特拉》《科利奥兰纳斯》这两部罗马悲剧，都是这个时期莎士比亚产出的杰作。

在第四个时期，即1609—1613年，莎士比亚回到喜剧、悲喜剧。剧作多格调浪漫，结局总是圆满而皆大欢喜，敌对双方总是握手言和。在此，他还没有达到最佳状态，直到《暴风雨》，这出戏显示了他的想象力、一如既往的创造性和震撼力。在这个时期，他主要创作了四部传奇剧，包括《泰尔亲王配力克里斯》《辛白林》《冬天的故事》《暴风雨》，以及历史剧《亨利八世》。

如果熟悉英国文学史的脉络，就会发现，莎士比亚没有攀登史诗的高峰，而是专注在戏剧领域一试锋芒。神话传说、宗教主题都有现成的材料，如果从这种演绎来说，埃德蒙·斯宾塞（Edmund Spenser）和弥尔顿是依旧翻新的。相比之下，莎士比亚虽说借鉴多，但大话题和小细节是独创的，至少没有机械地重复，因此，他是妙手回春的；在手法上，正如德莱顿、琼森、约翰逊抱怨的那样，他是离经叛道的，但也正因为如此，他才可以不朽，可以与四百年后的我们有共同的心声。

在主题方面，莎士比亚的戏剧作品有两点很明显。第一，他的宗教主题不突出。这可能是因为宗教很复杂也很敏感。并且，他着重探索人心，重心自然也不在一众神祇仙真，更不在于他们对人的统治、管理、约束。第二，他没有泾渭分明地惩恶扬善，这一点表明，好人不一定是白玉无瑕的正人君子，坏人也并非绝对意义上十恶不赦的凶神恶煞。好人可以被冤枉，甚至命丧黄泉，不得善终；坏人可以得势而飞黄腾达，没有得到惩戒和鞭挞，如《奥赛罗》中伊阿古这种恶棍，《麦克白》中麦克白夫人这种心如蛇蝎的恶毒女人，他们也拥有种种享乐，在行恶的路上越走越远。人们可以崇尚哈姆雷特的凛然正义，也可以"哀其不幸，怒其不争"，怜惜他延宕和不决。一方面，人们讨厌福斯塔夫这个没落的军士大腹便便、撒谎吹牛、杀良冒功、贪污腐败；另一方面，面对他可怜的结局，也不得不显出人性的慈悲。莎士比亚所谓的"是非不明"，被世世代代的君子和良人抱怨，可是他很清楚，善恶好坏并非黑白分明，可以立判立分。他总是懂得洞察人的心思、人的本性，探寻其中种种细腻的节点，这些看似不合理，却又在情在理，处于它们交叉构成的逻辑体系与参照系坐标之中。

在人物刻画方面，读者和观众可以看见一组一组或者一类一类的人物，他们都有相似之处，总有似曾相识之感，却又各各不同。这种例子在莎士比亚的戏剧里比比皆是。人们可以看见考狄利娅的勇敢，带着几分固执，缺乏几分圆滑；人们也可以看见朱丽叶的敏捷、诗意、浪漫、坚毅，这些维度是她的勇敢所示，可是命运之神却不青睐于她，她虽然化作金像女神，却好端端地失去了最为美丽而可贵的生命；鲍西娅秀出名门，智慧是她勇敢的最大体现。她是所罗门式的人物角色，虽为女儿之身，却乔装改扮，以智慧、温情、巧智、博学这些有能量的本领，把悭吝、凶狠、唯财是命、缺乏同情心的夏洛克收拾得服服帖帖，也把深爱她的心上人征服。和考狄利娅、朱丽叶比，她是幸运的，她的勇敢得到了回报，她的智慧得到了命运的青睐。正是莎士比亚这些手法，使他超凡脱俗、名垂千古。

三

纵观四百年来层出不穷的莎士比亚传记，可以发现，莎士比亚传记研究已成为一门独立的学问，但理论尚未明晰。

第一，学院派相信莎士比亚是斯特拉特福镇人，未及中学毕业就辍学，后来出现在伦敦，成了剧作者、客串演员、导演、剧团合伙人与股东、戏业经营者、诗人。他一夜走红，引来嫉妒，才有了格林臭名昭著但也传世至今的"乌鸦之说"。

一方面，人们从基本的历史事实中寻找莎士比亚艺术传世的轨迹。比如，1957年英国出版的F. E. 哈利迪的《莎士比亚崇拜》（F. E. Halliday, *The Cult of Shakespeare*），就对加里克拜莎的狂热行为进行了犹如古希腊神话仪式般的描述。

另一方面，人们根据拥有的文献资料"事实"进行梳理，搭建框架，塑造莎士比亚的传记形象。这当中作为典型代表的有萨缪尔·舍恩鲍姆的《莎士比亚考传》。该书做成了与神圣、豪华的"第一对开本"一样的规模和尺寸，如此显示它的神圣性、严肃性与权威性，同时便于插入一些原始资料的影印件。两年以后，可能是为了一般读者的方便和需要，做了一些调整，缩小了尺寸，变成了最方便的大三十二开，并去掉了那些一般读者可能认为不重要的资料影印件。即便如此，它的对开本尺寸的原本和节略简明本（*William Shakespeare, A Compact Documentary Life*, 1977），都称得上严肃研究者必备的传记。其他传记也有质量不错的，但也有不以传记形式示人的。这是第二类"以事实为依据"并可稽考的传记。

还有一部分人,则津津乐道关于莎士比亚的奇闻逸事。关于莎士比亚生平扑朔迷离的想象,和人们认识到的他本人的一切情况一样神奇。这种神奇表现在留下的关于他的资料清清楚楚、铁证如山,如他的签名、他受洗礼的记录、他结婚的记录、他的遗嘱,等等。不清楚的却云遮雾罩,不甚了了。关于莎士比亚的那些无法考证的"文献",犹如神话与传说一样不胫而走。最有名的包括:偷猎露西庄园,败露后占诗讽刺;被戏迷约请,行鸾凤之事;桂冠诗人威廉·戴夫南特爵士(Sir William Davenant, 1606—1668)几分酩酊则口呼"莎士比亚是我的爸爸"之类的故事;还有和本·琼森吵架——对方说莎士比亚是个笨家伙,写出戏来不合情理,刚才还在宫院墙内,一会儿就飞身海外;另外就是在美人鱼酒店瞎混,与南安普顿伯爵的龙阳私情,以及与一位至今考证无据的黑肤女郎的绯闻;等等。

第二,不少猎奇者不相信有莎士比亚这个人,或者认为这些莎士比亚作品的写作者只是一个替身,这个替身还可能是一个团体、一群人。总之,他不是斯特拉特福镇那位"略通拉丁语,不识希腊文"的威廉·莎士比亚。这种人被称为"倒莎派"(Anti-Stratfordians)。

不管怎么说,莎士比亚最终是衣锦还乡了,时间是1610年,他购置房产,买了镇上第二大的"新房子"(New Place)。他离世的时候,被葬在三一教堂,塑了雕像,为了他听起来并不神圣的遗骸不被挪动,不受侵扰,还刻了几行不太友好的诗。如今,伯明翰大学在莎士比亚的故乡建立了莎士比亚研究院,还另修建了一座博物馆,称其为"莎士比亚出生地托管委员会"。正如莎士比亚在《威尼斯商人》第二幕第七场里说的:"从地球的四角他们迢迢而来,来亲吻这座圣所,这位尘世的活生生的仙真。"他就是这个"仙真"。

四

莎士比亚剧本的校勘、编订,一直是莎士比亚行业中的主要事业。最详尽的要数集注本莎士比亚丛书(Variorum Editions),在世界莎士比亚大会或者其他莎士比亚会议上,集注本的编辑是一个不可忽视的讨论话题。出版家也常常为能出类似集注本的莎士比亚丛书感到自豪。著名的阿登丛书、牛津大学出版社的《世界经典名著系列·莎士比亚》、剑桥的《新剑桥莎士比亚》丛书、朗曼文化本丛书、企鹅莎士比亚丛书、矮脚鸡本(Bantam)、塘鹅本(Pelican)都是这一类丛书的代表。不论研究型还是普及本,都讲究版本的来源。

在18世纪,最被人高看的是英语大辞典的编纂家和莎士比亚文本编辑家萨缪尔·约翰逊(Samuel Johnson),后来的史蒂文森、埃德蒙·马隆(Edmond Malone)都是这方面的重要代表。在18世纪,莎士比亚戏剧的编辑和勘定,可以说是当时文学和出版界的主业。

在20世纪和21世纪,有克雷格(Craig)的牛津本、韦尔斯等人的牛津本和2016年出版的配研究资料的牛津本。韦尔斯被奉为权威,后来编辑全集的诺顿本则以此本的文字为蓝本,新历史主义肇始者和旗舰学者斯蒂芬·格林布拉特为主编。

在我国，有朱生豪所译世界书局版本，人民文学出版社、新星出版社的补齐本，梁实秋的全译本，方平主编的诗歌体译本，译林出版社的全集本，辜正坤教授主持的皇家本，以及其他林林总总的正本与劣本。到了21世纪，又有了绘本丛书多种。因为有这些版本，莎士比亚的研究、演出、教学，也变得繁盛和多姿多彩起来。

五

莎士比亚早期写的那些剧本究竟是写给哪些剧团的，现在已经查无实据、无可稽考了。从1594年版的《泰特斯·安德洛尼克斯》的扉页看，有三个剧团演过这出戏。1592—1593年的大瘟疫黑死病以后，莎士比亚自己的剧团在大剧院和泰晤士河北岸的帷幕剧院表演他写的戏。伦敦市民们蜂拥而至，来看《亨利四世》上篇。剧团和地产人发生争端，他们就拆了大剧院，重新修建了环球剧院。这是泰晤士河南岸第一家由演员们自己修建的剧院。1599年秋，环球剧院开张，《裘力斯·凯撒》上演。1599年以后，莎士比亚大多数的伟大的剧作都是给环球剧院写的，其中包括《哈姆雷特》《奥赛罗》《李尔王》。

1603年"宫内大臣剧团"更名为"国王剧团"后，他们与新国王詹姆士建立了一种特殊的关系。虽然演出记录不完整，但在1604年

11月1日至1605年10月31日，国王剧团在宫廷演出了七部莎士比亚的戏剧，其中包括两次《威尼斯商人》。1608年以后，他们于冬季和夏季分别在黑衣修士剧院和环球剧院室内演出。室内设置结合詹姆士一世时期流行的奢华假面舞会，使莎士比亚得以引入更为精致的舞台设置。比如，在《辛白林》的演出中，朱庇特下凡时，"电闪雷鸣，他骑在一只鹰上，发出一道闪光，鬼魂们跪在地上"。

莎士比亚剧团的演员包括著名的理查德·伯比奇、威尔·肯佩（Will Kemp）、亨利·康德尔和约翰·赫明斯。伯比奇在许多莎士比亚戏剧的第一场演出中扮演主角，其中包括《理查三世》《哈姆雷特》《奥赛罗》《李尔王》。流行的喜剧演员威尔·肯佩在《罗密欧与朱丽叶》中扮演了男仆彼得，在《无事生非》中扮演了警吏道格培里，后来在1600年左右，他被罗伯特·阿明（Robert Armin）代替，后者在《皆大欢喜》中饰演试金石，在《李尔王》中饰演弄人。

1613年，亨利·伍顿爵士（Sir Henry Wotton）记录称，"在许多特殊的场合举行了盛大的仪式"，推出了《亨利八世》。然而，一门大炮点燃了环球剧场房顶上的茅草，把剧院夷为平地，这起事件罕见地确定了莎士比亚一部戏剧演出的日期。

莎士比亚时代戏院的结构很有意思。剧场的前面是一块空地，看戏的可以只花一块钱（一便士）就站着看。这种人叫作"站客"。其他有钱的人，可以坐在舞台对面的包厢里，他们往往是达官贵人。这样的结构可能让人想到，站着的人喜欢或只能欣赏粗俗的、插科打诨的段子，包厢里的人则需要一些雅致的台词。他们更有文化，可能饱读诗书、满腹经纶。莎士比亚的戏剧，从语言来说，在向口语方向进化，无韵诗这种半诗或准诗的形式也正利于雅俗共赏。人们认为，莎士比亚戏剧里的那些散文，在演员一方常常是给下层阶级的演员说的，在听众一方来说，实际上也是如此。读莎士比亚的戏剧台词，往往会发现，人物角色和他们的身份、语言是对应的。这样一来，统一认为莎士比亚的戏剧是诗歌体的说法就不周全了。莎士比亚的戏剧大体是无韵诗，这种文体马洛先投入使用，第一个吃螃蟹，莎士比亚发现了甜头，用得尽善尽美。莎士比亚的戏剧的妙处，在于他不可能千人一面，更不可能千剧一面。他的笔下没有两个一模一样的角色，即使大体相同的话题也在细节上各有千秋。戏剧的文体也是如此。《暴风雨》里充满了音乐；《罗密欧与朱丽叶》彻头彻尾像一首诗，开场白是诗，收场白也是诗。多少戏剧都是无韵诗主打，可也有两个剧本，基本上全是散文。莎士比亚最大的能力是，不仅可以描写世上风雨沉浮、天下人间百态，同时满足各色人等的审美趣味和价值判断。这一点，从莎士比亚时代的戏院结构也可以反映出来。

莎士比亚非常明白演出是怎么一回事，观众需要什么。当时盛行亚里士多德-贺拉斯传统的三一律，对此他多数时候是离经叛道的。后世的人极为不满，狗尾续貂，进行改写。到了萧伯纳，干脆彻底改写一番。萧伯纳还讽刺莎士比亚说，"什么万古长青，一个下午的一阵风就把他给吹跑了"（He was not for all time, but for an afternoon）。

莎士比亚大批评家萨缪尔·约翰逊的高徒和忘年交戴维·加里克

（David Garrick），以演理查三世和哈姆雷特而出名。他在戏剧改革方面成效卓著，就连他的老师约翰逊对他都表扬有加。1764年为莎士比亚诞辰两百年庆祝之际，加里克殚精竭虑，延后五年的拜莎狂潮持续三天，京城伦敦都来人参加。莎士比亚戏剧人物大游行，詹姆斯·鲍斯威尔都出现的假面舞会，演出、赛马、烟花爆竹，热闹非凡。其场面之盛大，空前绝后。其间暴雨倾盆，只有室内活动进行下来。幸好加里克有备无患，准备了现在皇家剧院旁可以容纳一千人的场地欢乐大厅（Jubilee Rotunda），他自己还表演了他的配乐《埃文河畔斯特拉特福镇建莎士比亚塑像赞歌》（An Ode upon Dedicating a Building, and Erecting a Statue, to Shakespeare, at Stratford-upon-Avon），所配音乐为托马斯·阿恩（Thomas Arne）所作。狂欢节吸引了来自欧陆的千万人，提高了莎士比亚的国际声誉，奠定了斯特拉特福镇的神圣地位。

总之，演出和莎士比亚相辅相成，两者都达到了至高无上的地位。直到今天，莎士比亚戏剧演出也是一个万众参与的活动。一个莎士比亚的年会，必定是两面的，除开学术讨论，还有演出，成为莎士比亚年会的重头戏。不仅如此，还有从事演出培训的工作坊，也在大型莎士比亚活动或者学术年会举行演出。莎士比亚在《皆大欢喜》里说，世界是个大舞台，实际上，也可以反过来说，舞台是一个大世界。莎士比亚的舞台生动地呈现了人间万象——人世的酸甜苦辣与冷暖兴衰。莎士比亚艺术的生命是舞台的，也是书本的。

六

这样说来，莎士比亚的文本价值在哪里？换句话说，他的文学价值在哪里？

文学是一个富有争议的范畴，它与历史、文化、哲学、艺术的关系，一直是人们趋之若鹜却又不甚了了的概念。对一个定义的确立，关键在对其核心因素的界定。美国作家、初等教师威廉·J. 朗（William J. Long，1867—1952）在他的传世之作《英国文学简史教程》（*English Literature, its History and its Significance for the Life of the English-Speaking World, a Text-Book for Schools*，1919）中说，文学不仅告诉我们前人所做，还告诉我们前人所感和所想。也就是说，文学对于审美感受与思想内容是看重的，二者是它的核心。如今人们过多地把重心放在思想方面，对于审美的感受、文学的审美价值有很大的忽视。固然，莎士比亚笔下写出了他所在的那个时代，写出了人们所做、所感和所想。我们可以这样看，对于历史学家，所做是重心；对于哲学家和思想家，所想是关键；而对于作为艺术的文学来说，所感是最突出的特点和要求。为什么不把莎士比亚的戏剧看成文学，这与戏剧使用的质料、产生的手段有关。戏剧有别于诗歌、小说、散文，后三者均比较纯粹地以文字为它的质料和载体，而戏剧本身则牵涉到舞台演出等诸多非文字的要素。尽管古希腊罗马时代也非常重视艺术，但是不能忘记，在遥远的西方时代，人们更加重视叙事文字，带着美感、节奏和韵律之美的表达，这就是史诗。因此，从规模、承载能力等方面来看，史诗在西方的文化社会都优于其他文学样式，戏剧只强调其娱乐功能，史诗则可以强调包含娱乐功能的教化功能，符合亚里士多德与贺拉斯等人的寓教于乐或教乐并举的传统要求。戏剧因其综合性亦即非纯粹性而受到轻视，虽然戏剧的历史也非常悠久，但与抒情文学、叙事文学比，尤其在面临媒介变革的今天，戏剧的功能就更加湮没到其他因素中去了。从如今被普遍认可的四大文学样式发展轨迹来看，也可以看到这种端倪。

作为娱乐形式，戏剧的文学性和审美、艺术价值是一直令人诟病的。就以中国文化之镜《红楼梦》所反映的来看，当时的人们从上到下都轻看戏剧。西方也是如此。那么莎士比亚戏剧的文学性在哪里？按照威廉·J. 朗的看法，莎士比亚笔下的戏剧所做、所感、所想，都已经超越了当时与后来的同行。可以分为历史、艺术美与思想意识三个方面，体现为：莎士比亚艺术超越舞台性的文本性；莎士比亚对叙事从非史诗角度的发展；莎士比亚笔下丰富多彩的文体与主题；莎士比亚的语言表现力和创造性；莎士比亚戏剧文本精彩纷呈、令人难忘的艺术形象与高山仰止的思想深度和智慧高度。这些体现了莎士比亚剧作的文学价值及艺术魅力。

莎士比亚的同行和对手琼森曾非常有先见之明地看出了戏剧文本的文学价值。从这样几个事实可以看出这一点：首先，他在莎士比亚仙逝的 1616 年，把自己的戏剧作品和诗歌以及其他作品结集，以当时最豪华的版本形式出版，并且把这个豪华合集的集名开先河地称为"作品"。我们应该知道，在 17 世纪初，出版、印刷都不是当今可以比拟、可以想象的。就历史而言，莎士比亚的戏剧只是"一骑红尘妃子笑"的小物，连他自己也没有想过出版的事，说不定他考虑过付之一炬，挥洒为历史的尘埃。那些四开本是为了演出需要的台词，是为剧团之间互相竞争而备，阅读根本不是其目的。当时，人们几乎是不识字的，就连签名都是少数人的事，就连莎士比亚自己也可以随意笔走龙蛇，不计较是否准确。他的签名，有据可考的就有六种。同时代仅次于他的剧作家琼森，按照自己的喜好决定姓名的拼写。本应是"Johnson"的，他却喜欢并坚持"Jonson"的拼法。

他那些脚本为什么留存下来，七年后又有旧时老友想起来，凑成一集，豪华付梓，也算是一桩奇事。正如莎士比亚自己的文字所说，世界是个大舞台。故而，那些风风雨雨、奇事、异趣也就见怪不怪了。正如《麦克白》那些台词所说："它是一个愚人所讲的故事，充满着喧哗和骚动，却找不到一点意义。"

七

我们知道，莎士比亚的戏剧和诗歌是用英语写成的。他的英语被称作"早期现代英语"。如果我们拿他家喻户晓的十四行诗第十八首来看，文字上几乎不存在任何障碍。然而，在翻译成不同的语种的时候，还是存在着不可克服的困难。

新近出版的一部书，叫作《朱莎合璧》（苏福忠，2022）。朱莎究竟是怎样合璧的，固然值得去研究、琢磨，但它表明原作和译作之间存在一种高度的契合。目前摆在您面前的这套系列丛书，就是由朱生豪的译本和世界著名的莎士比亚丛书之一《牛津版莎士比亚》经典文库合璧而成的。

中餐很美，西餐也自有风采。西方文学进入，是自然现象。梁启超把"Shakespeare"译为"莎士比亚"，林纾等人移译引入，就有了朱生豪的译本。梁实秋以一人三十六载之功，皓首穷经完成的译本，有战火连天年代世界书局的，有人民文学出版社的，有译林出版社、上海译文出版社的，如此等等，不一而足。还有把莎士比亚做成了童书、音频和绘本的，也有原文加注的和原文加汉语注释的。总之，可见莎士比亚文字传播形式之泱泱。之前外语教学与研究出版社有浩瀚的诗歌体皇家本莎士比亚丛书，之后北京语言大学出版社又有十四种"剑桥学生版莎士比亚"的原文引进，为什么还有必要引入《牛津版莎士比亚》经典文库（二十六种）呢？

在英美，莎士比亚可以说是无处不在，这种态势在我们国家也正蓬勃兴旺。一来，英语的必要性是不必赘言的；二来，总体的英语水平在提高，这为阅读莎士比亚打下了基础；三来，莎士比亚文化与产业发达的程度，也是文化事业发展的体现。在伦敦奥运会上，莎士比亚的祖国以莎士比亚开始体育竞技活动的序幕。从中可以看出，莎士比亚已经成为世界文化发展的一部分。因此，牛津本汉译二十六种是适逢其时、势在必行的。

麦克白

这套被誉为"牛津大学出版社镇馆之宝"的丛书，由磨铁独家引进。丛书选取经典文本，由世界著名莎学专家导读并参以翔实注释，既受到文学爱好者的喜爱，也对专业读者有一定参考价值。具体来说，《牛津版莎士比亚》经典文库有以下优势。

第一，蓝本经典。丛书根据文化口味选取了莎士比亚的大部分剧作，以喜剧、悲剧、传奇剧为主。这也是国际选本中的一种倾向。这可能是因为莎士比亚历史剧以外的剧本，可以更加生动地体现文学艺术的主题、风采、思想以及其他艺术特征。可以说，有这些版本，读者可以在极大程度上把握和品味到大部分或者几乎全部的莎士比亚。丛书好的另一个理由是，这些选本都出自汉语莎译的上上佳品——朱生豪译本。朱生豪译本力求在"最大可能之范围内，保持原作之神韵"，是汉语中最好的译本，已经成为一种共识。从这一点上来说，丛书选蓝本是非常有眼光的。

第二，注释专业。丛书导读旨在带领现代读者从创作过程、灵感来源、批评史、表演史等角度理解莎士比亚，注释旨在提供人名来源、用典出处、表演提示、台词的隐含意义等信息，从而加深读者对莎剧文本的理解。这些细节的补充说明都具有相当的专业性，且丛书注释经过国内专业学者全新审校，精减补充，更适合汉语读者阅读。和从前以文本和文字为主的版本相比，这套丛书无疑更进一步。

第三，导读精深。丛书请来业内行家里手，根据文本特点不同，或从神话来源，或从修辞语言，或从剧本演出等不同层面，解读剖析经典莎剧，汇聚了百余年莎学研究成果。把专心研读、格其物致其知的内行请来，读者一定可以看到专家画龙点睛之笔。当然，这代替不了读者自己的感受和看法。但一个好的向导，可以有效地引领读者进入美好之景。读者品读这些导读、序言作者的著述，必将收获真正深入的理解。

第四，装帧典雅。毫无疑问，一手捧读古人书本，自然希望书本本身也是一种美。莎士比亚剧作四百年来印行成各种文字和语种，其外观从宏大的对开本，到藏入衣袋的便携小本，其种类何其多也！磨铁的《牛津版莎士比亚》经典文库设计精美，一剧一本，镂空双封。收藏也好，阅读也罢，均为美的存在。

第五，队伍精壮。丛书组织了实力过硬的编辑、注疏、阐释队伍，来保证文字的准确、释义的精彩、解说的达意、寓意的点化。

对于莎士比亚来说，并不缺乏嫉妒者、否定者和挑战者，有说莎士比亚是"乌鸦"的罗伯特·格林，有说莎士比亚是"破铜烂铁"的博德利，有说莎士比亚是只值"一个下午"的萧伯纳，有说莎士比亚是连一个作家的资质都不够的列夫·托尔斯泰，但是，莎士比亚始终屹立在文学历史的丰碑上，等待人们去品读，去感受，去欣赏，甚至去挑他的瑕疵。正如他的收笔之作《暴风雨》中那个老公爵普洛斯佩罗，他把魔杖扔到了海底深渊，他要的是宁静、安详与和谐。

莎士比亚的世界到底是什么样的？亲爱的读者，亲爱的"仰之弥高，钻之弥坚"的研究者，但愿我们的船已经起航，迎着朝阳，我们

麦克白

可以驶入莎士比亚无尽的世界。说不定,我们可以在去往亚登森林的路上或去雅典郊外幽会的林子里碰上,那时,希望我们都已拥有了莎士比亚给我们的美好。

2023 年 5 月 25 日
文笔湖人士罗益民博士撰于
巴山缙麓桃花山梦坡斋

《麦克白》推荐序

《麦克白》的全名是《麦克白的悲剧》(*The Tragedie of Macbeth*)。一位名叫麦克白的苏格兰勇武将军从三个女巫那里得到一个预言：有一天他将成为苏格兰的国王。在野心的驱使下，麦克白杀害了邓肯国王，并将苏格兰王位据为己有。其后他被内疚和偏执所折磨，被迫实施越来越多一不做二不休的谋杀案，先杀了班柯，再杀了麦克德夫的亲人，以保护自己免受敌意和怀疑。很快，他成为一个嗜血的暴君，涂炭生灵，民愤极大，怨声载道，由此引起的内战迅速驱使麦克白和麦克白夫人进入疯狂的境地，最终一步一步地走向死亡的悲惨结局。

故事是根据1587年出版的拉斐尔·霍林斯赫德《英格兰、苏格兰和爱尔兰编年史》(Raphael Holinshed, *The Chronicles of England, Scotland, and Ireland*) 改编的。其中叙述了麦克白、苏格兰王达夫、麦克德夫与邓肯的故事。这个关于苏格兰、英格兰和爱尔兰的故事在莎士比亚时代很流行，因而是众人皆知的。然而，原本的事实，与莎士比亚戏中所写是有很大差距的。

《麦克白》中，莎士比亚把两个真实的国王达夫和邓肯的死融为一体，合写成一个故事，把人物角色做了替换，用于同一个目的。为了戏剧情节发展的需要，莎士比亚还做了其他的变动。剧本给人的印象是，麦克白只做了几个月的王。事实上，统治苏格兰的国王麦克白在位长达十七年。

据说，莎士比亚写这出戏的意图是维护新登基的国王詹姆士一世，这出戏的内容很明显地表明了莎士比亚和他的保护人詹姆士一世的关系。

1606年《麦克白》写成的时候，詹姆士国王事实上并不受英格兰人民的欢迎。为了含沙射影地表达弑君犯上终将招致悲惨结果这个观点，莎士比亚把相关历史人物放在戏剧故事情节中，根据实际的需要做了调整。莎士比亚明白，他的目的是吸引观众，为的是票房收入，也是为了实现和达成艺术的审美效果，而不是为了历史的准确。詹姆士一世慷慨解囊，资助莎士比亚的戏剧和剧团。这是他莫大的荣幸，也是剧团收益所在，所以他必须保住这个荣幸和收益。因此，他把十七年为王的麦克白缩短为弑君的残暴犯上作乱者，结果很快就自掘坟墓，以死亡和失败而告终。莎士比亚的言下之意是，弑君犯上者终归没有好下场，这是为了警示怀有二心的人。

詹姆士王笃信巫术，为了讨好国王，莎士比亚居然捏造出三个女巫以及她们的精灵带有超自然能力和气氛的故事。故事以女巫的预言和应验为线索，来展开故事的推进、转折和结尾。

特别有意思的是移动的勃南森林和非自然分娩产下婴儿的奇异故事，增加了戏剧的神秘感和玄幻色彩。麦克德夫居然是医生剖腹取出来的，如果以今天的科学眼光看，是当时就有了剖宫产的华佗式外科生产案例，还是莎士比亚突发奇想，竭尽巧思？不管怎么说，这些都很吸引人，巧妙地揭示出犯上和弑君是人伦所不容的道德立论。

故事的改编总让人好奇，令读者想要知道原本的故事是什么样子的。真实的邓肯六年前就夺得了王位，剧中这位却年迈懦弱，一无是处，在统军打仗方面更是厄运连连。不仅如此，真麦克白是邓肯的侄子，他本人的为君之德与后者不分伯仲，这里却显得大相径庭。邓肯匆忙出兵，攻打英格兰，麦克白举兵反抗，大获全胜。真正的邓肯根本不是被谋杀的，是他吃了败仗，在沙场上死在了麦克白的刀刃之下的。真麦克白和他的妻子葛罗奇有头脑，治国有方，治下安宁，到1057年才被西华德伯爵以及邓肯的儿子班柯打败。而在剧中，麦克白的妻子成了一个十恶不赦的狠毒女人，不但自取其辱，还坑害了自己的丈夫。其他关于麦克德夫、班柯、马尔康的实际情况，也都在莎士比亚笔下生花，被穿越了、改编了。

从以上事实可以看出莎士比亚在戏剧文本写作方面的独创之处。他巧妙地塑造了麦克白受到欲念牵引而急速自我膨胀以至于不能自拔而为所欲为的形象，成为一个嗜血的暴君。真麦克白及其妻子善良、智慧的形象经由戏剧设计者反转杜撰，变成两个反面人物形象；邓肯也根据需要被设计成了受害人和整个悲剧的起因。新情节构思巧妙，并从一定程度上反驳了约翰逊所谓教化目的不明的论断，也使人想起莎士比亚玄而曲折的诗篇《凤凰与斑鸠》（*The Phoenix and the Turtle*, 1598—1601），此诗用来影射埃塞克斯伯爵犯上叛乱失宠一事，写得含沙射影、曲径通幽，虽或费解，却也明白而符合逻辑。

演出方面，据说《麦克白》第一次上演是在1606年。但第一次有确切证实的,据说是 1610 年。据记载,活跃于伦敦的伊丽莎白时代占星家、神秘学家和草药师西蒙·弗尔曼(Simon Forman)说,1610 年 4 月 20 日,他在环球剧院看了《麦克白》的演出。专家们发现,弗尔曼的说法和第一对开本里有出入。

长期以来,《麦克白》一直被认为是一出"倒霉戏"。据说,迷信的演员甚至不会说出它的名字。如果他们真的提起"麦克白"——除非他们真的在排练这出戏——就只好走出门,回头三次,发誓,吐口水,问他们是否能再进来。

《麦克白》已被翻译成多种语言在世界各地演出。此外,它还被改编成电影、电视、歌剧、小说、漫画和其他形式,并吸引了一些著名的演员扮演麦克白和麦克白夫人。它被意大利作曲家朱塞佩·威尔第改编成歌剧;1934 年,德米特里·肖斯塔科维奇写了一部歌剧《麦克白夫人》;在黑泽明的日文版《蜘蛛巢城》中,麦克白变成了一个诡计多端的武士;在南非,剧作家维尔康姆·索米(Welcome Msomi)把莎士比亚的故事改写成了《马巴塔》(uMabatha, 1970),主人公马巴塔被发挥为为了当上祖鲁酋长而犯下谋杀罪的人;印度电影《马克布尔》把麦克白的故事改编到了印度黑社会孟买的街头;原著剧本曾被著名导演——包括奥森·威尔斯——拍成电影,还为黑帮电影《乔·麦克白》(1955)和《受尊敬的人》(1991)提供了故事情节。

罗益民

人生不过是一个行走的影子,
一个在舞台上指手画脚的拙劣的伶人,
登场片刻,就在无声无臭中悄然退下;
它是一个愚人所讲的故事,充满着喧哗和骚动,
却找不到一点意义。

目 录

麦克白   1

《麦克白》导读   133
前　言   135
导　读   139
  一、幻象   139
  二、语言   148
  三、巴洛克戏剧   175
  四、上演   184
  五、文本   200
  六、米德尔顿与《麦克白》的修改   211
  七、日期   214
  八、来源   226

附　录　1611年环球剧院《麦克白》   249
缩写与参考文献   255
莎士比亚作品是人生地图
      ——《牛津版莎士比亚》赏读   259
编校说明   269

麦克白

剧中人物

女巫甲
女巫乙 ｝ 命运三姐妹
女巫丙

赫卡忒　女巫之神

其他三名女巫、
赫卡忒的歌者与舞者
众幽灵

麦克白　葛莱密斯爵士、考特爵士，后为苏格兰国王
麦克白夫人　后为王后
邓肯　苏格兰国王
马尔康　邓肯长子
道纳本　邓肯次子
班柯　苏格兰军中大将
弗里恩斯　班柯之子
麦克德夫　费辅爵士

3

麦克白

麦克德夫夫人
麦克德夫之子
列诺克斯　　　　　　⎤
洛斯　　　　　　　　 ⎥　众爵士（苏格兰贵族）
安格斯　　　　　　　 ⎥
孟提斯　　　　　　　 ⎥
凯士纳斯　　　　　　 ⎦
军曹（中士）
麦克白城堡门房
老翁
三刺客（刺杀班柯）
贵族（无名，第三幕第六场）
医生（英格兰）
医生（苏格兰）
侍女（护士）
西登（麦克白的侍臣）

西华德　诺森伯兰伯爵　　⎤
　　　　　　　　　　　　⎬　英国贵族
小西华德　西华德之子　　⎦

侍从、使者、仆人、一个缝补工、刺客（刺杀麦克德夫夫人）
两军战士——马尔康与麦克白的兵士

第一幕

第一场

|雷电交加。三女巫上。

女巫甲 何时姐妹再相逢,
　　　　雷电轰轰雨蒙蒙?

女巫乙 且等烽烟静四陲,
　　　　败军高奏凯歌回。

女巫丙 半山夕照尚含辉。

女巫甲 何处相逢?

女巫乙 在荒原。

女巫丙 共同去见麦克白。

女巫甲 我来了,狸猫精[1]。

女巫乙 癞蛤蟆[2]叫我了。

女巫丙 来也。

---

1 原文为"Graymalkin",猫的常用名,尤指女巫的猫,有时也被拼写作"Grimalkin"。　2 原文为"Paddlock",癞蛤蟆的常用名。

麦克白

三女巫 （合）美即丑恶丑即美[1]，

翱翔毒雾妖云里。（同下。）

第二场

|内号角[2]声。邓肯、马尔康、道纳本、列诺克斯及侍从等上，与一流血之军曹相遇。

邓肯 那个流血的人是谁？看他的样子，也许可以向我们报告关于叛乱的最近消息。

马尔康 这就是那个奋勇苦战帮助我冲出敌人重围的军曹。祝福，勇敢的朋友！把你离开战场之前的战况报告王上。

军曹 双方还在胜负未决之中；正像两个精疲力竭的游泳者，彼此扭成一团，显不出他们的本领来。那残暴的麦克唐华德不愧为一个叛徒，因为无数奸恶的天性都丛集于他的一身；他已经征调了西方各岛上的轻重步兵，命运也像娼妓一样[3]，有意向叛徒卖弄风情，助长他的罪恶的气焰。可是这一切都无能为力，因为英勇的麦克白——真称得上一声"英

---

1 原文为"Fair is foul, and foul is fair"，"金玉其外，败絮其中"这样的格言在当时是很常见（Dent F29;《无事生非》第四幕第一场），但是"丑即美"这一悖论不常见：这成为该剧的一个主题，例如第一幕第三场"我从来没有见过这样阴郁而又光明的日子（So foul and fair a day I have not seen）"。

2 一种"战斗号令"，宣告军队的到来。

3 参见谚语"命运是个娼妇（Fortune is a strumpet）"（Dent F603.1），此处命运被拟人化为罗马的命运女神福尔图娜（Fortuna）。

第一幕　第二场

勇"——不以命运的喜怒为意，挥舞着他的血腥的宝剑，像个煞星似的一路砍杀过去，直到了那奴才的面前，也不打个躬，也不通一句话，就挺剑从他的肚脐[1]上刺了进去，把他的胸膛划破，一直划到下巴；他的头已经割下来挂在我们的城楼上了。

邓肯　啊，英勇的表弟[2]！尊贵的壮士！

军曹　天有不测风云，从那透露曙光的东方偏卷来了覆船的飓风和可怕的雷雨；我们正在兴高采烈的时候，却又遭遇了重大的打击。听着，陛下，听着：当正义凭着勇气的威力正在驱逐敌军向后溃退的时候，挪威国君看见有机可乘，调了一批甲械精良的生力军又向我们开始一次新的猛攻。

邓肯　我们的将军们，麦克白和班柯有没有因此而气馁？

军曹　是的，要是麻雀能使怒鹰退却、兔子能把雄狮吓走的话。实实在在地说，他们就像两尊巨炮，满装着双倍火力的炮弹，愈发愈猛，向敌人射击；瞧他们的神气，好像拼着浴血负创，非让尸骸铺满原野，让另一座骷髅山[3]名垂千古，否则决不罢手——可

1　原文为"nave"，身体中央；或者，可能是从"胯部"砍到下巴。
2　原文为"cousin"，用于指大家族的任何成员，此处也用于君主指自己宫廷的贵族。
3　原文为"Golgotha"，意为"堆积骷髅之地"，词源自希伯来语的"头骨""藏尸房"，它是《福音书》中耶稣受难的地方。这个典故既令人印象深刻，又具有讽刺意义。

麦克白

　　　　是我的力气已经不济了，我的伤口需要马上医治。[1]

邓肯　　你的叙述和你的伤口一样，都表现出一个战士的精神。来，把他送到军医那儿去。[2]

洛斯与安格斯上。

邓肯　　谁来啦？

马尔康　尊贵的洛斯爵士[3]。

列诺克斯　他的眼睛里露出多么慌张的神色！好像要说出什么古怪的事情似的。

洛斯　　上帝保佑吾主！

邓肯　　爵士，你从什么地方来？

洛斯　　从费辅来，陛下；挪威的旌旗在那边的天空招展，把一阵寒风搧进了我们人民的心里。挪威国君亲自率领了大队人马，靠着那个最奸恶的叛徒考特爵士的帮助，开始了一场惨酷的血战；直到麦克白，这战神贝娄娜的郎君[4]，披甲戴盔[5]，和他势均力敌[6]，刀来枪往，奋勇交锋，方才挫折了他的凶焰；胜利

---

1. 军曹讲话有两个特点：第一，使用了古典使者夸张的修辞；第二，对开本的排列非常不规则，没法通过任何巧妙的办法将其完全规范化。我认为莎士比亚是使用一种形式来描述一个受了重伤最终说话断断续续的人的现实情况，但是因为排版工人的坏习惯，给不规律的语言又增加了一些与内容无关的话。
2. 对开本没有邓肯命人去照料军曹的舞台指令；可能有人离开去找人帮忙，更可能有一个士兵扶他下去。
3. 原文为"Thane"，男爵，通常是苏格兰的氏族首领。
4. 原文为"Bellona's bridegroom"，庆祝麦克白军事荣耀的华丽辞藻，即他将要和罗马的女战神成婚。
5. 原文为"lapped in proof"，"lapped"有围绕、包裹着的意思，加上上文的"新郎"暗示，因此这里带有色情的意味。"proof"为经受过考验的力量，最初指武器和盔甲（*OED* II.6）。
6. 即在任何方面都与之相当（讽刺的是，在背叛方面也是如此）。

第一幕　第三场

才终于属我们所有。——

邓肯　好大的幸运！

洛斯　现在史威诺，挪威的国王，已经向我们求和了；我们责令他在圣戈姆小岛上缴纳一万块钱[1]充入我们的国库，否则不让他把战死的将士埋葬。

邓肯　考特爵士再也不能骗取我们的信任[2]了，去宣布把他立即处死，他原来的爵位移赠麦克白。

洛斯　我就去执行陛下的旨意。

邓肯　他所失去的，也就是尊贵的麦克白所得到的。

（同下。）

第三场

| 雷鸣。三女巫上。

女巫甲　妹妹，你从哪儿来？

女巫乙　我刚杀了猪来。

女巫丙　姐姐，你从哪儿来？

女巫甲　一个水手的妻子坐在那儿吃栗子，啃呀啃呀啃呀地啃着。"给我，"我说。"滚开，妖巫！"那个吃人

---

1 原文为"dollar"，丹麦使用的银币（rigsdaler）的英文写法，实际上是16世纪的金属货币。　2 原文为"bosom interest"，亲信之间的利益与权利。

麦克白

　　　　　　家剩下来的肉皮肉骨的贱人喊起来了[1]。她的丈夫
　　　　　　是"猛虎号"[2]的船长，到阿勒坡去了；可是我要
　　　　　　坐在筛子[3]里追上他去，像一头没有尾巴的老鼠[4]，
　　　　　　瞧我的，瞧我的，瞧我的吧。
女巫乙　我助你一阵风。
女巫甲　感谢你的神通[5]。
女巫丙　我也助你一阵风。
女巫甲　刮到西来刮到东。
　　　　　　到处狂风吹海立，
　　　　　　浪打行船无休息；
　　　　　　终朝终夜不得安，

1　原文为"'Aroynt thee, witch', the rump-fed ronyon cries"，一般的意义是"'滚开，妖巫'，那个吃鱼吃肉的贱人喊起来了"，但实际的词是不确定的："aroynt""rump-fed"和"ronyon"都是莎士比亚独创的；"去你的，妖精，去你的（aroynt thee, witch）"同样出现在《李尔王》第三幕第四场中，"ronyon"在《温莎的风流娘儿们》第四幕第二场中同样是指一名女巫。这些词可能存在于俚语中，但在别处被印成文字。女巫甲的愤怒并不仅仅在于想要吃栗子却被拒绝，更是因为"妖巫（witch）"这一侮辱性的称呼，她们通常自称为"命运三姐妹（Weïrd Sisters）"。"rump-fed"——可能指的是"肥臀的"和"以臀部为食的"（包括内脏和好肉）。"ronyon"可能源自法语"rognon"（最初是人类或动物的肾脏），它有一个古老的俚语意思，某些动物的睾丸（E. Littré, *Dictionnaire de la langue française*, vi; Paris, 1958）。"Rogne"还是个阴性词，指兽癣或相似的疾病，从比利时瓦隆语中的"ragn"衍生出来，比利时列日大学的艾琳·西蒙（Irène Simon）教授让我关注 J. 霍斯特（J. Haust）的《列日字典》（Liège, 1933），其中将"mâle rogne"解释为"méchante femme"，即"邪恶的女性"。我认为这是将这两个词结合起来，综合多个来源的含义把它归为一个骂人的词，现在我们仍将生殖器当作骂人的词。女巫甲在"rump-fed ronyon"中还增加了鸡奸的暗示（《牛津英语词典》中更倾向于将"aroint"和"runnion"用作"走开"的意思，但是也没有必要做这些改变）。
2　原文为"Tiger"，猛虎，是较为普遍的船名；这里可能是指女巫常用的精怪（大）猫。
3　原文为"sieve"，即筛子。在女巫的神话中，乘着一艘无底的船航行是很常见的，这是她们颠倒的力量特征。
4　原文为"rat without a tail"，即没有尾巴的老鼠。斯蒂文斯（Steevens）（1793）指出，过去的作家认为不完整的变形是合理的，他们认为女人没有部位能变成尾巴。但他没有引用任何权威。托马斯（第529页）指出，一般很少提到动物变形。
5　原文为"Thou'rt kind"，取其本义"自然的"，因为女巫们卖风（sell wind）是很正常的，现代意义上也是如此。

第一幕　第三场

　　　　　　骨瘦如柴血色干；

　　　　　　一年半载海上漂，

　　　　　　气断神疲精力销；

　　　　　　他的船儿不会翻，

　　　　　　暴风雨里受苦难。

　　　　　　瞧我有些什么东西？

女巫乙　给我看，给我看。

女巫甲　这是一个在归途覆舟殒命的舵工的拇指。（内鼓声。）

女巫丙　鼓声！鼓声！

　　　　　　麦克白来了。

三女巫　（合）手携手，三姐妹[1]，

　　　　　　沧海高山弹指地，

　　　　　　朝飞暮返任游戏。

　　　　　　姐三巡，妹三巡，[2]

　　　　　　三三[3]九转蛊方成[4]。

麦克白及班柯上。

麦克白　我从来没有见过这样阴郁而又光明的日子。

班柯　到福累斯还有多少路？这些是什么人，形容这样枯

1　原文为"Weïrd Sisters"，命运三姐妹。与现代的"weird"不同，在盎格鲁-撒克逊（以及后来的）神话中，The Weïrd 是命运女神，和古典的命运三女神一样，负责掌管命运，因此其能力是占卜，而不是巫术。

2　这个暗示的仪式可能是由女巫间分工进行。

3　三作为一个魔法数字，此处与命运三姐妹以及古典神话中的三位一体有关。

4　原文为"wound up"，蓄势待发：用于比喻使事物处于预备状态，尤指"有张力的"。

麦克白

瘦，服装这样怪诞，不像是地上的居民，可是却在地上出现？你们是活人吗？你们能不能回答我们的问题[1]？好像你们懂得我的话，每一个人都同时把她满是皱纹的手指按在她干枯的嘴唇上。你们应当是女人，可是你们的胡须[2]却使我不敢相信你们是女人。[3]

麦克白　（对女巫）你们要是能够讲话，告诉我们你们是什么人？

女巫甲　万福，麦克白！祝福你，葛莱密斯爵士！

女巫乙　万福，麦克白！祝福你，考特爵士！

女巫丙　万福，麦克白，未来的君王！

班柯　将军，您为什么这样吃惊，好像害怕这种听上去很好的消息似的？用真理的名义回答我，你们到底是幻象呢，还是果真像你们所显现的那个样子的生物？你们以现有的荣衔向我高贵的同伴致敬，并且预言他封王的希望，使他仿佛听得出了神；可是你们却没有对我说一句话。要是你们能够洞察时间所播的种子，知道哪一颗会长成，哪一颗不会长成，

1　原文为"question"，即询问、盘问。参见《哈姆雷特》第一幕第四场："因为你的形状是这样引起我的怀疑，我要对你说话。"

2　托马斯说"众所周知，长胡子的女人很可能是女巫"；莎士比亚在《温莎的风流娘儿们》第四幕第二场中也提到过。

3　这几行台词的特点在于把观众们能实实在在看到的人物形象如此精心地加以描写，而又刻意地加以模糊。难怪设计师们在如何装扮她们、给她们穿上（或脱掉）衣服，以及是否设计为互相相似等方面，差异巨大。

12

第一幕　第三场

　　　　　那么请对我说吧，我既不乞讨你们的恩惠，也不惧
　　　　　怕你们的憎恨。
女巫甲　祝福！
女巫乙　祝福！
女巫丙　祝福！
女巫甲　比麦克白低微，可是你的地位在他之上。
女巫乙　不像麦克白那样幸运，可是比他更有福。
女巫丙　你虽然不是君王，你的子孙将要君临一国。万福，
　　　　　麦克白和班柯！
女巫甲　班柯和麦克白，万福！
麦克白　且慢，你们这些闪烁其词的预言者，明白一点告诉
　　　　　我。[1]西纳尔[2]死了以后，我知道我已经晋封为葛
　　　　　莱密斯爵士；可是怎么会做起考特爵士来呢？考特
　　　　　爵士现在还活着，他的势力非常煊赫；至于说我
　　　　　是未来的君王，那正像说我是考特爵士一样难于
　　　　　置信。说，你们这种奇怪的消息是从什么地方得来
　　　　　的？为什么你们要在这荒凉的旷野用这种预言式称
　　　　　呼使我们止步？说，我命令你们。（三女巫隐去。）[3]

1　原文为"Stay, you imperfect speakers, tell me more"。"imperfect"，不完美的，闪烁其词的，说话不完整的（另有"邪恶"的意思）。
2　原文为"Sinell"，西纳尔。霍林斯赫德称麦克白的父亲为西纳尔。
3　原文为"Witches vanish"，三女巫隐去。这是一个语焉不详的舞台指令，显然需要一个巧妙的视觉效果，否则后文（"水上有泡沫……我倒希望她们会多留一会儿"部分——编者注）所描述的场景将与观众所看到的不符合。环球剧院的道具资源包括烟雾、地板暗门和至少一个绞盘（但三个演员不可能飞得那么快）。

麦克白

班柯 水上有泡沫,土地也有泡沫,这些便是大地上的泡沫。她们消失到什么地方去了?

麦克白 消失在空气之中,好像是有形体的东西,却像呼吸一样融化在风里了。我倒希望她们会多留一会儿。

班柯 我们正在谈论的这些怪物,果然曾经在这儿出现吗?还是因为我们误食了令人疯狂的草根[1],已经丧失了我们的理智?

麦克白 您的子孙将要成为君王。

班柯 您自己将要成为君王。

麦克白 而且还要做考特爵士;她们不是这样说的吗?

班柯 正是这样说的[2]。谁来啦?

洛斯及安格斯上。

洛斯 麦克白,王上已经很高兴地接到了你胜利的消息;当他听见你在这次征讨叛逆的战争中所表现的英勇的勋绩,他简直不知道应当惊异还是应当赞叹,在这两种心理的交互冲突之下,他快乐得说不出话来。他又得知你在同一天之内,又在雄壮的挪威大军阵地上出现,不因为你自己亲手造成的死亡惨

---

[1] 原文为"insane root",这里既用 insane(疯狂的)一词做定语来修饰 root(根),指误食后会致人疯狂的草根,同时也一语双关,用"疯狂的"一词加上 root 的另一个意思"根源"来指"一切疯狂的根源",亦即根本丧失理智、一片混乱。一些草的根是强效麻醉剂,如莨菪、毒芹、曼德拉草。

[2] 原文为"To th'self-same tune, and words",意为连曲带词都是这样的。班柯在这里用一个轻佻的说法来敷衍,就好像他回答的问题是"那首歌是这样唱的吗?"

第一幕　第三场

象而感到些微的恐惧[1]。报信的人像密雹一样接踵而至，异口同声地在他的面前称颂你保卫祖国的大功。

安格斯　我们奉王上的命令前来，向你传达他慰劳的诚意；我们的使命只是迎接你回去面谒王上，不是来酬答你的功绩。

洛斯　为了向你保证他将给你更大的尊荣[2]，他叫我替你加上考特爵士的称号；祝福你，最尊贵的爵士！这一个尊号是属于你的了。

班柯　什么！魔鬼居然会说真话吗？[3]

麦克白　考特爵士现在还活着；为什么你们要替我穿上借来的衣服？

安格斯　原来的考特爵士现在还活着，可是因为他自取其咎，犯了不赦的重罪，在无情的判决之下，将要失去生命。他究竟有没有和挪威人公然联合，或者曾

1　原文为"Nothing afeard of what thyself didst make/ Strange images of death"，不要害怕你亲手造成／奇怪的死亡惨象。可以有两种理解：一、不害怕你要杀死的人；二、不害怕你自己（通过杀光所有的人）制造的死亡惨象；W. 燕卜荪（W. Empson）在《朦胧的七种类型》（Seven Types of Ambiguity，1930, 3rd edition，1953，p. 45）（中文版为周邦宪等译，中国美术学院出版社1996年版）中很恰当地认为，这里未尽之意的有力之处，在于"奇怪的死亡惨象"，因为麦克白在杀死邓肯之后确实被死亡惨象吓到了。而假如在"造成的"一词后面加上逗号则会大大减损这种模棱两可的妙处。

2　原文为"greater honour"，从字面意义上，我们没有听说邓肯再给予麦克白更大的尊荣了，除非是指邓肯到访麦克白的城堡。但是这个模糊的修辞语明显讽刺地指向女巫对麦克白封王的承诺。

3　原文为"What, can the devil speak true？""魔鬼偶尔说真话"显然成了后来众所周知的名言（Dent D266），最早见于莎士比亚《理查三世》第一幕第二场"啊，魔鬼说真话真是太棒了！"，在此之前并没有记载。

麦克白

经给叛党秘密的援助[1]和好处[2],或者同时用这两种手段来图谋颠覆他的祖国,我还不能确实知道;可是他的叛国的重罪,已经由他亲口供认,并且有了事实的证明,使他遭到了毁灭的命运。

麦克白 (旁白)葛莱密斯,考特爵士;最大的尊荣还在后面[3]。(向洛斯、安格斯)谢谢你们的跋涉。(向班柯)您不希望您的子孙将来做君王吗?方才她们称呼我作考特爵士,不同时也许给您的子孙莫大的尊荣吗?

班柯 您要是果然完全相信了她们的话,也许做了考特爵士以后,还渴望[4]把王冠攫到手里。可是这种事情很奇怪;魔鬼为了要陷害我们,往往故意向我们说真话,在小事情上取得我们的信任,然后在重要的关头我们便会堕入他的圈套。[5]两位大人,让我对你们说句话。

麦克白 (旁白)两句话已经证实[6],这好比是美妙的开场白,

---

1 原文为"line",意为援助、增援(从给衣服加衬里的比喻用法引申而来)。
2 原文为"vantage",意为好处、福利。
3 原文为"The greatest is behind",谚语,指最好的或者最坏的都在后面(Dent B318, W918)。
4 原文为"enkindle",意为引起:字面意思指燃起,喻义为振奋人心或引起暴力等。因此它比"cause you to hope for(让你期待)"的意义更强烈(Bradley)。
5 这是对魔鬼挪用神谕的传统指控;缪尔(Muir)在《全集》(*Works*, 1616, p. 98)中引用了詹姆士一世的《恶魔研究》(*Demonology*):"因为那古老而狡猾的蛇是一种精灵,它很容易地窥探我们的感情,欺骗我们,我们因此最终走向毁灭。"
6 在这一场的其余部分,班柯和麦克白没有直接交流(直到后面麦克白直接向班柯说话),但他们的言语在韵律和思想上都联系紧密。

第一幕　第三场

接下去就是帝王登场的正戏[1]了。[2]（向洛斯、安格斯）谢谢你们两位。（旁白）这种神奇的启示[3]不会是凶兆，可是也不像是吉兆。假如它是凶兆，为什么用一开头就应验的预言，保证我未来的成功呢？我现在不是已经做了考特爵士了吗？假如它是吉兆，为什么那句话会在我脑中引起可怖的印象，使我毛发悚然，使我安稳的心全然失去常态，扑扑地跳个不住呢？想象中的恐怖远过于实际上的恐怖；我的思想中不过偶然浮起了杀人的妄念[4]，就已经使我全身[5]震撼，心灵在疑似的猜测之中丧失了作用，把虚无的幻影认为真实了[6]。

班柯　瞧，我们的同伴想得多么出神。

麦克白　（旁白）要是命运使我成为君王，那么命运也许会替我加上王冠，用不着我自己费力。

班柯　新的尊荣加在他的身上，就像我们穿上新衣服一

---

[1] 原文为"theme"，主题。指：话题；复调音乐的主旋律。
[2] 原文为"As happy prologues to the swelling act/Of the imperial theme"，"swelling"喻义为放大的、增加的，提升的（OED 5d）——随着行为的发展扩大而增强。《牛津英语词典》后来赋予"swell"一词"crescendo（渐强）"的意义（1749），它在这里与"theme（主题）"一词非常贴切，因为整个短语极好地体现了音律上的渐强。
[3] 原文为"soliciting"，煽动、诱惑。
[4] 即杀人的念头，在整个场景中都有强烈的暗示，但只有在这里才有明确指出。
[5] 原文为"single state of man"，"single"这个词（OED 4）的意思是"不可分割的、不可破坏的、绝对的"；这里它无疑是指"统一的"。我同意缪尔的看法，它暗指由一个不可分割的灵魂统一起来的微观世界，如身体、精神等。麦克白面临着自我分裂和解体的威胁；现代最接近的单词是"整体（integrity）"。
[6] 原文为"nothing is/But what is not"，现实被幻觉所取代，这是该剧在舞台和语言上的一个关键短语，参见导读部分。

麦克白

样,在没有穿惯以前,总觉得有些不大适合身材似的。[1]

麦克白 （旁白）事情要来尽管来吧,到头来最难堪的日子也会对付得过去的。[2]

班柯 尊贵的麦克白,我们在等候着您的意旨。

麦克白 原谅我;我迟钝的脑筋刚才偶然想起了一些已经忘记了[3]的事情,两位大人,你们的辛苦已经铭刻在我的心上,我每天都要把它翻开来诵读。让我们到王上那儿去。（向班柯）想一想最近发生的这些事情;等我们把一切仔细考虑过以后,再把各人心里的意思彼此开诚相告吧。

班柯 很好。

麦克白 现在暂时不必多说。来,朋友们。（同下。）

第四场

喇叭奏花腔。邓肯、列诺克斯、马尔康、道纳本及侍从等上。

邓肯 考特的死刑执行完毕没有?监刑的人还没有回来吗?

---

[1] 即在你适应之前,荣华富贵并不是令人感觉舒适的,就如同人穿新衣服需要穿习惯一样。

[2] 原文为"Come what come may/Time and the hour runs through the roughest day",这一句把"不管发生什么（Come what come may）"和"最漫长的日子也有尽头（The longest day has an end）"两句格言结合起来,参见 Dent C529, D20。在最艰难的日子里,时间一样流逝,要发生的总会发生。

[3] 麦克白找的一个借口,与真相相反。

第一幕　第四场

马尔康　陛下，他们还没有回来；可是我曾经和一个亲眼看见他就刑的人谈过话，他说他很坦白地供认他的叛逆，请求您宽恕他的罪恶，并且表示深切的悔恨。他一生行事，从来不曾像他临终的时候那样得体；他抱着视死如归的态度[1]，抛弃了他拥有的[2]最宝贵的生命，就像它是不足介意的东西一样。

邓肯　世上还没有一种方法，可以从一个人的脸上探察他的居心[3]；他曾经是我绝对信任的一个人。

|麦克白、班柯、洛斯及安格斯上。

邓肯　啊，最值得钦佩的表弟！我那忘恩负义的罪恶，刚才还重压在我的心头。你的功劳太超乎寻常了，飞得最快的报酬都追不上你；要是它再微小一点，也许我可以按照适当的名分，给你应得的感谢和酬劳；现在我只能这样说，一切的报酬都不能抵偿你伟大的勋绩。

麦克白　为陛下尽忠效命，本身就是一种酬报。[4] 接受我们的劳力是陛下的名分；我们对于陛下和王国的责任，正像子女和奴仆一样，为了确保您的安全，无

1　原文为"As one that had been studied in his death"，"studied"即仔细准备，就像一个演员"仔细揣摩"他的角色，即学会台词、准备表演。
2　原文为"owed"：拥有的；欠、归于，如在生命"owed to God（归于上帝）"这种用法中。
3　谚语"知人知面不知心（the face is no index to the mind）"，参见 Dent F 1.1。
4　这一句彰显场合，以华丽的辞藻表达"美德本身就是一种奖赏（virtue is its own reward）"这一格言，参见 Dent V81。

麦克白

愧您的厚爱与恩宠，无论做什么事都是应该的。

邓肯　欢迎你回来；我已经开始把你栽培，我要努力使你繁茂。尊贵的班柯，你的功劳也不在他之下，让我把你拥抱在我的心头。

班柯　要是我能够在陛下的心头生长，那收获是属于陛下的。

邓肯　我的洋溢在心头的盛大的喜乐，想要在悲哀的泪滴里隐藏它自己。[1]吾儿，各位国戚，各位爵士，以及一切最亲近的人，我现在向你们宣布立我的长子马尔康为储君，册封为肯勃兰亲王[2]，他将来要继承我的王位；不仅仅是他一个人受到这样的光荣，广大的恩宠将要像繁星一样，照耀在每一个有功者的身上。陪我到殷佛纳斯去，让我再叨受你一次盛情的招待。

麦克白　不为陛下效劳，闲暇成了苦役。让我做一个前驱者[3]，把陛下光降的喜讯先去报告给我的妻子知道；现在我就此告辞了。

邓肯　我尊贵的考特！

麦克白　（旁白）肯勃兰亲王！这是一块横在我前途的阶石，

1　即我高兴得哭了。
2　原文为"Prince of Cumberland"，正如威尔士亲王是英格兰王储的头衔，肯勃兰亲王为苏格兰王储的称号。肯勃兰在英格兰统治下，由苏格兰人控制。
3　原文为"harbinger"，被差遣为军队或皇室提供住宿的人（*OED* 2）。

第一幕　第五场

　　我必须跳过这块阶石，否则就要颠仆在它的上面。星星啊，收起你们的火焰！不要让光亮照见我黑暗幽深的欲望。眼睛啊，别望这双手吧；[1]可是我仍要下手，不管干下的事会吓得眼睛不敢看。(下。)

邓肯　真的，尊贵的班柯[2]；他真是英勇非凡，我已经饱听人家对他的赞美，那对我就像是一桌盛筵。他现在先去预备款待我们了，让我们跟上去。真是一个无比的国戚。(喇叭奏花腔。众下。)

第五场

麦克白夫人上，读信。

麦克白夫人　"她们在我胜利的那天遇到我；我根据最可靠的[3]说法知道，她们具有超越凡俗的知识。当我燃烧着热烈的欲望，想要向她们详细询问的时候，她们已经化为一阵风不见了。我正在惊奇不置，王上的使者就来了，他们都称我为'考特爵士'；那一个尊号正是那些神巫用来称呼我的，而且她们还对我作这样的预示，说是'祝福，未来的君王！'我想我

1　原文为"The eye wink at the hand"，眼睛啊，别望这双手吧，即不要让眼睛看到手要做什么。
2　很明显，在麦克白的旁白和退场期间，邓肯和班柯一直在交谈。
3　原文为"perfectest"，与第一幕第三场("且慢，你们这些闪烁其词的预言者，明白一点告诉我"——编者注)中"闪烁其词(imperfect)的预言者"加以对照。

麦克白

应该把这样的消息告诉你,我的最亲爱的有福同享的伴侣,好让你不至于因为对于你所将要得到的富贵一无所知,而失去你所应该享有的欢欣。把它放在你的心头,再会。"

你现在已经一身兼葛莱密斯和考特两个显爵,将来还会达到那预言所告诉你的那样的高位。可是我却为你的天性忧虑:它充满了太多的人情的乳臭[1],使你不敢采取最近的捷径;你希望做一个伟大的人物,你不是没有野心,可是你却缺少和那种野心相联属的奸恶;你希望用正直的手段,达到你的崇高的企图;一方面不愿玩弄机诈,一方面却又要作非分的攫夺;伟大的爵士,你想要的那东西正在喊:"你要到手,就得这样干!"你也不是不肯这样干,而是怕干。赶快回来吧,让我把我的精神力量[2]倾注在你的耳中;命运和玄奇的[3]力量分明已经准备把黄金的宝冠[4]罩在你的头上,让我用舌尖的勇气,把那阻止你得到那顶王冠的一切障碍驱扫一空吧。

---

[1] 原文为"It is too full o'th'milk of human kindness"。"kind"一词最初指"自然的,天性的",并发展出了当代的含义,即"善良的天性";在这里两种含义兼而有之,因为麦克白夫人在有意识地召唤非自然的东西。

[2] 原文为"spirits",指非物质的品质(由语言传播);勇气、奋斗精神;蒸馏过的毒药。

[3] 原文为"metaphysical",玄奇的、超自然的。

[4] 原文为"golden round",皇冠。

第一幕　第五场

一使者上。

麦克白夫人　你带了些什么消息来？

使者　王上今晚要到这儿来。

麦克白夫人　你在说疯话吗？主人不是和王上在一起？要是果真有这一回事，他一定会早就通知我们准备的。

使者　启禀夫人，这话是真的。我们的爵爷快要来了；我的一个伙伴比他早到了一步，他跑得气都喘不过来，好容易告诉了我这个消息。

麦克白夫人　好好看顾他；他带来了重大的消息。（使者下。）报告邓肯走进我这堡门来送死的乌鸦[1]，它的叫声是嘶哑[2]的。来，注视着人类恶念[3]的魔鬼们[4]！解除我的女性柔弱[5]，用最凶恶的残忍自顶至踵贯注在我的全身；凝结我的血液[6]，不要让悔恨通过我的心头，不要让天性中的恻隐[7]摇动我的狠毒的决意[8]！来，你们这些杀人的助手，你们无形的[9]躯

1　原文为"raven"，乌鸦：象征恶兆的鸟，其沙哑的叫声预示着死亡。乌鸦象征不吉利的情况很常见，例如，"乌鸦哇哇叫，象征死期到"（Dent R33）。
2　原文为"hoarse"，表示它的叫声比平时更加沙哑且更加不吉利。
3　原文为"mortal thoughts"，意为：凡人的想法；致命的想法。
4　人们认为灵魂会（像恶魔一样）等待接受恶念的邀约，来侵占人的心灵，并把邪恶的念头付诸实践。
5　原文为"unsex me here"。"性"统领人生的各种行为 ["mortal thoughts"（凡人的想法）]，如

行善、懊悔、怜悯、生育。简言之，麦克白夫人想要舍弃的不仅仅是她的女性气质，也要舍弃她的人性。她的想法与第一幕第七场中困扰麦克白的杂念非常相似。
6　原文为"Make thick my blood"，凝结我的血液。健康的血液是畅通无阻的，能让"自然的人性精神"（此处为怜悯与敬畏）传送到大脑中，"黏稠的血（thick blood）"阻塞这一通道。
7　原文为"compunctious"，良知或良心的刺痛。
8　原文为"keep peace between th'effect and it"，即让我的目的（it）与可怕的结果之间讲和。
9　原文为"sightless"，指盲的，失明的；无形的；难看的，丑陋的（参见第一幕第七场）。

麦克白

体[1]散满在空间,到处找寻为非作恶的机会[2],进入我的妇人的胸中,把我的乳水当作胆汁吧!来,阴沉的黑夜,用最昏暗的[3]地狱中的浓烟罩住[4]你自己,让我的锐利的[5]刀瞧不见它自己切开的伤口,让青天不能从黑暗的重衾[6]里探出头来,高喊"住手,住手!"[7]

|麦克白上。

麦克白夫人 伟大的葛莱密斯!尊贵的考特!比这两者更伟大、更尊贵的[8]未来的统治者!你的信使我飞越蒙昧的[9]现在,我已经感觉到未来的搏动了。

麦克白 我的最亲爱的夫人,邓肯今晚要到这儿来。

麦克白夫人 什么时候回去呢?

---

1 原文为"substances",魔鬼与天使一样,也需要以"实质(substance)",即物质为载体,用以联系物质世界,即便这种"实质""躯体"并非由生成地上所有物体的四种元素构成。可见的形式是其精神本质的表达。
2 原文为"wait on nature's mischief",即埋伏着,等待天性受到干扰。那时,他们便可以借机推波助澜。正如他们可以对麦克白夫人邪恶的想法做出回应,因为他们是"非自然的""违背天性的"。
3 原文为"dunnest",最暗的暗棕色,最深的灰色,用来表示"murkiest(最阴暗的)"。
4 原文为"pall",意为:覆盖,比如用斗篷盖;使……恐惧、胆寒。
5 原文为"keen",意为:锋利的、锐利的;热切的、渴望的——这把刀若是知道了它制造的伤口有多么恐怖,它杀人的热望可能会减弱。
6 原文为"blanket",新古典主义对华丽辞藻的坚持,招致了约翰逊(Johnson)甚至柯勒律治(Coleridge)的反对。事实上,这段话里隐喻上的指涉充满想象力,而同样词汇也完全没有背离字面上的意思。
7 整段内容语言缜密并且意象丰富,画面感十足,难以尽写;它承接了第一幕第三场,在某些方面又引导着第一幕第七场。饰演麦克白夫人的演员必须在以下两种情况下做出选择:一是对口头召唤的鬼神实施仪式性的呼求,二是将整段话作为自我暗示的语言来提高自己的士气。萨拉·席登斯(Sarah Siddons)将她的表演从第二种方式改为第一种方式,文本则兼而有之,但很难理解如何在表演中兼顾这两种情况。
8 原文为"all-hail",译为"更尊贵的",比"hail(万福)"程度更为加强,这是女巫们保留的专指王权的词(第一幕第三场),此处也是麦克白夫人心中所想。
9 原文为"ignorant",蒙昧的,不知情的。关键在于,现在总是让人看不清未来,正如《冬天的故事》(Winter's Tale)第一幕第二场:"请不要故意瞒着我(imprison't not /In ignorant concealment)"。

第一幕　第五场

麦克白　他预备明天回去。

麦克白夫人　啊！太阳永远不会见到那样一个明天。[1] 您的脸，我的爵爷，正像一本书，人们可以从那上面读到奇怪的事情。您要欺骗世人[2]，必须装出和世人同样的神气；让您的眼睛里、您的手上、您的舌尖，随处流露着欢迎；让人家瞧您像一朵纯洁的花朵，可是在花瓣底下却有一条毒蛇潜伏[3]。我们必须准备款待这位将要到来的贵宾；您可以把今晚的大事交给我去办[4]；凭此一举，我们今后就可以日日夜夜永远掌握君临万民的无上[5]权威。

麦克白　我们还要商量商量。

麦克白夫人　泰然自若地抬起您的头来[6]；脸上变色最易引起猜疑[7]。其他一切都包在我身上。（同下。）

---

1 这一句短台词暗示着一个重要停顿：西登斯夫人的处理方式是念完这句后凝视麦克白的眼睛。
2 原文为"beguile the time"，在此时此刻欺世人，正如"beguile the time with a fair face"（Dent T340.1）（参见第一幕第七场）。
3 原文为"look like th'innocent flower/But be the serpent under't"，缪尔认为这个比喻源自维吉尔的《牧歌》（*Eclogues* iii. 93）；在《牧歌》中，正如莎士比亚其他作品中，对蛇都是做此描写。但是此处将"纯洁"与"毒蛇"放在一起，明显暗指撒旦；《圣经·创世纪》或者基督教神话其他描述中都不是这样写的。尽管弥尔顿（Milton）在《失乐园》（*Paradise Lost*, ix. 908-912）中把花朵和蛇放在了一起，但这并不是撒旦欺骗夏娃的方式。"草丛里的毒蛇（a snake in the grass）"尽人皆知（Dent S585），这里表达的是"天使面容，蛇蝎心肠"（T340.1）；参见第一幕第七场。
4 原文为"dispatch"，指赶走；快速移动。该词在16世纪直接用于描写杀戮，但是也有办事的意思，因此可能表示"处理，办好"，也表示"谋杀"。
5 原文为"solely"，仅有的、唯一的——因此也就是绝对的、至高无上的。
6 原文为"Only look up clear"，"clear"，面色开朗的（因为无愧无惧）。
7 原文为"To alter favour, ever is to fear"，插入这句台词是为了凑成对句，"fear"对"clear"；意思是"恐惧总是能改变一个人的面容（喜好）"。参见第一幕第七场、第三幕第二场。

麦克白

第六场

邓肯、马尔康、道纳本、班柯、列诺克斯、麦克德夫、洛斯、安格斯及侍从等上。

邓肯　这座城堡的位置很好；一阵阵温柔的[1]和风轻轻吹拂着我们微妙的[2]感觉。

班柯　这一个夏天的客人——巡礼庙宇的燕子，也在这里筑下了它温暖的巢居，这可以证明[3]这里的空气有一种诱人的香味；檐下梁间、墙头屋角，无不是这鸟儿安置吊床[4]和摇篮[5]的地方：凡是[6]它们生息[7]繁殖之处，我注意到空气总是很新鲜芬芳[8]。

麦克白夫人上。

邓肯　瞧，瞧，我们尊贵的主妇！到处跟随我们的挚情厚爱，有时候反而给我们带来麻烦，可是我们还是要把它当作厚爱来感谢；所以根据这个道理，我们给你带来了麻烦，你还应该感谢我们，[9]祷告上帝保

1　原文为"Nimbly"，温柔地、轻快地。
2　原文为"gentle"，最初指"(出身)高贵的"，因此与自然天性相关，此处与现在也仍在使用的词义"温柔的"合并在一起。
3　原文为"approve"，证明。
4　原文为"pendant"，作为名词，指屋顶和横梁之间的一个三角形结构（建筑术语，*OED* 6）。它精确说明了燕子的巢居并不是简单的悬挂（如"pendant"的本义）。此处明显是把"pendant"用作形容词，像吊床一样的巢居。
5　原文为"bed"，摇篮、巢穴（*OED*, bed sb I.2b，有"婚姻结合之处、繁殖与分娩之处"的喻义）。
6　原文为"Where they must breed and haunt"，"must"，1. 下定决心做（*OED* 3），通常用于第一人称，例如"我一定要拥有那个娃娃（I must have that doll）"，但是在 1600 年左右使用第三人称，表达某人难以抑制的欲望；2. 必须做（*OED* 2）。所有的编辑都依照罗武的做法，将其改为"most"。的确，一个开口的 o 很容易被误读为 u，但印刷商通常不会编造这种不太明显的解读法，而且"most"也相对老套。
7　原文为"haunt"，指常去（*OED* 3）；（鬼魂等）经常造访。燕科所有鸟类每年都会迁徙，并回到同一个筑巢地点；在这句话中，燕子也成为萦绕城堡的无害的精灵。
8　原文为"The air is delicate"，"delicate"，令人愉快的、迷人的（有感官放松的含义）。这层意思在美国仍然被普遍使用。
9　邓肯的这段话为精致考究的宫廷用语，用国王自称的"we"（"我们"），但在国王自称时应翻译为"朕"和普通人的"us"（我们）这两个词做了文字游戏。"我们的麻烦（接下页）

第一幕　第六场

佑我们。[1]

麦克白夫人　我们的犬马微劳，即使加倍报效，比起陛下赐给我们的深恩广泽来，也还是不足挂齿的；我们只有燃起一瓣心香，为陛下祷祝[2]上苍，报答陛下过去和新近加于我们的荣宠。

邓肯　考特爵士呢？我们想要追在他的前面，趁他没有到家，先替他设筵洗尘[3]；不料他骑马的本领十分了不得，他的一片忠心使他急如星火[4]，帮助他比我们先到了一步。高贵贤淑的主妇，今天晚上我要做您的宾客了。

麦克白夫人　只要陛下吩咐，您的仆人们随时准备把他们自己和他们所有的一切开列清单，向陛下报账，把原来属于陛下的依旧呈献给陛下。

邓肯　把你的手给我；领我去见我的居停主人。我很敬爱他，我还要继续眷顾他。请了[5]，夫人。（同下。）

（接上页）（our trouble）可能意味着"我们造成的麻烦"或"殷切关心可能是麻烦的"：邓肯让麦克白夫人感谢他带来的麻烦，他正因她的殷勤款待而加以厚爱，也为此感到麻烦。参见第一幕第四场。

1　原文为"God 'ield us"，上帝报偿，或奖励（保佑）我们。

2　原文为"hermits"，常被用来指代祈祷者，他们的工作是为他人的灵魂祈祷。麦克白夫人的意思也可能是说，如果没有邓肯过去和现在的赏赐，他们就会像代人祈祷者一样默默无闻。

3　原文为"To be his purveyor"，"purveyor"，提前做好准备的人，特指为君主提前预备事务的内政官，邓肯将其颠倒了。

4　原文为"his great love, sharp as his spur"，来自谚语"心中有爱，马不停蹄（he that hath love in his heart has spurs in his sides）"（Dent L481）。

5　原文为"By your leave"，一种为自己的冒昧而道歉的传统表达，在这里可能是亲吻了她。

麦克白

第七场

|高音笛奏乐;室中遍燃火炬。一司膳及若干仆人持着馔食具上,自台前经过。麦克白上。[1]

麦克白　要是干了以后就完了,那么还是快一点干;[2] 要是凭着暗杀的手段,可以攫取[3]美满的结果,又可以排除了一切后患;要是这一刀砍下去,就可以完成一切、终结一切——在这人世上,仅仅在这人世上,在时间这大海的浅滩[4]上;那么来生我也就顾不到了[5]。可是在这种事情上,我们往往逃不过现世的裁判。我们树立下血的榜样,教唆杀人的人,结果反而自己被人所杀;把毒药投入酒杯[6]里的人,结果也会自己饮鸩而死,这就是一丝不爽的报应。[7] 他到这儿来本有两重的信任:第一,我是

---

1. 最初的哑剧强调了晚上的时间和盛情款待所尽的职责。本丛书总编认为这些双簧管很可能是在后台演奏的(就像在宴会厅里),火炬可能由携带者放在镶嵌在柱子上的铁烛台上,或者放在舞台的后墙或柱子上,让舞台畅通无阻,预备麦克白的上场。
2. 这句即如果单次谋杀行为可以结束整个事情的话,那么最好是马上一次搞定;参见谚语"开弓没有回头箭(the thing done is not to do)",Dent T149。
3. 原文为"trammel up",指捕捉(用于用网捕鱼或鸟);把马的腿绑在一起,防止它走失。
4. 原文为"bank and shoal",沙滩与浅滩。在这里提到海,是因为"trammel(束缚,网住)"有渔业相关的词义。
5. 原文为"We'd jump the life to come","jump",跃过(来自"trammel"与马相关的词义),即冒险。
6. 原文为"chalice",指高脚杯;圣餐仪式中使用的杯子。
7. 原文为"This even-handed justice/Commends th' ingredience of our posioned chalice/To our own lips"。"commends",赠送,此处还蕴含基督教的意义;"bestows",即"赐予";"ingredience",指成分;进人的事实或过程(出自牛津词典)。引文显示第二种意思在神学语境中经常(并非始终不变)使用,例如:"为了我们进人天堂(For us in heaven to have ingredience)"(Sarum Primer, 1557);"可以与上帝所有伟大而荣耀的完美同在"[There is an ingrediency (ingredience) and concurrence of all the great and glorious perfection of God](John Weekes, Truth's Conflict with Error, 1650)。这也证明了在用到"酒杯(chalice)"的时候指的是圣餐杯(communion cup)。

第一幕　第七场

他的亲戚，又是他的臣子，按照名分绝对不能干这样的事；第二，我是他的主人，应当保障他身体的安全，怎么可以自己持刀行刺？而且，这个邓肯秉性[1]仁慈，处理国政，从来没有过失[2]，要是把他杀死了，他生前的美德，将要像天使一样发出喇叭一般清澈的声音，向世人昭告我的弑君重罪；"怜悯"像一个赤身裸体在狂风中飘游的婴儿，又像一个御风而行的天婴[3]，将要把这可憎的行为揭露在每一个人的眼中，使眼泪淹没了天风[4]。没有一种力量可以鞭策我前进，可是我的跃跃欲试的野心，却不顾一切地驱着我去冒颠踬的危险。——

麦克白夫人上。

麦克白　啊！什么消息？

麦克白夫人　他快要吃好了；你为什么从大厅里跑了出来？

麦克白　他有没有问起我？

麦克白夫人　你不知道他问起过你吗？

麦克白　我们还是不要进行这一件事情吧。他最近给我极大

1　原文为"faculties"，指个人能力（身体和精神上的）；（国王的）合法权力。
2　原文为"hath been/So clear in his great office"，"clear"指纯洁；明亮（像光一样）。
3　原文为"cherubim"，天使的一种等级，有时呈现为婴儿的样子（像丘比特一样），有时表现为雌雄同体的青少年。"cherubim"通常以复数形式出现，以前拼作"cherubin"；缪尔加的"s"是不必要的。
4　原文为"Shall blow the horrid deed in every eye/ That tears shall drown the wind"，这是"泪水将淹没风"的悖论最强烈的表达——麦克白的这番论述最终是不可能的——源于谚语"小雨压大风（small rain allays great winds）"（Dent R16）。有人提出了字面意思是在下小雨时风减弱成微风，或在强风中眼睛流泪，但这些提议没有什么相关性。

的尊荣；我也好不容易从各种人的嘴里博到了无上的美誉，我的名声现在正在发射最灿烂的光彩，不能这么快就把它丢弃了。

麦克白夫人　难道你把自己沉浸在里面的那种希望，只是醉后的妄想吗？它现在从一场睡梦中醒来，因为追悔自己的孟浪，而吓得脸色这样苍白吗？从这一刻起，我要把你的爱情看作同样靠不住的东西。你不敢让你在行为和勇气上跟你的欲望一致吗？你宁愿活得像一头畏首畏尾的猫儿[1]，顾全你所认为的生命的装饰品的名誉，不惜让你在自己眼中成为一个懦夫，让"我不敢"永远跟随在"我想要"的后面吗？

麦克白　请你不要说了。只要是男子汉[2]做的事，我都敢做，没有人比我有更大的胆量。

麦克白夫人　那么当初是什么畜生使你把这一种企图告诉我的呢？[3] 是男子汉就应当敢作敢为；要是你敢做一个比你更伟大的人物，那才更是一个男子汉。那时候，无论时间和地点都不曾给你下手的方便，可是

---

[1] 谚语"猫想吃鱼，却不敢弄湿爪子（the cat wanted to eat fish but dared not get her feet wet）"（Dent C144）。

[2] 原文为"man"，男子汉，与天婴或畜生相对。关于"男子汉"的争论，通常玩味的是"体面人"和"男子气概的勇气"这两个概念。

[3] 曾经有人很荒唐地用这句话来证明，前面有一场麦克白提出谋杀邓肯的戏被剪掉了。其实不然，同一信息在两人脑中激起了相同想法，这一点他俩是心知肚明的。

第一幕　第七场

你却居然决意要实现你的愿望；现在你有了大好的机会，你又失去勇气了。我曾经哺乳过婴孩，知道一个母亲是怎样怜爱那吮吸她乳汁的子女；[1]可是我会在他看着我的脸微笑的时候，从他柔软的嫩嘴里摘下我的乳头，把他的脑袋砸碎，要是我也像你一样，曾经发誓下这样毒手的话。

麦克白　假如我们失败了——

麦克白夫人　我们失败！只要[2]你集中你的全副勇气，我们绝不会失败。邓肯赶了这一天辛苦的路程，一定睡得很熟；我再去陪他那两个侍卫[3]饮酒[4]作乐，灌得他们头脑昏沉、记忆化为一阵烟雾；等他们烂醉如泥、像死猪一样[5]睡去以后，我们不就可以把那毫无防卫的邓肯随意摆布了吗？我们不是可以把这件重大的谋杀罪案，推在他的酒醉的侍卫身上吗？

麦克白　愿你所生育的全是男孩子，因为你的无畏精神，只

---

1 原文为"I have given suck, and know/How tender 'tis to love the babe that milks me"，这种字面上的理解引发了人们对麦克白夫人孩子的数量和生父的猜测，她用与第一幕第五场同样的措辞来肯定自己的人性。参见导读部分。
2 原文为"We fail? /But"，17世纪的印刷中用问号表示疑问和惊叹，因而存在两种阅读和表演这句话的方式：作为对麦克白问题的回应，"但是（but）"表示"只要（only）"，可能includes讽刺和怀疑意味；一种宿命论式的认命——"如果失败了，就认输"。女演员的选择各有不同：西登斯夫人最初选择前一种方式，后来改为后一种。
3 原文为"chamberlains"，国王的居室随从，这里指侍卫。
4 原文为"wassail"，举酒祝（某人）健康。
5 原文为"swinish sleep"，用法如谚语"像猪一般烂醉（as drunk as a swine）"（Dent S1042）。

麦克白

应该铸造一些刚强的男性[1]。要是我们在那睡在他寝室里的两个人身上涂抹一些血迹,而且就用他们的刀子,人家会不会相信真是他们干下的事?

麦克白夫人 等他的死讯传出以后,我们就假意装出号啕痛哭的样子,这样还有谁敢不相信?

麦克白 我的决心已定,我要用全身的力量,去干这件惊人的举动。去,用最美妙的外表把人们的耳目欺骗[2];奸诈的心必须罩上虚伪的笑脸。(同下。)

---

1 原文为"For thy undaunted mettle should compose/ Nothing but males":很明显,这里主要的意思是男子气概;还有一个次要的军事含义,通过双关语"勇敢的(undaunted)"["无凹痕的(undented)"],"勇气(mettle)"["金属(metal)"]和"男性(male)"["铠甲(mail,等同于 armour)"]加以展现。

2 原文为"mock the time",愚弄现世。

第二幕

第一场

| 班柯及弗里恩斯上，一仆人执火炬前行。

班柯 孩子，夜已经过了几更了？

弗里恩斯 月亮已经下去；我还没有听见打钟。

班柯 月亮是在十二点钟下去的。

弗里恩斯 我想不止十二点钟了，父亲。

班柯 等一下，把我的剑拿着。天上也讲究节俭[1]，把灯烛[2]一起熄灭了。把那个也拿着。催人入睡的疲倦，像沉重的铅块一样压在我的身上，可是我却一点也不想睡。慈悲的神明！抑制那些罪恶的思想，不要让它们潜入我的睡梦之中。[3]

1 原文为“husbandry”，在此处指家事节俭，即家庭生活中节省支出的理念。

2 原文为“Their candles”，灯烛，这个众所周知的词组表示星星（天体），登特把后文的“那个”解释为“道具和服装，取下或脱下来得以放松喘息”（Dent C49.1）。

3 原文为“merciful powers，/Restrain in me the cursèd thoughts that nature/Gives way to in repose”，此处的祈祷可能有两种解读：第一种，班柯真诚祈祷慈悲的神明降临，或是以这种方式含糊地表达他对噩梦的恐惧，这也反映了麦克白夫人在第一幕第五场对邪恶灵魂的召唤；第二种，“罪恶的思想”可能指班柯自己的野心，或是他能感知到的麦克白的野心。

麦克白

|麦克白上，一仆人执火炬随上。

班柯 把我的剑给我。——那边是谁？

麦克白 一个朋友。

班柯 什么，爵爷！还没有安睡吗？王上已经睡了；他今天非常高兴，赏了你家仆人许多东西。这一颗金刚钻是他送给尊夫人的，他称她为最殷勤的主妇，带着无限的愉快安寝了。

麦克白 我们因为事先没有准备，恐怕有许多招待不周的地方。[1]

班柯 好说好说。昨天晚上我梦见那三个女巫；她们对您所讲的话倒有几分应验。

麦克白 我没有想到她们；可是等我们有了工夫，不妨谈谈那件事，要是您愿意的话。

班柯 悉如遵命[2]。

麦克白 您听从了我的话，到时[3]包您有一笔富贵到手。

班柯 为了觊觎富贵而丧失荣誉的事，我是不干的；要是您有什么见教，只要不毁坏我的清白的忠诚，我都愿意接受。

---

1 即"时间短，准备仓促，我们没法百分百呈现出我们应有的热情招待"的意思。
2 原文为"kind'st leisure"，悉如遵命。用在这里显得不寻常，但是情有可原。隐含双关意蕴，这里的"kind"表达旧时的意思"生来即拥有的；合法的，公正的"（*OED* a.2）或"合法继承人"等（*OED* a.3）。这里听上去与"恭听殿下昐咐（at your highness'pleasure）"相似，似乎也有所意指。
3 原文为"when 'tis"，指当我有空时 / 乐意时；当目的达成，我（麦克白）成为王。

第二幕　第一场

麦克白　那么慢慢再说，请安睡吧。

班柯　谢谢；您也可以安睡啦。（班柯、弗里恩斯同下。）

麦克白　去对太太说，要是我的酒预备好了，请她打一下钟。你去睡吧。（仆人下。）在我面前摇晃着、它的柄对着我的手的，不是一把刀子吗？来，让我抓住你。我抓不到你，可是仍旧看见你。不祥的[1]幻象，你只是一件可视不可触的东西吗？或者你不过是一把想象中的刀子，从狂热的脑筋[2]里发出来的虚妄的意匠？我仍旧看见你，你的形状正像我现在拔出的这一把刀子[3]一样明显。你指示着我所要去的方向，告诉我应当用什么利器。我的眼睛倘不是上了当，受其他知觉的嘲弄，[4]就是兼领了一切感官的机能。我仍旧看见你；你的刃上和柄上还流着一滴一滴方才所没有的血。[5]没有这样的事；杀人的恶念使我看见这种异象。现在在半个世界上，一切生命仿佛已经死去[6]，罪恶的梦景

1　原文为"fatal"，指命定的，不吉利的；致命的。
2　原文为"heat-oppressèd brain"，被狂热压迫的脑筋。此处热流（heat）被认为是流动的物质，会加重大脑的负担；也是旧时定义的四种体液之一，产生热情与狂热，从而在比喻意义上压抑大脑。
3　麦克白拔出了真实的刀[因而这个短行"正像我现在拔出的这一把刀子（As this which now I draw）"可能是为其拔刀留出时间]；从这段话开始，指两把刀子，一把是幻想中的，另一把则是真实的。
4　由于这些场景互为冲突，或者其他感官与他的视觉所见发生冲突，或者视觉所见的才是正确的——这是人类知识依赖感官知觉导致的一个严重问题。
5　关于刀子的讨论和剧中其与其他幻象的联系参见导读。
6　原文为"Now o'er the one half world/Nature seems dead"，总有半个地球处于黑夜，所以这里说黑夜就仿佛死亡。

麦克白

扰乱着平和的睡眠[1]，作法的女巫在向惨白的赫卡忒[2]献祭；形容枯瘦的杀人犯，听到了[3]替他巡风的豺狼的嗥声[4]，仿佛淫乱的塔昆蹑着脚步像一个鬼似的向他的目的地走去[5]。坚固结实的大地啊，不要听见我的脚步声是向什么地方去的，我怕路上的砖石会泄露了我的行踪，[6]把黑夜中一派阴森可怕的气氛破坏了。[7]我正在这儿威胁他的生命，他却在那儿活得好好的；在紧张的行动中间，言语不过是一口冷气。（钟声）我去，就这么干；钟声在招

1. 原文为"The curtained sleep"，"curtained"，遮挡住了自然视线，字面含义是被床幔遮住了，也比喻垂下的眼睑。
2. 原文为"Pale Hecate"，巫术女神赫卡忒（Hecate）起初是月亮女神［因此与黛安娜（Diana）重合］，在全剧中她的名字是双音节的（对开本中将最后的"e"省去），这里几乎没有什么可将遥远的高高在上的月神与第三幕第五场和第四幕第一场中的女巫之神联系起来，与"Black Hecate"做比较（第三幕第二场）。
3. 原文为"Alarumed"，指受到召唤武装起来，即刻行动。
4. 原文为"Whose howl's his watch"，缪尔将此处的"his"指狼，将狼的叫声解读为暗号。这是有例可循的，尽管更容易把"his"理解为人格化的凶杀（murder），被狼叫声惊动。"watch"可以指时钟也可以指警卫，最初指守卫，后来在街上巡逻的人也被称作"the time"。
5. 原文为"Tarquin's ravishing strides"，塔昆是罗马国王，凌辱了鲁克丽斯（Lucrece），在莎士比亚的诗中以"夜的死寂"和"狼"开头的（"dead of nights""wolves"）第162—365行，详细叙述了他从自己的房间走向鲁克丽斯的房间。
6. 谚语，参见 Dent S895.1，引自乔治·加斯科 1575 年所著《小花束》（George Gascoigne, *Posies*, i.75），"当人开始低泣不语，陷入沉默，那么石头必须说话，否则死人就会被冤枉（When men cry mum and keep such silence long, /Then stones must speak, else dead men shall have wrong）"。
7. 原文为"Thou sure and firm-set earth, /Hear not my steps, which way they walk, for fear/Thy very stones prate of my whereabouts, /And take the present horror from the time /Which now suits with it"。这一段令人困惑的主要是句法：关键在将"take"的主语理解为"earth"，而"earth"同样也是"hear not"的主语；因此，如果是大地听到了他的脚步，路上的砖石将会窃窃私语，回声会让他丧失勇气。麦克白如此祈求是想确保行走在"坚固结实的大地"上的寂静，这样他能在最佳时机进行谋杀行动（当然是机不可失）。但是如果"take"的主语是"stones"，他似乎是让地上的砖石带走这一派阴森可怕的气氛，即阻止他犯罪。同时，沃伯顿（Warburton）指出，寂静是最大的恐惧，所以声响能给人慰藉——除非这种特殊的声响仍能挫败他的意图。总而言之，这段更多地表示麦克白不想谋杀邓肯的意图，而不是他公然寻求合谋的帮手。随着行文发展，矛盾也不断延续——这正是成功之处，在第一幕第七场也有所体现；无论是以何种方式呈现，重要的是最终效果。

引我。不要听它，邓肯，这是召唤你上天堂或者下地狱的丧钟。（下。）

第二场

麦克白夫人上。

麦克白夫人 酒把他们醉倒了，却提起了我的勇气；浇熄了他们的馋焰，却燃起了我心头的烈火。听！不要响！这是夜枭[1]的啼声，它正在鸣着丧钟，向人们道凄厉的晚安[2]。他在那里动手了。门都开着，那两个醉饱的侍卫[3]用鼾声代替他们的守望；我曾经在他们的乳酒[4]里放下麻药，瞧他们熟睡的样子，简直分别不出他们是活人还是死人。

麦克白上。

麦克白 那边是谁！喂！

麦克白夫人 哎哟！我怕他们已经醒过来了，这件事情却还没有办好；不是行为的本身，而是我们的企图扰乱了我们。听！我把他们的刀子都放好了；他不会找不到的。倘不是我看他睡着的样子活像我的父亲，我早

---

1 原文为"owl"，一种夜间活动的鸟，通常也是死亡的预兆（因其奇怪的叫声）；它也是赫卡忒和其他女巫现身的预兆。
2 原文为"stern'st good night"，即死前最后的致命问候。
3 原文为"grooms"，侍卫。男仆人；更具体地用于指宫廷内务部中的皇家侍从。
4 原文为"possets"，热牛奶混合着酒凝固，可以用作冷敷，或可能是临睡前喝的酒。

麦克白

就自己动手了。我的丈夫![1]

麦克白　我已经把事情办好了。你没有听见一个声音吗?

麦克白夫人　我听见枭啼和蟋蟀的鸣声。你没有讲过话吗?

麦克白　什么时候?

麦克白夫人　刚才。

麦克白　我下来的时候吗?

麦克白夫人　嗯。

麦克白　听!谁睡在隔壁的房间里?

麦克白夫人　道纳本。

麦克白　(视手)好惨!

麦克白夫人　别发傻,惨什么。

麦克白　一个人在睡梦里大笑,还有一个人喊"杀人啦!"他们把彼此惊醒了;我站定听他们;可是他们念完祷告,收拾一下,又睡着了。

麦克白夫人　是有两个[2]睡在那一间。

麦克白　一个喊,"上帝保佑我们!"一个喊,"阿门!"好像他们看见我高举这一双杀人的[3]血手似的。听着他们惊慌的口气,当他们说过了"上帝保佑我们"

1　原文为"My husband?",可能是一句惊呼;但是如果她是以哑剧形式演绎黑暗的话,就是不确定而发问。

2　这里没有明确是哪两个——应该是指两个侍卫,但是不应该是这样;通常认为是道纳本或其他人(不是马尔康,不然麦克白夫人理应在前文提及他)。这个可能是随口一说,而且无论如何都无关紧要。

3　原文为"hangman",指死刑执行者,无论采取何种方式来行刑;其一部分职责是取出绞刑犯的肠子,将此人切为四份。

第二幕 第二场

以后,我想要说"阿门",却怎么也说不出来。

麦克白夫人 不要把它放在心上。

麦克白 可是我为什么说不出"阿门"这两个字来呢?我才是最需要上帝垂恩的,可是"阿门"两个字却哽在我的喉头。

麦克白夫人 我们干这种事,不能尽往这方面想下去;这样想着是会使我们发疯的。

麦克白 我仿佛听见一个声音喊着:"不要再睡了!麦克白已经杀害了睡眠。"那清白的睡眠,把忧虑的乱丝[1]编织起来的睡眠,那日常的死亡,疲劳者的沐浴[2],受伤的心灵的油膏,大自然的最丰盛的菜肴[3],生命的盛筵上主要的营养,——

麦克白夫人 你这种话是什么意思?

麦克白 那声音继续向全屋子喊着:"不要再睡了!葛莱密斯已经杀害了睡眠,所以考特将不再得到睡眠——麦克白将再也得不到睡眠!"

---

1 原文为"ravelled sleeve":1. 磨损的袖子(如饱经忧患,捉襟见肘);2. sleeve(乱丝),通过拉丝较粗的线制成的细丝;大多数编辑都认为这是这里的主要含义,尽管他们强调了剧中的服装意象——在我看来,"sleave"的相关性值得怀疑。"ravelled"(名词)的另一含义是全麦面包;与这一行无关,可能与下文提出的"nourisher(营养)"有关。《牛津英语词典》未收录此义,但缪尔引用的霍林斯赫德书中哈里森的《英格兰》(*England*, ed. Furnivall, 1877, i.154)认为,"raueled"是一种去掉麸皮的全麦面包。

2 原文为"bath",1591 年版的《阿斯特罗菲尔和斯特拉》(*Astrophel and Stella*)将《十四行诗》第 39 首的第 2 行编辑为"The bathing place of wit ...",后来有编辑将"bathing"改为"baiting"。西德尼可能想表达双关,也可能不是,但是无论如何,莎士比亚令人意想不到的意象表现手法即来源于此。

3 原文为"second course",指第二种主要方式(另一种方式是清醒时的活动);一顿饭的第二道菜。

麦克白夫人　谁喊着这样的话？唉，我的爵爷，您这样泄了气，胡思乱想，是会妨害您的健康的。去拿些水来，把您手上的血迹洗净。为什么您把这两把刀子带了来？它们应该放在那边。把它们拿回去，涂一些血在那两个熟睡的侍卫身上。

麦克白　我不高兴再去了；我不敢回想刚才所干的事，更没有胆量再去看它一眼。

麦克白夫人　意志动摇的人！把刀子给我。睡着的人和死了的人不过和画像一样；只有小儿的眼睛才会害怕画中的魔鬼。[1] 要是他还流着血，我就把它涂在那两个侍卫的脸上；因为我们必须让人家瞧着是他们的罪恶。[2]（下。内敲门声。）

麦克白　那打门的声音是从什么地方来的？究竟是怎么一回事，一点点的声音都会吓得我心惊肉跳？这是什么手！嘿！它们要挖出我的眼睛。大洋里所有的水，能够洗净我手上的血迹吗？[3] 不，恐怕我这一手的

1　原文为"'tis the eye of childhood /That fears a painted devil"，只有小儿的眼睛才会害怕画中的魔鬼：登特认为这个指的是谚语"吓唬孩子的妖怪（bugbears to scare children）"（Dent B703）。

2　原文为"gild the faces of the grooms withal/ For it must seem their guilt"，把它涂在那两个侍卫的脸上；因为我们必须让人家瞧着是他们的罪恶。老黄金颜色发红，因此"镀金"（gilt）是麦克白夫人为侍卫身上涂上的罪恶的血。

3　原文为"Will all great Neptune's ocean wash this blood/Clean from my hand?"提利（Tilley W85）将"大洋里所有的水，能够洗净我手上的血迹吗？"视作谚语处理，但是登特认为这并不是谚语，另外引用了1614年第三版《圣伯纳德的沉思》（Saint Bernard His Meditations）中第十二章（Med. XII）对彼拉多说的"也许一点水可以洗去你手上的斑点，但海洋里所有的水都无法洗去你灵魂的污垢（Well might a little water clear the *spots* of thy *hands*, but all the water in the *Ocean* could not wash away the blots of thy soul）"。很难相信这个观点有任何特殊之处，但是后来所有的用法都好像源自《麦克白》。

第二幕　第三场

|麦克白夫人重上。

麦克白夫人　血，倒要把一碧无垠的海水染成一片殷红呢。[1]

我的两手也跟你的同样颜色了，可是我的心却羞于像你那样变成惨白[2]。（内敲门声）我听见有人打着南面的门；让我们回到自己房间里去；一点点的水就可以替我们泯除痕迹；不是很容易的事吗？你的魄力不知道到哪儿去了。[3]（内敲门声）听！又在那儿打门了。披上你的睡衣，也许人家会来找我们[4]，不要让他们看见我们还没有睡觉。别这样痴头痴脑地呆想了。

麦克白　要想到我所干的事，最好还是忘掉我自己。[5]（内敲门声）用你打门的声音把邓肯惊醒了吧！我希望你能够惊醒他！（同下。）

第三场

|一门房上。内[6]敲门声。

1　语言从多音节拉丁语到单音节英语的惊人转变，在字面意义上几乎是重复的，因此"一碧无垠的海水（green one）"对应于"大洋（multitudinous seas）"。
2　原文为"white"，即怯懦胆小的。
3　原文为"Your constancy/ Hath left you unattended"，你的魄力不知道到哪儿去了。这是一个略显晦涩的讽刺短语，仿佛是两个结构的异文合并：你（实现目标）的坚定荡然无存；（它）已经在你不知不觉（没有防备时）中消失。因此，正如福克斯（Foakes）所说，这句话表达的整体意思是"你已经失去了勇气"，麦克白夫人想要表达"振作起来"的意思，重申自己之前冷静行动的说法。
4　原文为"occasion call us"，（谋杀被发现的）情形使别人会来找我们（而我们还没有穿睡衣）。
5　即"如果非得承认罪行，我必须忘记我过去以及现在是个怎样的人"——他不得不自我割裂。
6　即幕后（舞台后方的化装间内部）。

麦克白

门房　门打得这样厉害！要是一个人在地狱里做了管门人[1]，就是拔闩开锁也够把他累老了[2]。（内敲门声）敲，敲，敲！凭着魔鬼[3]的名义，谁在那里？一定是个囤积粮食的农民，眼看碰上了丰收的年头，就此上了吊。[4]赶快进来吧，多预备几方手帕[5]，这儿有的是大鱼大肉，你流着满身的臭汗都吃不完呢。（内敲门声）敲，敲！凭着还有一个魔鬼的名字[6]，是谁在那儿？哼，一定是什么讲起话来暧昧含糊的家伙[7]，他会同时站在两方面，一会儿帮着这个骂那个，一会儿帮着那个骂这个；他曾经为了上帝的缘故[8]，干了不少亏心事，可是他那条暧昧含糊的舌头却不能把他送上天堂去。啊！进来吧，暧昧含糊的家

---

[1] 原文为"porter of/Hell gate"，在一些奇迹剧中是一个喜剧性魔鬼的形象，与在天堂门口守门的圣彼得相类。这里这个门房的角色是为了设立一个经典喜剧场景，参见导读部分。

[2] 需要很多次拔闩开锁（让那么多恶鬼进来）。

[3] 原文为"Beelzebub"，别西卜。较为人知的一个魔鬼的名字，是《圣经》中能找到的少数几个对恶魔的称谓。

[4] 原文为"farmer, that hanged himself on th'/expectation of plenty"，囤积粮食的农民，眼看碰上了丰收的年头，就此上了吊。这显然不是谚语，而是一个流行的笑话，反对早期资本主义：当粮食紧缩或需求量大时，农民储藏谷物，希望不久谷物能涨价；但是如果下一次是大丰收的话，粮食价格会下降，农民的计划就泡汤了——于是自杀。马龙引用约瑟夫·霍尔（Joseph Hall）的《讽刺诗集》（Satires, 1597–1598, iv. 6）"每个守财奴都会凭借着不义之财变富有，/但是他隐藏了七年的收成/并在谷物价格再次走低时上吊自尽"。在《科利奥兰纳斯》第一幕中，抗议的平民百姓因为反对囤粮而发动暴乱。

[5] 用来擦汗的手帕；与富人精致讲究的饮食习惯有关。

[6] 原文为"th' other devil's name"，门房并不知道这个恶魔的名字，因为在奇迹剧里魔鬼的跟班通常是无名的。参见导读部分。

[7] 原文为"equivocator"，暧昧含糊的家伙：耶稣会神父加内特（Garnet）在1606年3月因"火药阴谋案"而接受审判的过程中，就模棱两可地回答讯问，并在事后为之辩解。参见导读部分。加内特用名"农民"，这可能是剧中门房讲话提到农民的原因，不过这也符合该剧模棱两可的语言特色。

[8] 受迫害的天主教徒辩解说，可以为了宗教使用模棱两可的话语；新教权威则认为，这种模棱两可的话语就是伪证，足遭天谴。

第二幕　第三场

伙。(内敲门声)敲，敲，敲！谁在那儿？哼，一定是什么英国的裁缝，他生前给人做条法国裤还要偷材料，[1]所以到了这里来。进来吧，裁缝；你可以在这儿烧你的烙铁[2]。(内敲门声)敲，敲；敲个不停！你是什么人？可是这儿太冷，当不成地狱呢。我再也不想做这鬼看门人了。我倒很想放进几个各色各样的人来，让他们经过酒池肉林[3]，一直到刀山火焰上去。(内敲门声)来了，来了！请你记着我这看门的人。[4] (开门。)

麦克德夫及列诺克斯上。

麦克德夫　朋友，你是不是睡得太晚了，所以睡到现在还爬不起来？

门房　不瞒您说，大人，我们昨天晚上喝酒，一直闹到第二遍鸡啼[5]哩；喝酒这件事，大人，最容易引起三件事情。

麦克德夫　是哪三件事情？

---

1 针对裁缝的一个老笑话。裁缝一旦上手，就偷工减料，要是法式裤子就很容易，因为法式裤子要么又长又宽松，要么又短又紧。这里也可能是暗指"法国病"，即淋病或梅毒，这种病穿紧身马裤尤其不舒服（参见下文"goose"）。
2 原文为"roast your goose"，烧你的烙铁，意为扰乱……计划，毁掉……前程，完蛋。"goose"也可指性病，或是裁缝的熨斗。
3 原文为"primrose way"，"primrose"经常表示"最好的""最优的"，但是与世俗享乐的联系似乎是莎士比亚所特有的。参见《哈姆雷特》第一幕第三场，"恣意妄为的放纵者／他自己也踏上了恋爱的黄金之路"，另参见《皆大欢喜》第四幕第五场"flow'ry way"。
4 即在门房开门的时候给点小费，通常认为这是对观众说的，对他们来说，这是门房这出小戏结尾的寓意；但这显然是对麦克德夫说的。
5 在《罗密欧与朱丽叶》第四幕第四场，第二遍鸡啼是凌晨三点。

麦克白

门房　　呃，大人，酒糟鼻、睡觉和撒尿。淫欲呢，它挑起来也压下去；它挑起你的春情，可又不让你真的干起来。所以多喝酒，对于淫欲也可以说是个两面派：成全它，又破坏它；[1] 捧它的场，又拖它的后腿；鼓励它，又打击它；替它撑腰，又让它站不住脚；[2] 结果呢，两面派把它哄睡了，叫它做了一场荒唐的春梦，就溜之大吉了。

麦克德夫　我看昨晚上杯子里的东西就叫你做了一场春梦吧。

门房　　可不是，大爷，让我从来也没这么荒唐过。可我也不是好惹的，依我看，我比它强，我虽然不免给它揪住大腿[3]，可我终究把它摔倒了[4]。

|麦克白上[5]。

麦克德夫　你的主人起来了没有？我们打门把他吵醒了；他来了。

列诺克斯　（向麦克白）早安，爵爷。

麦克白　两位早安。

1　原文为"it makes him, and it mars him"，成全它，又破坏它（Dent M48）。
2　原文为"make him stand to, and not stand to"，这个用语有各种军事的和粗俗下流的含义，包括：（在敌人面前）毫无惧色（或者与敌人针锋相对）（*OED* e）；埋头苦干，不辞辛劳（*OED* c）；严阵以待（*OED* d）——在性的意义上，这仍然用来表示繁殖动物。
3　原文为"took up my legs"，摔跤手的招数；让我醉醺醺的。
4　原文为"made a/shift to cast him"，呕吐之后感觉满意；试图摆脱酒的影响（就像摔跤手摆脱对手的控制）。
5　这里的舞台指令做了这种常见的修正，对于舞台为拱门式的剧院来说是合理的，但是从舞台上方进入的演员，在他们下来或引起注意之前，舞台上的人是看不到他们的。门房没有出口可以下场，他可能会徘徊、溜走，或者看麦克白的手势离开。

第二幕　第三场

麦克德夫　爵爷，王上起来了没有？

麦克白　还没有。

麦克德夫　他叫我一早就来叫他；我几乎误了时间[1]。

麦克白　我带您去看他。

麦克德夫　我知道这是您乐意干的事，可是有劳您啦。

麦克白　我们欢喜的工作，可以使我们忘记劳苦。[2]这门里就是。

麦克德夫　那么我就冒昧进去了，因为我奉有王上的命令。（下。）

列诺克斯　王上今天就要走吗？

麦克白　是的，他已经这样决定了。

列诺克斯　昨天晚上刮着很厉害的暴风，我们住的地方，烟囱都给吹了下来；他们还说空中有哀哭的声音，有人听见奇怪的死亡的惨叫，还有人听见一个可怕的声音，预言着将要有一场绝大的纷争和混乱，降临在这不幸的时代。黑暗中出现的凶鸟[3]整整地吵了一个漫漫的长夜；有人说大地都发热而战抖起来了。

麦克白　果然是一个可怕的晚上。

1　原文为"slipped the hour"，任时间溜走，不守时（*OED* IV. 20b，c）。
2　来自谚语"愿做的事不难（What we do willingly is easy）"，Dent D407。
3　黑暗中的鸟，寓意不祥的猫头鹰。通过在"时代"后面加逗号，哈德逊（约翰逊也猜测）让凶鸟说出预言。正如第二幕第三场中，猫头鹰的啼叫是重复发出厄运的预示。

麦克白

列诺克斯　我的年轻的经验[1]里唤不起一个同样的回忆。

麦克德夫重上。

麦克德夫　啊，可怕！可怕！可怕！不可言喻[2]、不可想象的恐怖！

麦克白和列诺克斯　什么事？

麦克德夫　混乱已经完成了他的杰作！大逆不道的凶手打开了王上的圣殿，把它的生命偷了去了！[3]

麦克白　你说什么？生命？

列诺克斯　你是说陛下吗？[4]

麦克德夫　到他的寝室去，让一幕惊人的惨剧昏眩你们的视觉吧[5]。不要向我追问；你们自己去看了再说。（麦克白、列诺克斯同下。）醒来！醒来！敲起警钟来。杀了人了！有人在谋反啦！班柯！道纳本！马尔康！醒来！不要贪恋温柔的睡眠，那只是死亡的假装，[6]瞧一瞧死亡的本身吧！起来，起来，瞧瞧世界末日

1　原文为"remembrance"，记忆，尤指个人记忆延伸的时间段（OED 3b）。

2　原文为"name"，言喻。命名这个行为可以为事物赋予现实性，否则这些事物就是无定形的。在《创世纪》第二章中，亚当给每一种植物和动物都做了命名，这些动植物之前只有属类之分。在一个语言理论中，命名有着神奇的力量，圣约翰曾在《约翰福音》的开头提及此种力量："太初有道。"因此，当行为被命名时，它的概念才能成为现实。

3　原文为"sacrilegious murder hath broke ope/The Lord's anointed temple, and stole thence/The life o'th' building"，国王拥有两个"身体"，一个是他人类的躯体，另一个是神圣的躯体。他拥有这个神圣躯体是因为他受命为王，是神在地上的代表，所以他的生命是神圣的。参见《理查二世》第四幕第一场："我会发现自己也是叛徒的同党，因为我曾经亲自答应把一个君王的庄严供人凌辱。"

4　缪尔认为麦克白和列诺克斯是同时说话的，这有可能。但是他们说的话是有先后顺序的。

5　原文为"destroy your sight/With a new Gorgon"，"Gorgon"指蛇发女怪，美杜莎是蛇发女怪三姐妹中的一个，她们长着蛇头，有着长牙。任何看到她们的人都会石化。珀尔修斯移开视线，把她的头砍下，然后用它来对付敌人。

6　睡眠常用来象征死亡（Dent S527）。

第二幕　第三场

的影子![1] 马尔康!班柯!像鬼魂从坟墓里起来一般,过来瞧瞧这一幕恐怖的景象吧!把钟敲起来![2]

(钟鸣。)

麦克白夫人上。

麦克白夫人　为什么要吹起这样凄厉的号角[3],把全屋子睡着的人唤醒?说,说!

麦克德夫　啊,好夫人!我不能让您听见我嘴里的消息,它一进到妇女的耳朵里,是比利剑还要难受的。

班柯上。

麦克德夫　啊,班柯!班柯!我们的主上给人谋杀了!

麦克白夫人　哎哟!什么!在我们的屋子里吗?

班柯　无论在什么地方,都是太惨了。好德夫,请你收回你刚才说过的话,告诉我们没有这么一回事。

麦克白及列诺克斯重上。

麦克白　要是我在这件变故发生以前一小时死去,我就可以说是活过了一段幸福的时间;因为从这一刻起,人生已经失去它的严肃的意义,一切都不过是儿戏;荣名和美德已经死了,生命的美酒已经喝完,剩下来的只是一些无味的渣滓,当作酒窖里的珍宝。[4]

1　审判之日,是所有人最终死亡的日子。这一天,死者从坟墓中复活,永久地升进天堂或被贬入地狱。它是由个体死亡所预示的,正如睡眠预示个体的死亡。
2　通常认为这是一位簿记员作的笔记,后来带进了正文。但是由于麦克德夫的命令还没有得到执行,他急切难耐也在情理之中。
3　号角似乎伸引了对最后审判的暗示,也可能只是在召唤大家集合会面。
4　此处麦克白所说的话与他独白的语言风格极为相似,因此此处作为对白,产生了一种模棱两可的奇怪效果,舞台上其他人对这些话的理解,与台下观众对这些话的理解是不一样的。

麦克白

马尔康及道纳本上。

道纳本 出了什么乱子了?

麦克白 你们还没有知道你们重大的损失;你们血液的源泉已经切断了,你们生命的根本已经切断了。

麦克德夫 你们的父王给人谋杀了。[1]

马尔康 啊!给谁谋杀的?

列诺克斯 瞧上去是睡在他房间里的那两个家伙干的事;他们的手上脸上都是血的印记;我们从他们枕头底下搜出了两把刀,刀上的血迹也没有揩掉;他们的神色惊惶万分;谁也不能把他自己的生命信托给这种家伙。

麦克白 啊!可是我后悔一时鲁莽,把他们杀了。

麦克德夫 你为什么杀了他们?

麦克白 谁能够在惊愕之中保持冷静,在盛怒之中保持镇定,在激于忠愤的时候保持他不偏不倚的精神?世上没有这样的人吧。我犹豫的理智来不及控制我迅猛的激愤的忠诚。这儿躺着邓肯,他的白银的皮肤上镶着一缕缕黄金的宝血,他创巨痛深的伤痕张开了裂口,像是一道道毁灭的门户[2];那边站着这两个凶手,身上浸润着他们罪恶的颜色,他们的刀

---

1 "你们血液的源泉……你们的父王给人谋杀了",此处麦克白继续用委婉的宫廷用语描述邓肯遇刺的情景,被麦克德夫用直白的语言打断了。

2 此处的比喻来自把受困城市的围墙打开缺口一事,入侵军队通过这些缺口进入,造成毁灭。

第二幕　第三场

上凝结着刺目的血块；只要是一个尚有几分忠心的人，谁不要怒火中烧，替他的主子报仇雪恨？

麦克白夫人　啊，快来扶我进去！[1]

麦克德夫　快来照料夫人。

马尔康　（向道纳本旁白）这是跟我们切身相关的事情，为什么我们一言不发？

道纳本　（向马尔康旁白）我们身陷危境，不可测的命运随时都会吞噬我们，[2] 还有什么话好说呢？去吧，我们的眼泪现在还只在心头酝酿呢。

马尔康　（向道纳本旁白）我们的沉重的悲哀也还没有开头呢。

班柯　照料这位夫人。[3]（侍从扶麦克白夫人下。）[4] 我们这样袒露着身子，不免要受凉，大家且去披了衣服[5]，回头再举行一次会议，详细彻查这件最残酷的血案的真相。恐惧和疑虑[6]使我们惊惶失措；站在上帝的伟大的指导之下，我一定要从尚未揭发的假面具下面，探出叛逆的阴谋，和它作殊死的奋斗[7]。

1　此处含义模糊，不能确定麦克白夫人是在装头晕还是真的快要晕倒了。尽管很多编辑都做了自己的判断，但是在表演中难免还是会模棱两可。
2　原文为"Where our fate/hid in an auger-hole, may rush/And seize us"，直译为"命运藏在螺旋钻钻出的孔洞里，也许会冲出来抓住我们"。螺旋钻是木工的工具，用来在木头上钻小孔，因此这是一个几乎看不见的空间（有可能暗指匕首刺的伤口）。
3　当事情都围绕麦克白夫人展开时，马尔康和道纳本显然在一旁说话。班柯重复麦克德夫的命令大概是为了提醒注意力被分散了的观众。
4　麦克白夫人要么是由回应麦克德夫的招呼过来的仆人照应着，要么由列诺克斯照应着，要么由洛斯照应着，如果他有空的话。
5　原文为"our naked frailties hid"，指穿好衣服；克服我们眼前的痛苦。
6　原文为"scruples"，对真相和该如何行动的不确定。
7　此处班柯重新使用晦涩的宫廷语言，言辞之间尽显不坦率。

49

麦克白

麦克德夫 我也愿意作同样的宣告。

众人[1] 我们也都抱着同样的决心。

麦克白 让我们赶快穿上战士的衣服,大家到厅堂里商议去。

众人[2] 很好。(除马尔康、道纳本外均下。)

马尔康 你预备怎么办?我们不要跟他们在一起。假装出一副悲哀的脸,是每一个奸人的拿手好戏。我要到英格兰去。

道纳本 我到爱尔兰去;我们两人各奔前程,对于彼此都是比较安全的办法。我们现在所在的地方,人们的笑脸里都暗藏着利刃;越是跟我们血统相近的人,越是想喝我们的血。[3]

马尔康 杀人的利箭已经射出,可是还没有落下,避过它的目标是我们唯一的活路。[4] 所以快上马吧;让我们不要斤斤于告别的礼貌,趁着有便就溜出去;明知没有网开一面的希望,就该及早偷偷逃避弋人的罗网。(同下。)

---

1 原文为"All",众人,即指麦克白、马尔康和道纳本。如果列诺克斯还在场,则也包含在内。
2 此处的"All",众人,指麦克德夫、班柯、马尔康和道纳本(可能还有列诺克斯)。
3 原文为"the near in blood, / The nearer bloody",即那些血统(与邓肯)最亲近的人是最危险的。提利认为这与"亲缘越近,情义越少(the nearer in kin, the less in kindness)"这句谚语有关(K38;《哈姆雷特》第一幕第二场)。登特不认同这种阐释,但是这种反讽性的颠倒可能解释了这段话的含混。
4 即谋杀者的计划还没完全形成,我们最好躲避这显而易见的危险。

第二幕　第四场

第四场

洛斯及一老翁上。

老翁　我已经活了七十个年头，惊心动魄的日子也经过得不少，稀奇古怪的事情也看到过不少，可是像这样可怕的[1]夜晚，却还是第一次遇见[2]。

洛斯　啊！好老人家[3]，你看上天好像恼怒人类的行为，在向这流血的舞台发出恐吓[4]。照钟点现在应该是白天了，可是黑夜的魔手却把那盏在天空中运行的明灯[5]遮蔽[6]得不露一丝光亮。难道黑夜已经统治一切[7]，还是因为白昼羞于露面[8]，所以在这应该有阳光遍吻大地的时候，地面上却被无边的黑暗所笼罩？[9]

老翁　这种现象完全是反常的，正像那件惊人的血案一样。在上星期二那天，有一头雄踞在高岩上的猛鹰[10]，被一只吃田鼠的鸱鸮[11]飞上去啄死了。

1　原文为"sore"，严重的、暴力的、剧烈的。
2　原文为"Hath trifled former knowings"，使先前的经验显得微不足道。
3　原文为"father"，对年长男性的尊称。
4　原文为"heavens, as troubled with man's act, / Threatens his bloody stage"，"heavens"指天空，拟人化后指诸神；它也指环球剧院舞台上的遮篷（象征性地装饰有天空背景和星星），因而与"表演"和"舞台"相关。
5　原文为"travelling lamp"，指太阳，当它划过天际或照亮游子时都在"运行，游走"。"travelling"也可以理解为"travailing"，艰苦劳动、煎熬，即指受苦或者努力以被看见。
6　原文为"strangles"，取"smother"一词的宽泛的意义，如覆盖，把（火）闷熄。
7　原文为"predominance"，占星术意义上的主导影响。
8　即因为邓肯被谋杀而乌云密布。
9　这段台词的整个比喻都基于对黑夜与白天的拟人化。
10　原文为"tow'ring in her pride of place"。驯鹰术语"towering"指猎鹰向上盘旋飞行；"pride of place"指猎鹰在下潜捕食猎物之前盘旋的最高点。
11　原文为"mousing owl"，吃田鼠的鸱鸮。与猎鹰不同，鸱鸮捕食时飞行高度低。

麦克白

洛斯 还有一件非常怪异却十分确实的事情，邓肯有几匹躯干俊美、举步如飞的骏马，的确是不可多得的良种[1]，忽然野性大发，撞破了马棚，冲了出来，倔强得不受羁勒，好像要向人类挑战似的。

老翁 据说它们还彼此相食。

洛斯 是的，我亲眼看见这种事情，简直不敢相信自己的眼睛。麦克德夫来了。

|麦克德夫上。

洛斯 情况现在变得怎么样啦?

麦克德夫 啊，您没有看见吗?

洛斯 谁干的这件残酷得超乎寻常的罪行已经知道了吗?

麦克德夫 就是那两个给麦克白杀死了的家伙。

洛斯 唉! 他们干了这件事可以希望得到什么好处呢?

麦克德夫 他们是受人的指使。马尔康和道纳本，王上的两个儿子，已经偷偷地逃走了，这使他们也蒙上了嫌疑。

洛斯 那更加违反人情了! 反噬自己的命根，这样无用的野心会有什么好结果呢? 看来大概王位要让麦克白登上去了。[2]

麦克德夫 他已经受到推举，现在到斯贡[3]即位去了。

---

1 原文为"minions"，宠儿、最受喜爱者，即指最受宠爱和最优秀的。
2 苏格兰君王是由爵士贵族选举产生的，尽管（正如马尔康的立场所表明的那样）长子继承制通常受到尊崇。麦克白可作为胜利将军即位。但同时，一旦马尔康和道纳本被削夺继承权，他也是邓肯在世的最近亲戚（表兄弟）。
3 原文为"Scone"，是珀斯北部的一座大教堂，内部收藏着圣石，苏格兰国王在其上加冕。

第二幕　第四场

洛斯　邓肯的尸体在什么地方？

麦克德夫　已经抬到戈姆基尔[1]，他祖先的陵墓上。

洛斯　您也要到斯贡去吗？

麦克德夫　不，大哥，我还是到费辅去。

洛斯　好，我要到那里去看看。

麦克德夫　好，但愿您看见那里的一切都是好好的，再会！怕只怕我们的新衣服不及旧衣服舒服哩！

洛斯　再见，老人家。

老翁　上帝祝福您，也祝福那些把恶事化成善事、把仇敌化为朋友的人们！（各下。）

---

[1] 原文为"Colmekill"，戈姆基尔在爱奥那岛，即赫布里底群岛的一个岛屿，是凯尔特基督教的早期发源地。如文中所述，它是苏格兰国王的传统墓地。

第三幕

第一场

|班柯上。

班柯 你现在已经如愿以偿了:国王、考特、葛莱密斯,一切符合女巫们的预言;你得到这种富贵的手段恐怕不大正当;可是据说你的王位不能传及子孙,我自己却要成为许多君王的始祖。要是她们的话里也有真理,就像对于你所显示的那样,那么,既然她们所说的话已经在你麦克白身上应验,难道不也会成为对我的启示,使我对未来发生希望吗?可是闭口!不要多说了。

|喇叭[1]奏花腔。麦克白王冠王服;麦克白夫人后冠后服;列诺克斯、洛斯、贵族、侍从等上。

麦克白 这儿是我们主要的上宾。

---

1 原文为"Sennet",这个词似乎只出现在1590年到1620年伊丽莎白时代和詹姆士一世时期的戏剧的舞台指令信号;显然它指的是小号或者短号的短暂吹奏,该词可能是法语"signet"(小图章)的变体。

第三幕　第一场

麦克白夫人　要是忘记了请他,那就要成为我们盛筵上绝大的遗憾,一切都要显得寒碜了。

麦克白　(向班柯) 将军,我们今天晚上要举行一次隆重的[1]宴会,请你千万出席。

班柯　谨遵陛下命令;[2] 我的忠诚永远接受陛下的使唤。

麦克白　今天下午你要骑马去吗?

班柯　是的,陛下。

麦克白　否则我很想请你参加我们今天的会议,贡献我们一些良好的意见,你的老谋深算,我是一向佩服的;可是我们明天再谈吧[3]。你要骑到很远的地方吗?

班柯　陛下,我想尽量把从现在起到晚餐时候为止这一段的时间在马上消磨过去;要是我的马不跑得快一些,也许要到天黑以后一两小时才能回来。

麦克白　不要误了我们的宴会。

班柯　陛下,我一定不失约。

麦克白　我听说我那两个凶恶的王侄已经分别到了英格兰和爱尔兰,他们不承认他们残酷的弑父重罪,却到处向人传播离奇荒谬的谣言;可是我们明天再谈吧,

---

1　原文为"solemn",正式的、讲究礼仪的。
2　原文为"Command upon me",即"lay your command upon me","命令我吧"或者"赐(命令)于我吧"[参照《利未记》25 章 21 节,"我必赐福给你们……地上出产的作物(Then I will command my blessing upon you ... and it shall bring forth fruit)"]。上文中,麦克白说的是"请你千万出席",乃是朋友之间相邀,但班柯此时不接受与麦克白的朋友关系,尊崇对方为国君。
3　原文为"take tomorrow",即"take it(Banquo's advice)tomorrow",明天讨论班柯的意见。

麦克白

有许多重要的国事要等候我们两人共同处理呢。请上马吧;等你晚上回来的时候再会。弗里恩斯也跟着你去吗?

班柯 是,陛下;时间已经不早,我们就要去了。

麦克白 愿你快马飞驰,一路平安。再见。(班柯下。)大家请便,各人去干各人的事,到晚上七点钟再聚首吧。为要更能领略到嘉宾满堂的快乐,我在晚餐以前,预备一个人独自静息静息;愿上帝和你们同在!(除麦克白及侍从一人外均下。)喂,问你一句话。那两个人是不是在外面等候着我的旨意?

侍从 是,陛下,他们就在宫门外面。

麦克白 带他们进来见我。(侍从下。)单单做到了这一步还不算什么,总要把现状确定巩固起来才好。我对于班柯怀着深切的恐惧[1],他高贵的天性[2]中有一种使我生畏的东西;他是个敢作敢为的人,在他无畏的精神上,又加上深沉的智虑,指导他的大勇在确有把握的时机行动。除了他以外,我什么人都不怕,只有他的存在却使我惴惴不安;我的星宿[3]给

---

1 原文为"Our fears in Banquo/Stick deep",此句将班柯隐喻为肉中刺。
2 原文为"royalty of nature",即"国王般的天性"。这句话是隐喻,但是对女巫预言的暗指却十分明显。
3 原文为"genius",罗马神话中的护灵、守护神,在基督教中转化为"守护天使"。

第三幕　第一场

他罩住了,就像凯撒罩住了安东尼的星宿[1]。当那些女巫最初称我为王的时候,他呵斥她们,叫她们对他说话;她们就像先知似的说他的子孙将相继为王,她们把一顶不结果的王冠戴在我的头上,把一根没有人继承的御杖放在我的手里,然后再从我的手里夺去,我自己的子孙却得不到继承。要是果然是这样,那么我玷污了我的手,只是为了班柯后裔的好处;我为了他们暗杀了仁慈的[2]邓肯;为了他们良心上负着重大的罪疚和不安[3];我把我永生的灵魂送给了人类的公敌[4],只是为了使他们可以登上王座,使班柯的种子[5]登上王座!不,我不能忍受这样的事,宁愿接受命运的挑战,拼个你死我活!是谁?

侍从率二刺客重上。

麦克白　你现在到门口去,等我叫你再进来。(侍从下。)我们不是昨天谈过话吗?

---

1 此处暗指屋大维·凯撒(奥古斯都);莎士比亚在普鲁塔克(Plutarch)的作品中发现"genius"一词,在《安东尼与克莉奥佩特拉》第二幕第三场中,预言者引用该词,"所以,安东尼啊!不要留在他的旁边吧。你的本命星(genius)是高贵勇敢、一往无敌的,可是一挨近凯撒的身边,它就黯然失色,好像被他掩去了光芒一般。"
2 原文为"gracious",除了常见的词义外,该词还用于形容上帝,因此也能形容极其虔诚的心态。
3 原文为"Put rancours in the vessel of my peace",即"在我的安宁的杯子里投入毒药"。"rancours",痛苦,积怨,比喻毒药。"vessel",杯子,此处可能暗指圣餐杯,见第一幕第七场的"把毒药投入酒杯"。
4 即魔鬼。
5 原文为"seeds",意为种子、后代。在这个意义上"种子"是集合名词,但是此处用复数形式强调无穷无尽的子孙后代。

麦克白

众刺客 回陛下的话,正是。

麦克白 那么好,你们有没有考虑过我的话?你们知道从前都是因为他的缘故,使你们屈身微贱,虽然你们却错怪到我的身上。在上一次我们谈话的中间,我已经把这一点向你们说明白了,我用确凿的证据,指出你们怎样被人操纵愚弄、怎样受人牵制压抑、人家对你们是用怎样的手段、这种手段的主动者是谁,以及一切其他的种种,所有这些都可以使一个半痴的[1]、疯癫的人恍然大悟地说[2]:"这些都是班柯干的事。"

刺客甲 我们已经蒙陛下开示过了。

麦克白 是的,而且我还要更进一步,这就是我们今天第二次谈话的目的。你们难道有那样的好耐性,能够忍受这样的屈辱吗?他的铁手已经快要把你们压下坟墓里去,使你们的子孙永远是乞丐,难道你们就这样虔敬,还要叫你们替这个好人和他的子孙祈祷吗?

刺客甲 陛下,我们是人总有人气。

麦克白 嗯,按说,你们也算是人,正像家狗、野狗、猎

---

1 原文为"half a soul",低智者。
2 原文为"that might to half a soul, and to a notion crazed, say"。这似乎源于谚语"一目了然,显而易见 [he that has but half an eye(有时也写为 wit)may see it]"(Dent H47)。

第三幕　第一场

　　　　　狗、叭儿狗、狮子狗、杂种狗、癞皮狗，统称为狗一样；它们有的跑得快，有的跑得慢，有的狡猾，有的可以看门，有的可以打猎，各自按照造物赋予它们的本能而分别价值的高下，在笼统的总称底下，得到特殊的名号；人类也是一样。要是你们在人类的行列之中，并不属于最卑劣的一级，那么说吧，我就可以把一件事情信托你们，你们照我的话干了以后，不但可以除去你们的仇人，而且还可以永远受我的眷宠；他一天活在世上，我的心病一天不能痊愈。

刺客乙　陛下，我久受世间无情的打击和虐待，为了向这世界发泄我的怨恨，我什么事都愿意干。

刺客甲　我也这样，一次次的灾祸逆运，使我厌倦于人世，我愿意拿我的生命去赌博，或者从此交上好运，或者了结我的一生。[1]

麦克白　你们两人都知道班柯是你们的仇人。

众刺客　是的，陛下。

麦克白　他也是我的仇人；而且他是我的肘腋之患，他的存在每一分钟都深深威胁着我的生命安全；虽然我可以老实不客气地运用我的权力，把他从我的眼前铲

---

[1] 谚语"要么修补，要么结束（either mend or end）"（Dent M874）。

去，而且只要我说一声"这是我的意旨"就可以交代过去。可是我却还不能就这么干，因为他有几个朋友同时也是我的朋友，我不能招致他们的反感，即使我亲手把他打倒，也必须假意为他的死亡悲泣；所以我只好借重你们两人的助力，为了许多重要的理由，把这件事情遮过一般人的眼睛。

刺客乙 陛下，我们一定照您的命令做去。

刺客甲 即使我们的生命——

麦克白 你们的勇气已经充分透露在你们的神情之间。最迟在这一小时之内，我就可以告诉你们在什么地方埋伏，等看准机会，再通知你们在什么时间动手；因为这件事情一定要在今晚干好，而且要离开王宫远一些，你们必须记住不能把我牵涉在内[1]；同时为了免得留下枝节和错漏，你们还要把跟在他身边的他的儿子弗里恩斯也一起杀了，他们父子两人的死，对于我是同样重要的，必须让他们同时接受黑暗的命运。你们先下去决定一下；我就来看你们。

众刺客 我们已经决定了，陛下。

麦克白 我立刻就会来看你们；你们进去等一会儿。班柯，

---

1 原文为"That I require a clearness"，"clearness"可能是介于"clearance（远离城堡的地方）"和"in the clear（认定无罪）"之间的一个文字游戏。霍林斯赫德写道，"so that ... he might cleare himself（这样……他可以摆脱嫌疑）"。

第三幕　第二场

你的命运已经决定，你的灵魂要是找得到天堂的话，今天晚上你就该找到了。（下。）

第二场

麦克白夫人及一仆人上。

麦克白夫人　班柯已经离开宫廷了吗？

仆人　是，娘娘，可是他今天晚上就要回来的。

麦克白夫人　你去对王上说，我要请他允许我跟他说几句话。

仆人　是，娘娘。（下。）

麦克白夫人　费尽了一切，结果还是一无所得，我们的目的虽然达到，却一点不感觉满足。要是用毁灭他人的手段，使自己置身在充满着疑虑的欢娱里，那么还不如那被我们所害的人，倒落得无忧无虑。[1]

麦克白上。

麦克白夫人　啊！我的主！您为什么一个人孤零零的，让最悲哀的幻象做您的伴侣，把您的思想念念不忘地集中在一个已死者的身上？无法挽回的事，只好听其自然；[2] 事情干了就算了。

---

1 原文为 "'Tis safer to be that which we destroy, / Than by destruction dwell in doubtful joy"，这是个悖论。"safe"具有身体、心理、精神上健康的意思，神学上有"得救"的意思，也有更为常用的"没有危险"的意思。

2 原文为 "Things without all remedy /Should be without regard"，登特引用格言 "where there is no remedy it is folly to chide（蠢人光知道批评，不想办法解决问题）"（Dent R71.1）。

麦克白

麦克白 我们不过刺伤了蛇身,却没有把它杀死,它的伤口会慢慢平复过来,再用它原来的毒牙向我们的暴行复仇。可是让一切秩序完全解体[1],让活人、死人[2]都去受罪吧,为什么我们要在忧虑中进餐,在每夜使我们惊恐的噩梦的谑弄中睡眠呢?我们为了希求自身的平安,把别人送下坟墓里去享受永久的平安,可是我们的心灵却把我们磨折得没有一刻平静的安息[3],使我们觉得还是跟已死的人在一起,倒要幸福得多了。邓肯现在睡在他的坟墓里;经过了一场人生的热病,他现在睡得好好的,叛逆已经对他施过最狠毒的伤害,再没有刀剑、毒药、内乱、外患可以加害于他了。

麦克白夫人 算了算了,我的好丈夫,把您的烦恼的脸孔收起;今天晚上您必须和颜悦色地招待您的客人。

麦克白 正是,亲人;你也要这样。尤其请你对班柯曲意殷勤,用你的眼睛和舌头给他特殊的荣宠[4]。我们的地位现在还没有巩固,必须把我们的尊严濡染在这种谄媚的流水里,用我们的外貌遮掩着我们的

---

[1] 原文为"frame of things disjoint",即"structure of the universe fall apart(宇宙秩序崩塌)",类似的隐喻在《特洛伊罗斯与克瑞西达》第一幕第三场俄底修斯的念白中有详细的阐述。

[2] 原文为"both the worlds",指地球与天体。

[3] 原文为"In restless ecstasy",指"因焦虑、惊愕、恐惧或激情而失常、失去自控力的状态"(OED)。

[4] 最开始的意思是"相比于其他宾客,更关注班柯",但是麦克白已经安排好了刺客,并且使麦克白夫人注意到班柯就是最大的威胁,希望确保她同谋的身份,因此他在后文中叙述了他们所处的危险境地。

第三幕　第二场

内心[1],不要给人家窥破。

麦克白夫人　您不要多想这些了。

麦克白　啊!我的头脑里充满着蝎子,亲爱的妻子;你知道班柯和他的弗里恩斯尚在人间。

麦克白夫人　可是他们并不是长生不死的。[2]

麦克白　那还可以给我几分安慰,他们是可以侵害的;所以你快乐起来[3]吧。在蝙蝠[4]完成它黑暗中的飞翔以前,在振翅而飞的甲虫应答着赫卡忒[5]的呼召,用嗡嗡的声音摇响催眠的晚钟以前,将要有一件可怕的事情干好。

麦克白夫人　是什么事情?[6]

麦克白　你暂时不必知道,最亲爱的宝贝[7],等事成以后,你再鼓掌称快吧。来,使人盲目的黑夜,遮住可怜的白昼的温柔的眼睛[8],用你无形的毒手,撕毁那

1　原文为"and make our faces/Vizards to our hearts"。"Vizards",面具(尤指专门给妓女在公共场合使用的面具)。

2　原文为"But in them nature's copy's not eterne",指他们的后代不会一直活着;他们不是不朽的。麦克白选取了第二种意思,但是麦克白夫人意指第一层意思。

3　原文为"jocund",指表达快乐的感受;快乐的。

4　蝙蝠与黑夜、修道院的废墟以及巫术有关。

5　原文为"black Hecate(黑色的赫卡忒)",传统意义上不把赫卡忒形容为黑色的。作为月亮女神,她肯定与夜晚联系在一起,但作为女巫之神,在黑魔法中,她似乎变成了黑色,因此可以与"白色戴安娜"(守护处女的月亮女神)加以区别。

6　原文为"What's to be done?"麦克白夫人对显而易见的事情视而不见,更证明了麦克白认识到她开始退缩。他在接下来的台词中开始了对黑夜的顿呼,虽然很明显麦克白夫人能听到,但这其实是一种独白:是一种与她在第一幕第五场中一样的祈祷,此处没有暗示有任何实际的仪式。

7　原文为"chuck",爱称,相当于"chick(小妞)"。

8　原文为"Come, seeling night/Scarf up the tender eye of pitiful day"。"seeling",使人盲目的,专业术语,指在驯鹰时通过缝合眼睑并将线系在头后部,使鹰的眼睛闭上。"Scarf up",缝合(如驯鹰时的做法),比较第一幕第五场中的"黑暗的重衾(blanket of the dark)"。

63

麦克白

使我困顿的重大的束缚吧！天色在朦胧起来[1]，乌鸦都飞回到昏暗的林中[2]；一天的好事开始沉沉睡去，黑夜的罪恶的使者却在准备攫捕他们的猎物[3]。我的话使你惊奇；可是不要说话；以不义开始的事情，必须用罪恶使它巩固。[4] 跟我来。(同下。)

第三场

三刺客上。

刺客甲 (向刺客丙) 可是谁叫你来帮我们的？

刺客丙 麦克白。

刺客乙 (向刺客甲) 我们可以不必对他怀疑，他已经把我们的任务和怎样动手的方法都指示给我们了，跟我们得到的命令相符。

刺客甲 (向刺客丙) 那么就跟我们站在一起吧。西方还闪耀着一线白昼的余晖；晚归的行客现在快马加鞭，要

---

1 原文为"Light thickens"，即临近黄昏；参见第一幕第五场"来，阴沉的黑夜（Come, thick night）"。
2 原文为"And the crow makes wing to th' rooky wood"，燕卜荪在《朦胧的七种类型》第19页评论道："白嘴鸦（rook）群居，以素食为主，乌鸦（crow）可能是白嘴鸦的别名，尤其是当它单独出现时。也可能意为单只的食腐乌鸦。"也就是说，麦克白既把自己与他人视为同类，又认为自己是一头食他们肉的食腐动物。无论如何，所有的乌鸦都是黑色的，与巫术联系在一起，就像甲虫和蝙蝠一样。有关"rooky"其他相关联系，详见燕卜荪（第81—82页）。
3 燕卜荪在《朦胧的七种类型》第18—20页以及第81—82页，对这些内容做了详细的分析，阐释这些台词从一开始看似毫不相关的意思中创造出了一种"沉重的气氛"。我在下面的评论中使用了其中一些观点，但是整篇文章之长，论述之缜密，在此难以概述：必须结合该文的上下文进行阅读。
4 原文为"Things bad begun make strong themselves by ill"，这句详细阐述了谚语"大罪遮掩小错（crimes are made secure by greater crimes）"（Dent C826）。

64

第三幕　第三场

来找寻宿处了；我们守候的目标已经在那儿向我们走近。

刺客丙　听！我听见马声。

班柯　（在内）喂，给我们一个火把！

刺客乙　一定是他；别的客人都已经到了宫里了。

刺客甲　他的马在兜圈子。

刺客丙　差不多有一英里路；可是他正像许多人一样，常常把从这儿到宫门口的这一条路作为他们的走道。

刺客乙　火把，火把！

刺客丙　是他。

刺客甲　准备好。

|班柯及弗里恩斯持火炬上。

班柯　今晚恐怕要下雨。

刺客甲　让它下吧。（刺客等向班柯攻击。刺客甲打落火炬。）[1]

班柯　啊，阴谋！快逃，好弗里恩斯，逃，逃，逃！你也许可以替我报仇。啊，奴才！（死。弗里恩斯逃去。）

刺客丙　谁把火灭了？

刺客甲　不应该灭火吗？

刺客丙　只有一个人倒下；那儿子逃去了。

刺客乙　我们工作的重要一部分失败了。

1　第一对开本此处没有舞台指令，一般认为刺客甲把火把熄灭了，因为他在后文为该行为辩护。

麦克白

刺客甲 好，我们回去报告我们工作的结果吧。（同下。）[1]

第四场

|厅中陈设筵席。麦克白、麦克白夫人、洛斯、列诺克斯、群臣及侍从等上。[2]

麦克白 大家按着各人自己的品级坐下来；总而言之一句话，我竭诚欢迎你们。

群臣 谢谢陛下的恩典。

麦克白 我自己将要跟你们在一起，做一个谦恭的主人，我们的主妇现在还坐在她的宝座上，可是我就要请她对你们殷勤招待。

麦克白夫人 陛下，请您替我向我们所有的朋友表示我欢迎的诚意吧。

|刺客甲上，至门口。

麦克白 （向麦克白夫人）瞧，他们用诚意的感谢答复你了；[3] 两方面已经各得其平。我将要在这儿中间[4]坐下来。

---

1 原文为"Exeunt"，应该是拖着班柯的尸体退场。
2 舞台指令中，桌子、椅子（或凳子）、盘子等，连同国王和王后的宝座都要被搬上舞台。如果宝座放置在舞台后方的显示空间，拉开幕布就能看到，那么它们的远近就恰到好处，可以解释台词的意思。麦克白可能首先护送王后坐到她的宝座上，可能两人都下了。但是当他以非正式的方式走到前面，留下王后自己坐在宝座上。毫无疑问，麦克白夫人保持沉默是延续着她在第三幕第二场结尾的困惑不解，只是被麦克白的招呼分散了注意力。此处用了"Banquet"从1483年开始纳入的现代意义"筵席"（*OED* 1），该词也可以指甜点、甜食或者两餐之间的零食。这一幕体现出的正式似乎暗示这是一场宴会。
3 即他们向王后敬酒。
4 原文为"i' th' midst"，在桌子的一头，或者更有可能（因为麦克白强调要不拘礼节）在桌子一侧的中间。桌子通常横着放，那把空着的椅子背对着观众。这样很方便剧情，因为麦克白始终没有在椅子上坐过，而当班柯一开始坐在椅子上的时候，观众无法知道他是谁。

第三幕　第四场

大家不要拘束，乐一个畅快；等会儿我们就要合席痛饮一巡。（向刺客甲）你的脸上有血。

刺客甲　那么它是班柯的。

麦克白　我宁愿你站在门外，不愿他置身室内。你们已经把他结果了吗？

刺客甲　陛下，他的咽喉已经割破了；这是我干的事。

麦克白　你是一个最有本领的杀人犯；可是谁杀死了弗里恩斯，也一样值得夸奖；要是你也把他杀了，那你才是一个无比的好汉。

刺客甲　陛下，弗里恩斯逃走了。

麦克白　我的心病本来可以痊愈，现在它又要发作了[1]；我本来可以像大理石一样完整，像岩石一样坚固[2]，像囊括一切的空气一样广大自由[3]，现在我却被恼人的[4]疑惑和恐惧所包围[5]拘束[6]。可是班柯已经死了吗？

刺客甲　是，陛下；他安安稳稳地躺在一条泥沟里，他的头上刻着二十道伤痕，最轻的一道也可以致他死命。

1　原文为"Then comes my fit again"，谚语中有"害怕得像发疟疾一样发抖（Ague fit of fear）"的说法（Dent A82.1）。
2　"像大理石一样完整（as hard as marble）"和"像岩石一样坚固（as fixed as rock）"都是谚语，参见 Dent M638.1 和 R151。
3　登特认为这是"如空气般自由（as free as air）"的延伸（Dent A88）。
4　原文为"saucy"，字面意义是"对上级傲慢，粗鲁"，因此这些低等的情感干扰了高等的心灵平静。
5　原文为"cribbed"。"crib"指牛栏，即一个小房间，或者上文提及的小木屋。
6　原文为"cabined"，关在小棚子或者肮脏简陋的住所里。

麦克白

麦克白 谢天谢地。大蛇躺在那里；那逃走了的小虫，将来会用它的毒液害人，可是现在它的牙齿还没有长成。走吧，明天再来听我的旨意[1]。（刺客甲下。）

麦克白夫人 陛下，您还没有劝过客；宴会上倘没有主人的殷勤招待，那就不是在请酒，而是在卖酒；这倒不如待在自己家里吃饭来得舒适呢。既然出来作客，在席面上最让人开胃的就是主人的礼节，缺少了它，就会使合席失去了兴致。[2]

麦克白 亲爱的，不是你提起，我几乎忘了！来，请放量醉饱吧，愿各位胃纳健旺，身强力壮！

列诺克斯 陛下请安坐。

|班柯鬼魂上，坐在麦克白座上。[3]

麦克白 要是高雅的班柯在座，那么全国的英俊[4]，真可以说是荟集于一堂了；我宁愿因为他的疏忽而嗔怪他，不愿因为他遭到什么意外而为他惋惜。[5]

---

[1] 原文为"We'll hear ourselves again"，我们将再次谈话，即进一步谈。我认为这里含糊地暗指君王的自称，把国王与刺客区分开来。

[2] 麦克白夫人使用了高度曲折委婉的客套语言，从格言"主人殷勤客尽兴（Welcome is the best cheer）"（Dent W258）稍作延伸——筵席一定要有人请客才能尽兴，否则还不如在家吃饭。离家，就需要有人不断地殷勤相劝，菜肴才有风味。"meat（肉）"与"meeting（聚会）"一语双关，"ceremony"具有"礼节""礼貌"的意思（OED2），但在此处与"cere（蜡）"一语双关——殡葬时会将蜡用到死者身上。

[3] 原文为"Enter the Ghost of Banquo, and sits in Macbeth's place"。需要强调的是这条舞台指令出现在对开本中，表明确实有一个鬼魂的形象登上了詹姆士一世时代的舞台。不能确定准确的时间，因为它可能来自一个旁注，但是麦克白看到它之前的延迟可能非常有效，观众的注意力在鬼魂出现的时候就被这个舞台策略吸引住了。

[4] 原文为"our country's honour"，所有贵族（很奇怪这里没有提到麦克德夫的缺席）。

[5] 一段复杂的客套话："我宁愿因为他对我们不友好而缺席盛筵责备他，也不愿因为他遭遇意外而为他惋惜。"

第三幕　第四场

洛斯　陛下，他今天失约不来，是他自己的过失。请陛下上坐，让我们叨陪末席。

麦克白　席上已经坐满了。

列诺克斯　陛下，这儿是给您留着的一个位置。

麦克白　什么地方？

列诺克斯　这儿，陛下。什么事情使陛下这样变色？

麦克白　你们哪一个人干了这件事？

群臣　什么事，陛下？[1]

麦克白　（向班柯鬼魂）你不能说这是我干的事；别这样对我摇着你染着血的头发。

洛斯　各位大人，起来；陛下病了。

麦克白夫人　坐下，尊贵的朋友们，王上常常这样。他从小就有这种毛病。请各位安坐吧；他的癫狂不过是暂时的，一会儿[2]就会好起来。要是你们太注意了他，他也许会动怒，发起狂来更加厉害；尽管自己吃喝，不要理他吧。（对麦克白旁白）你是一个男子吗？[3]

麦克白　（对麦克白夫人旁白）哦，我是一个堂堂男子，可以使

---

[1] "你们哪一个人干了这件事"似乎意味着"拿我开玩笑"，因为是群臣（"你们"）引他到座位上的，但这也可能意味着"杀了班柯"，这一点在"你不能说这是我干的事"这句话中得到明确证实。这样的技巧因此极富戏剧性，并且决定了这种幻觉的准确性。

[2] 原文为"upon a thought"，立刻、马上。如谚语所说"快如飞箭，风驰电掣（as swift as thought）"（Dent T240）。

[3] 原文为"Are you a man"，你是一个男子吗？这是这一场接下来的部分当中最重要的词，用"男子"一词与邪恶、女人、人类、各种鸟类和动物、婴儿等相对，当然还与鬼魂相对。

麦克白

魔鬼胆裂的东西，我也敢正眼瞧着它。

麦克白夫人 （对麦克白旁白）啊，这才说得不错[1]！这不过是你的恐惧所描绘出来的一幅图像；正像你所说的那柄引导你去行刺邓肯的空中匕首一样。啊！要是在冬天的火炉旁，听一个妇女讲述她的老祖母告诉她的故事的时候，那么这种情绪的冲动[2]、恐惧的伪装，倒是非常合适的。不害羞吗？你为什么扮这样的鬼脸？说到底[3]，你瞧着的不过是一张凳子[4]罢了。

麦克白 你瞧那边！瞧！瞧！瞧！你怎么说？（向班柯鬼魂）哼，我什么都不在乎。要是你会点头，你也应该会说话。要是殡舍[5]和坟墓必须把我们埋葬了的人送回世上，那么鸢鸟的胃囊将要变成我们的坟墓了[6]。

（鬼魂隐去。）[7]

麦克白夫人 什么！你发了疯，把你的男子气都失掉了吗？

---

1 原文为"proper stuff"，完全的废话。
2 原文为"flaws"，突然迸发出的强烈情感（参见《牛津英语词典》中"flaw sb.[12]"的比喻意义：恶劣天气里的炸雷）。
3 原文为"When all's done"。登特把这句话当作一个常用的短语（Dent A211.1）。
4 原文为"stool"，任何一种凳子，包括宝座，但是这里用来表示对她看到的舞台道具的不屑——她所能见到的仅仅是一张凳子而已。但是我们就像麦克白一样，能看到班柯坐在凳子上面。
5 原文为"charnel houses"，存放尸骨的地窖或房屋。
6 原文为"our monuments/Shall be the maws of kites"，我们唯一的坟墓就是猛禽的胃。正如斯宾塞在《仙后》第二卷第一节第十六行中写道的："（他说）需要配备怎样的骏马良驹／却不免葬身于乌鸦和鸢鸟口中。"对此也有更为复杂的解释，根据《圣经》的说法，尸体应该交由鸟类，以确保肉身不再回归，这或许也影响了这里的意象。斯各特（Scot）在《巫术的发现》第5章第6节中对此做了探讨。据说鸢鸟有吐出未消化食物的习惯，但是这里关联不大。
7 原文为"Exit Ghost"。第二开本中在此处安排鬼魂隐去，看上去合情合理，因为麦克白对他说话，而在再提到他的时候，用的是过去式。

70

第三幕　第四场

麦克白　要是我现在站在这儿[1],那么刚才我明明瞧见他。

麦克白夫人　啐!不害羞吗?

麦克白　(旁白)在人类[2]不曾制定法律保障公众福利[3]以前的时代,杀人流血是不足为奇的事;即使在有了法律以后,惨不忍闻的谋杀事件,也随时发生。从前的时候,一刀下去,当场毙命,事情就这样完结了[4];可是现在他们却会从坟墓中起来,他们的头上戴着二十件谋杀的重罪[5],把我们推下座位。这种事情是比这样一件谋杀案更奇怪的。

麦克白夫人　陛下,您尊贵的朋友们都因为您不去陪他们而十分扫兴哩。

麦克白　我忘了。不要对我惊诧,我最尊贵的朋友们;我有一种怪病,认识我的人都知道那是不足为奇的。来,让我们用这一杯表示我们的同心永好,祝各位健康!你们干了这一杯,我就坐下。给我拿些酒来,倒得满满的。

| 班柯鬼魂重上。[6]

1　参见 Dent S818 "就像你站在那儿一样真实(as true as you stand there)"。
2　原文为"human",指人造的;人道的、善良的(对开本中拼为"humane",通常具备两层意思)。
3　原文为"gentle weal",公众福利、联合体的利益。燕卜荪在《朦胧的七种类型》第 203 页中引用这个单词作为例子,证明一个单词可以用来替代它的反义词,"因为财富(weal)在净化前都是不高尚(ungentle)的,而净化之后就高尚(gentle)了"。
4　原文为"and there an end",事情就这样完结了。在谚语中很常见,参见 Dent B458。
5　参见上文中的"二十道伤痕"。
6　这里鬼魂上场是为了让观众在麦克白之前看到它,因此强调了下文("还要为我们亲爱的缺席的朋友班柯尽此一杯;要是他也在这儿就好了!")中的讽刺意味;但是麦克白可能在真正对它说话前就已经看到鬼魂了。

麦克白

我为今天在座众人的快乐，还要为我们亲爱的缺席的朋友班柯尽此一杯；要是他也在这儿就好了！来，为大家，为他，请干杯，请各位为大家的健康干一杯。

群臣　敢不从命。

麦克白　（向班柯的鬼魂）去！离开我的眼前！让土地把你隐匿了！你的骨髓已经枯竭，你的血液已经凝冷；你那向人瞪着的眼睛也已经失去了光彩。

麦克白夫人　各位大人，这不过是他的旧病复发，没有什么别的缘故；害各位扫兴，真是抱歉得很。

麦克白　别人敢做的事，我都敢：无论你用什么形式出现，像粗暴的俄罗斯大熊也好，像披甲的[1]犀牛、舞爪的猛虎[2]也好，只要不是你现在的样子，我坚定的神经绝不会起半分战栗；或者你现在死而复活，用你的剑向我挑战，要是我会惊惶胆怯，那么你就可以宣称我是一个女婴[3]。去，可怕的影子！虚妄的揶揄，去！（鬼魂隐去）[4] 嘿，他一去，我的勇气又

---

1. 原文为"armed"，即用它的角和皮肤武装起来，被［诸如丢勒（Dürer）等画家］呈现为铠甲的样子。
2. 原文为"Hyrcan tiger"，普林尼在《自然史》第 8 卷第 18 页中把里海写为赫卡尼亚海，其南部地区就是赫卡尼亚，因盛产野兽而著名；普林尼的书在文法学校被广泛阅读，并由菲尔蒙·荷兰德（Philemon Holland）于 1601 年翻译，在提到老虎后不久就讲到了犀牛。
3. 原文为"baby of a girl"，女婴［结构与"傻瓜（fool of a man）"一样］（此处朱生豪译文为"那么你就可以宣称我是一个少女怀抱中的婴孩"，根据注释，对朱译此处译文稍作修订——译者注）。
4. 原文为舞台指令"Exit Ghost"。对开本再一次遗漏了舞台指令，这是由罗武添加的。此处这段对话关于鬼魂退场的位置十分确定，但对其退场的方式却不大确定：似乎麦克白停顿的时间很短，如果鬼魂要走长一段路才能离开舞台，这样会很尴尬，在此处可能会使用地板暗门。

第三幕　　第四场

麦克白夫人　　恢复了。请你们安坐吧。你这样疯疯癫癫的，已经打断了众人的兴致，扰乱了今天的良会。

麦克白　　难道碰到这样的事，能像飘过[1]夏天的一朵浮云那样不叫人吃惊吗？我吓得面无人色，你们眼看着这样的怪象，脸上却仍然保持着天然的红润，这才怪哩。

洛斯　　什么怪象，陛下？

麦克白夫人　　请您不要对他说话；他越来越疯了；你们多问了他，他会动怒的。对不起，请各位还是散席了吧；大家不必推先让后[2]，请立刻就去，晚安！

列诺克斯　　晚安；愿陛下早复健康！

麦克白夫人　　各位晚安！（群臣及侍从等下。）

麦克白　　流血是免不了的；他们说，流血必须引起流血[3]。据说石块曾经自己转动，树木曾经开口说话；[4]鸦鹊[5]的鸣声里曾经泄露[6]过阴谋作乱的人[7]。夜过去了多少了？

1　原文为"overcome"，指遮盖（就像云朵遮住太阳）；压倒。
2　即不必坚持按照品级高低依次离席。
3　原文为"blood will have blood"，血债血偿。谚语，参见 Dent B458。
4　作为干扰自然和预见自然的因素，会说话的树在文学中十分常见，至少从维吉尔的作品中就开始了，但是移动的石头却鲜有记载。学者们模糊地提到了被谋杀者自己打开坟墓这个典故，或者用史前的石头作为考验：无罪的人触摸石头，石头会移动；有罪的人触摸石头，石头则不会移动。但是还没有人提出令人信服的类似的事情。
5　原文为"maggot-pies, and choughs, and rooks"，所有用于祭祀占卜的鸦类，与第三幕第二场呼应，当然这些乌鸦都是不祥征兆的鸟类。"maggot-pies"指喜鹊。"choughs"用来指任何一种不停啁啾的小乌鸦。
6　原文为"understood relations"，解释祭品鸟内脏所处的相对位置，以此占卜。
7　原文为"secret'st man of blood"，隐藏最深的杀手。

麦克白夫人 差不多到了黑夜和白昼的交界，分别不出谁是谁来。

麦克白 麦克德夫藐视王命，拒不奉召，你看怎么样？

麦克白夫人 你有没有差人去叫过他？

麦克白 我偶然听人这么说；可是我要差人去唤他。他们这一批人家里谁都有一个被我买通的仆人，替我窥探他们的动静。我明天要趁早去访那三个女巫，听她们还有什么话说；因为我现在非得从最妖邪的恶魔口中[1]知道我最悲惨的命运不可；为了我自己的好处，只好把一切置之不顾。我已经两足深陷于血泊之中，要是不再涉血前进，那么回头的路也同样使人厌倦[2]。[3] 我想起了一些非常的计谋，必须不等斟酌就迅速实行。

麦克白夫人 一切有生之伦，都少不了睡眠的调剂，可是你还没有好好睡过。

麦克白 来，我们睡去。我的疑神疑鬼、出乖露丑[4]，都是因为未经磨炼[5]、心怀恐惧的缘故；我们干这事太缺少经验了。（同下。）

---

1 原文为"By the worst means"，即通过巫术。
2 原文为"Returning were as tedious as go o'er"，即此时撤退和前进一样令人疲惫。
3 原文为"I am in blood/ Stepped in so far, that should I wade no more, /Returning were as tedious as go o'er"。登特提到两句谚语，"一不做二不休（having wet his feet he cares not how deep he goes）"（Dent F565.1）和"将错就错（over shoes, over boots）"（Dent S379）。
4 原文为"my strange and self-abuse"，即"我奇怪的自我伤害"。"self-abuse"指（在鬼魂的问题上）自我欺骗；（在男子气概上）自我贬低。
5 登特提到了谚语"熟能生巧（use makes mastery）"（Dent U24），"习惯成自然（custom makes sin no sin）"（Dent C934）。

第三幕　第五场

第五场[1]

[雷鸣。三女巫上,与赫卡忒相遇。]

女巫甲　哎哟,赫卡忒!您在发怒哩。

赫卡忒　我不应该发怒吗,你们这些放肆大胆的丑婆子[2]?你们怎么敢用哑谜和有关生死的秘密和麦克白打交道;我是你们魔法的总管,一切灾祸都由我主持支配,你们却不通知我一声,让我也来显一显我们的神通?而且你们所干的事,都只是为了一个刚愎自用[3]、残忍狂暴的人;他像所有的世人一样,只知道自己的利益,一点不是对你们存着什么好意。可是现在你们必须补赎你们的过失;快去,天明的时候,在阿契隆的地坑[4]附近会我,他将要到那边来探询他的命运;把你们的符咒、魔盅[5]和一切应用的东西预备齐整,不得有误。我现在乘风[6]而去,今晚我要用整夜的工夫,布置出一场悲惨的结果;在正午以前,必须完成大事。月亮角上挂着一颗湿淋淋的神秘的[7]露珠[8],我要在它没有堕地

1　通常认为这一场戏是附加的,怀疑是否出自莎士比亚的手笔。参见导读部分。
2　原文为"beldams",老巫婆、女巫。
3　原文为"wayward",判断错误的、执拗的、不顺从他人意愿的。赫卡忒认识到麦克白不会幡然悔悟。
4　原文为"pit of Acheron",阿契隆的地坑,即地狱。阿契隆是地狱中的一条河。"地坑"可能把女巫与旧采石场、砺石采掘场联系起来。
5　原文为"vessels",器具、坛子等。
6　原文为"I am for th' air",即"我要去往月球的大气层",赫卡忒作为月亮之神居住于此。
7　原文为"profound",具有影响深远的特征(Johnson)。
8　原文为"vap'rous drop"。斯蒂文斯引用了卢坎(Lucan)的《法沙利亚》(Pharsalia)第6章第669页关于月球的病毒的内容,其认为从月球上掉下的泡沫会回应相应的咒文。它碰触草药或者其他物体时,会将它们转化成别的形状。

麦克白

以前把它摄取,用魔术提炼以后,就可以凭着它呼灵唤鬼,让种种虚安的幻影迷乱他的本性;他将要藐视命运,唾斥死生,超越一切的情理,排弃一切的疑虑,执着他那不可能的希望;你们都知道自信[1]是人类最大的仇敌。[2](音乐[3]。出现了一朵云。)听!他们在叫我啦;我的小精灵,瞧,坐在云雾之中,在等着我呢。(精灵们在内[4]歌唱。)

精灵甲 来,来;赫卡忒,赫卡忒——来。

赫卡忒 我来也,我来也,我来也,我来也,

全力以赴,

火力全开。

草垛底[5]何在?

精灵乙 在此。

赫卡忒 迫克尔[6]何在?

精灵丙 在此——

---

1 原文为"security",对安全的信心、安全感。
2 原文为"And you all know, security/Is mortals' chiefest enemy"。参见登特,"居安思危(the way to be safe is never to be secure)"(Dent W152)。
3 舞台指令为"music",音乐。对开本的指令为"音乐和一首歌",在之后再次指令唱歌。我猜想仅有一首歌,这首歌伴随着赫卡忒下,而器乐曲很可能是从这里开始。重复指令唱歌极有可能是页边评注造成的。达文南特(Davenant)的文本中插入了一行与歌曲开头相似的内容。牛津版则认为后两行是唱出来的,接着是整首歌,很有可能如此。但是达文南特添加的这一行与音乐不搭,我认为这一行是为前一行做口头提醒。音乐本身就足够给赫卡忒发出提示了,对开本的指令是一个通用标题,并不需要立刻开始唱歌。
4 很可能指在舞台上方的楼座后面。
5 原文为"stadling",可能源自单词"staddle",指干草垛的底部。
6 原文为"Puckle",很可能与《仲夏夜之梦》中善变的、经常恶作剧的迫克,即好人儿罗宾有关联。

第三幕　第五场

　　　　　　还有蹦蹦跳[1]，还有往下溜[2]；

　　　　　　就缺你一个，就缺你一个：

　　　　　　快来快来，凑齐人数。

　　赫卡忒　等我涂好油[3]，就来天上游，

　　　　　　等我涂好油，就来天上游。

|一个长得像猫的精灵降临到舞台上。[4] 其他三个精灵从上面出现。[5]

　　精灵甲　来了一个收费的：

　　　　　　亲一个，抱一个，吸口血；

　　　　　　何事滞留我不知，

　　　　猫　——我不知。[6]

　　精灵甲　只因空气甜如蜜。

　　赫卡忒　啊，你来了：有何事？

　　　　猫　——有何事？

　　精灵乙　平安无事心欢喜，

　　　　　　来来往往畅心意。

1　原文为"Hopper"，可能来自单词"hopper"，啤酒花采摘工，或者与一种叫作"hopscotch"（跳房子）的游戏有关。
2　原文为"Hellway"，地狱之门，可能暗指恶魔灵魂。
3　可能是飞前的一种准备仪式。
4　环球剧场化装间悬吊的顶楼上有一个绞车，1613年重建的环球剧场拥有更精致的设备。但不论是在环球剧场，还是在黑衣修士剧场，不可能所有的精灵都能飞起来。对于赫卡忒和猫来说，一个"车厢"就足够了。
5　《女巫》将它此处的边页指令从"在空中"改成了"在上面"。这也许仅仅是偶然，但是此处从楼座上场与文本相符合，而他们全程保持隐身似乎不可能。
6　在《女巫》中，赫卡忒的丑角儿子耐火石（Firestone）评论道"听，听，猫儿用她自己的语言唱着高音"，显然她在喵喵叫，这就是为什么此处，还有后文，猫跟着说的话都是押韵的。耐火石在《麦克白》中没有戏份，他的介入把轻喜剧成分效果拉低成了滑稽戏，这是米德尔顿（Middleton）的赫卡忒的特色。达文南特可能第一个认为这似乎与《麦克白》格格不入。

麦克白

　　　　　　猫 ——畅心意。
　　　　赫卡忒 此际盛装欲御风，
　　　　　　　我与爱宠狸猫精[1]，
　　　　　　　飞来飞去恣意行。

赫卡忒与猫上升。

　　　　精灵丙 雅乐怡情飞飘飘，
　　　　　　　乘风畅游月皎皎，
　　　　　　　欢宴歌舞乐逍遥。
　　　众精灵合唱 飞过丛林，飞过峻岭崇山，
　　　　　　　越过海洋，越过迷蒙山泉，
　　　　　　　飞越尖塔，塔楼角楼之巅，
　　　　　　　精灵一队队，翱翔在夜晚。

（赫卡忒与猫从上方隐去）

　　　　　　　耳畔不闻铃声摇，
　　　　　　　狼寂犬宁静悄悄，
　　　　　　　洪水滔天炮声急，
　　　　　　　远走高飞莫能及。

（众精灵下。）

　　　　精灵甲 来，我们赶快；她就要回来的。（同下。）

---

[1] 原文为"Malkin"，狸猫精：狸猫常用名（对照第一幕第一场的"Graymalkin"），也用于贬低女性（意思是懒婆娘、荡妇等）或形容女魔头。

第六场

列诺克斯及另一贵族上。

列诺克斯 我以前的那些话只是叫你听了觉得对劲,那些话是还可以进一步解释的;[1] 我只觉得事情有些古怪。仁厚的邓肯被麦克白所哀悼;邓肯是已经死去的了。勇敢的班柯不该在深夜走路,您也许可以说——要是您愿意这么说的话,他是被弗里恩斯杀死的,因为弗里恩斯已经逃匿无踪;人总不应该在夜深的时候走路。哪一个人不以为[2] 马尔康和道纳本杀死他们仁慈的父亲,是一件多么惊人的巨变?万恶的行为[3]!麦克白为了这件事多么痛心;他不是乘着一时的忠愤,把那两个酗酒贪睡的渎职卫士杀了吗?那件事干得不是很忠勇的吗?嗯,而且也干得很聪明;因为要是人家听见他们抵赖他们的罪状,谁都会怒从心起的。所以我说,他把一切事情处理得很好;我想要是邓肯的两个儿子也给他拘留起来——上天保佑他们不会落在他的手里——他们就会知道向自己的父亲行弑,必须受

---

1 暗示当你不相信任何人,为了防止你的谈话(或电话)被专制的政府窃听,有必要使用拐弯抹角的语言。
2 原文为"Who cannot want the thought",燕卜荪在《朦胧的七种类型》第 209 页评论道"can want"(能要)的意思是强有力的,尽管"-not"(不)扮演着一个狡诈的角色,添加了混乱的感觉。这个观点非常精彩,虽然伊丽莎白时代,双重否定通常是加强语气而不是抵消语气,而"want(要)"(是"缺乏"的意思)是一个否定动词,但是这一事实也没有推翻燕卜荪的观点。
3 原文为"fact",指行为,事实的真相。

麦克白

到怎样的报应；弗里恩斯也是一样。可是这些话别提啦，我听说麦克德夫因为出言不逊，又不出席那暴君的宴会，已经受到贬辱。您能够告诉我他现在在什么地方吗？

贵族 被这暴君篡逐出亡的邓肯世子[1]现在寄身在英格兰宫廷之中，谦恭的爱德华[2]对他非常优待，一点不因为他处境颠危而削减了敬礼[3]。麦克德夫也到那里去了，他的目的是要请求贤明的英王协力激励诺森伯兰和好战的西华德，使他们出兵相援，凭着上帝的意旨帮助我们恢复已失的自由，使我们仍旧能够享受食桌上的盛馔和酣畅的睡眠，不再畏惧宴会中有沾血的刀剑[4]，让我们能够一方面输诚效忠，一方面安受爵赏而心无疑虑；这一切都是我们现在所渴望而求之不得的。这一个消息已经使我们的王上[5]大为震怒，他正在那儿准备作战了。

列诺克斯 他有没有差人到麦克德夫那儿去？

贵族 他已经差人去过了；得到的回答是很干脆的[6]一句："老兄，我不去。"那面有忧色的使者没有明白告诉

---

1 原文为"son"，对开本中"sonnes"要么是印刷错误，要么是作者的笔误——道纳本去了爱尔兰，没有再上场。
2 原文为"most pious Edward"，忏悔者爱德华。"pious"此处使用的是其现代意义，即"虔诚的"，爱德华被认为是圣人。
3 即没有因为他流落异乡而慢待他。
4 即没有带血的刀剑威胁，可以享受盛筵的美食。
5 原文为"their King"，即爱德华。导读探讨了这一段中的文本问题。
6 原文为"absolute"，强硬的、专横的（形容麦克德夫的语气）。

我他说些什么话,只是转身吟哦,好像说,"你给我这样的答复,看着吧,你一定会自食其果"。

列诺克斯　那很可能叫他留心远避当前的祸害。但愿什么神圣的天使飞到英格兰的宫廷里,预先替他把信息传到那儿;让上天的祝福迅速回到我们这一个在毒手压制下备受苦难的国家!

贵族　我愿意为他祈祷。(同下。)

第四幕

第一场

|雷鸣。三女巫上。

女巫甲　斑猫[1]已经叫过三声。

女巫乙　刺猬[2]已经啼了四次。

女巫丙　怪鸟[3]在鸣啸：时候到了，时候到了。

女巫甲　绕釜环行火融融，

毒肝腐脏置其中。

蛤蟆[4]蛰眠寒石底，

三十一日夜相继；

1　原文为"brinded cat"，严格来说是"黄褐色，交织另一种颜色的条纹"的猫，可以肯定的是，是一种斑猫，可能是狸猫精（Graymalkin），女巫甲的老朋友。

2　原文为"hedge-pig"，刺猬。《牛津英语词典》只在本语境中收录了该词，此处刺猬可能指女性。

3　原文为"Harpier"，怪鸟，女巫丙的密友，这个名字一直与"鸟身人面女妖"有关。她是神话中的女鸟人，复仇精灵。但没有证据支持这一联系。

4　原文为"toad"，蛤蟆。人们认为蛤蟆非常丑陋，令人生厌。它们的汗腺会分泌一种刺鼻的毒液，这种毒液虽不危险，但令人不快。人们通常认为女巫会变成蛤蟆，使用毒液。福克斯引用了在爱丁堡试图毒死国王詹姆士的艾格尼丝·桑普森（Agnes Sampson）的"招供词"："抓了一只黑色蛤蟆，拴住它的脚后跟吊了三天，收集它滴下的毒液。"引自《苏格兰新闻》（1591），B2ᵛ。蛤蟆和其他两栖动物一样会冬眠，但不是为了出汗。

第四幕　第一场

　　　　　　汗出淋漓化毒浆，

　　　　　　投之鼎釜沸为汤。

众巫　（合）不惮辛劳不惮烦，

　　　　　　釜中沸沫已成澜。

女巫乙　沼地蟒蛇取其肉[1]

　　　　　　脔以为片煮至熟；

　　　　　　蝾螈之目青蛙趾，

　　　　　　蝙蝠之毛犬之齿，

　　　　　　蝮舌如叉盲蛇[2]刺，

　　　　　　蜥蜴之足枭[3]之翅，

　　　　　　炼为毒蛊鬼神惊，

　　　　　　扰乱人世无安宁。

众巫　（合）不惮辛劳不惮烦，

　　　　　　釜中沸沫已成澜。

女巫甲　豺狼之牙巨龙鳞，

　　　　　　千年巫尸[4]貌狰狞；

　　　　　　海底抉出饿鲨胃[5]，

1　原文为"fillet"，指带、条，（肉或鱼）切片。通常取第二个意思，但我认为第一个意思也同样有可能。
2　原文为"blind-worm"，常指眼睛很小的蛇蜥，也指蛭蛇。人们曾经误认为蛇蜥和蝾螈都有毒。
3　原文为"howlet"，猫头鹰，或小猫头鹰、小鸮。小猫头鹰的方言拼写形式（*OED*）。
4　将死尸干燥或防腐处理广泛用于医疗目的，绝不仅用于巫术中；因此，这个词指从木乃伊体中提取的粉末或药膏。
5　原文为"maw and gulf"，这两个词都指胃，与贪婪的食欲有关。"maw"也指喉咙或食道。

83

麦克白

> 夜[1]掘毒芹[2]根块块；

> 杀犹太人摘其肝，

> 剖山羊胆汁潺潺；

> 雾黑云深月食时，

> 潜携斤斧劈杉枝；

> 娼妇弃儿[3]死道间，

> 断指持来血尚殷；

> 土耳其鼻鞑靼唇[4]，

> 烈火糜之煎作羹；

> 猛虎肝肠和鼎内，

> 炼就妖丹成一味。

众巫（合）不惮辛劳不惮烦，

> 釜中沸沫已成澜。

女巫乙 炭火将残蛊将成，

> 猩猩滴血蛊方凝。

| 赫卡忒[5]及其他三名女巫[6]上。

---

1 缪尔评论，人们认为草药采集的时辰会影响其效力。
2 一种常见的有毒植物。
3 原文为"birth-strangled babe"，刚出生不久，还未受洗就被杀死的婴儿，这是一个可怕的形象。未受洗的婴儿会堕入地狱。
4 原文为"Nose of Turk, and Tartar's lips"，"Turk"和"Tartar"是异教徒，以残忍和淫荡而臭名昭彰。
5 通常认为赫卡忒的出场是后来添加的（如第三幕第五场）；我认为这是修订的一部分，影响了整个场景。
6 原文为"the other three Witches"，其他三名女巫。关于这一点有很多争议，大多都不重要，显然，需要其他女巫为赫卡忒唱歌跳舞（命运三姐妹从不歌舞）。我唯一不确定的是"三个"是不是正确的数字：当然，三是赫卡忒的魔法数字，但很容易在女巫入场时被偶然重复。无论如何，唱歌跳舞的队伍很快扩大，变成一个合唱团；合唱团最初可能由儿童组成。

第四幕　第一场

赫卡忒　善哉尔曹功不浅，
　　　　颁赏酬劳利泽遍。
　　　　于今绕釜且歌吟，
　　　　大小妖精成环形[1]，
　　　　摄人魂魄荡人心。（音乐，众巫唱幽灵之歌。）

女巫丁　黑精灵并白精灵，
　　　　红精灵携灰精灵，
　　　　交往混杂乐融融。
　　　　奶嘴[2]啜吸不要停，
　　　　火龙、迫克、灰灰、罗宾，
　　　　共舞同乐齐放纵。

众巫合唱　圈圈环环转又转，
　　　　所有坏的快进来，
　　　　所有好的快退散。

女巫戊　此厢拿出蝙蝠血。
女巫丁　投之鼎釜不怠慢。
女巫己　这边献上蜥蜴脑。
女巫丁　重添复加羹提鲜。[3]

1　围成环形对命运三姐妹来说不合理，但对赫卡忒的随从来说是完全有可能的。
2　原文为"titty"，可能源于女巫用来喂养她们魔宠的额外的乳头。"给他喂奶，长得像灰猫"（Record）。
3　原文为"Here's lizard's brain./Put in a grain!"蜥蜴和蛇一样，通常与巫术相联系。"grain"最初是衡量玉米的标准，后来作为最小的计量单位用于衡量任何物质，尤其是固体。蜥蜴可能被粉碎，但它干燥的大脑无论如何都不过一粒谷物大小。

麦克白

女巫戊　蛤蟆毒汁蝰蛇膏，
　　　　少年意动复魂销！

女巫丁　投之鼎釜蛊方成，
　　　　臭气熏天需退散。

女巫己　红发村姑[1]毒三两，
　　　　莫慌莫急釜内添！

众巫合唱　圈圈环环转又转，
　　　　所有坏的快进来，
　　　　所有好的快退散。

女巫乙　拇指怦怦动，
　　　　必有恶人来；
　　　　既来皆不拒，
　　　　洞门敲自开。

麦克白上。

麦克白　啊，你们这些神秘的幽冥的夜游的妖婆子！你们在干什么？

众巫　（合）一件没有名义的行动。[2]

麦克白　凭着你们的法术[3]，我吩咐你们回答我，不管你

---

1 原文为"the red-haired wench"，红头发通常暗指有毒，如查普曼（Chapman）的《博西·德·安布瓦兹》（*Bussy D'Ambois*）剧中第三幕第二场第18行"红发男人的毒"。叛徒犹大也被描述为一头红发，而妓女抹大拉的玛利亚也是一头红发，这可以从此处用的定冠词中得到暗示。

2 原文为"A deed without a name"，"命名"，如同洗礼仪式，授予身份和神圣性；没有名字就会与（上帝之）名疏远，私生子和魔鬼联系在一起。但这个短语比其起源更能令人浮想联翩。

3 即预知、预言。

第四幕 第一场

们的秘法[1]是从哪里得来的。即使你们放出狂风,让它们向教堂猛击;即使汹涌的[2]波涛会把航海的船只颠覆吞噬;即使谷物的叶片会倒折在田亩上,树木会连根拔起;即使城堡会向它们的守卫者的头上倒下;即使宫殿和金字塔都会倾圮;即使大自然所孕育的一切灵奇完全归于毁灭,连"毁灭"都感到手软了[3],我也要你们回答我的问题。

女巫甲　说。

女巫乙　你问吧。

女巫丙　我们可以回答你。

女巫甲　你愿意从我们嘴里听到答复呢,还是愿意让我们的主人们[4]回答你?

麦克白　叫他们出来;让我见见他们。

女巫甲　母猪九子食其豚,[5]

---

1 即黑魔法。
2 原文为"yeasty",浑浊的、多沫的,像在发酵。
3 原文为"the treasure/Of nature's germen tumble all together/Even till destruction sicken"。这里一系列复杂的戏剧高潮,可以与《李尔王》第三幕第二场开头对暴风雨的诅咒相媲美。不同的是,李尔王都是发出命令,而麦克白的话都是有条件的,被多次重复的"即使"支配。《李尔王》第三幕第二场写道:"打碎造物的模型,不要让一颗忘恩负义的人类的种子遗留在世上。""germen"指胚芽,也就是种子,不是疾病的种子,而是所有造物的种子。在李尔王的念白中,它们被"塑造"成自然界的各种生命形式。麦克白的台词大体意义是一样的,亦即让生命宇宙的一切源头都归于混沌和毁灭,但此处句法不是那么清晰。"treasure"意为"宝库",其含义既指装载着胚芽的库房,也指库房中装载的宝藏,两者都"毁灭"了,但是意义不同。建筑全部倒塌,就像前文所述的城堡、宫殿和金字塔一样;自然界的种子在共同毁灭的混乱中都一起毁灭了。实际上,两个单独的句子同时得出结论,导致最后"连'毁灭'都感到手软了"。缪尔认为,最简单的理解是"毁灭"厌倦了过度的破坏。但显然这里文字的力量就在于说毁灭本身自毁——这句话让人想起邓恩的那句"死神,你必将丧命"(Divine Meditations,10)。

4 显然是精灵(魔鬼)们扮演的幽灵。
5 原文为"that hath eaten/Her nine farrow"。显然,人们认为吃幼崽的母猪是邪恶的。(接下页)

麦克白

血浇火上焰生腥；

杀人恶犯上刑场，

汗脂投火发凶光。

众巫 （合）鬼王鬼卒火中来，

现形作法莫惊猜。

|雷鸣。第一幽灵出现，为一戴盔之头。[1]

麦克白 告诉我，你这不知名的力量——

女巫甲 他知道你的心事；听他说，你不用开口。

幽灵甲 麦克白！麦克白！麦克白！留心麦克德夫；留心费辅爵士。放我回去。够了。（隐入地下。）

麦克白 不管你是什么精灵，我感谢你的忠言警告；你已经一语道破了我的忧虑。可是再告诉我一句话——

女巫甲 他是不受命令的。这儿又来了一个，比第一个法力更大。

|雷鸣。第二幽灵出现，为一流血之小儿。

幽灵乙 麦克白！麦克白！麦克白！——

麦克白 我要是有三只耳朵[2]，我的三只耳朵都会听着你。

幽灵乙 你要残忍、勇敢、坚决；你可以把人类的力量付之

（接上页）参见霍林斯赫德的《苏格兰历史》(1577)，详细列举了肯尼斯二世的法律："倘若母猪食其幼崽，处以乱石打死之刑，并掩埋。"

[1] 关于幽灵的象征意义有各种各样的阐释，包括一些不太可能的假设，如戴盔之头是麦克白的还是麦克德夫的。毫无疑问究竟是何意依然神秘莫测，但"戴盔之头""流血之小儿""戴王冠之小儿，手持一树"（大概是象征多子）这一序列，表明具有从死亡到重生的顺序之意——麦克白被排除在此顺序之外。因为前三个幽灵的舞台指令都是"隐入地下"，所以最大的可能是他们走到一个地板暗门上（或多个地板暗门，但有一个就足够了），而且可能还伴随着从下面冒出来的烟雾。

[2] 所有的幽灵都叫了他三次。

第四幕　第一场

一笑，因为没有一个妇人所生下的人可以伤害麦克白。（隐入地下。）

麦克白　那么尽管活下去吧，麦克德夫；我何必惧怕你呢？可是我要使确定的事实加倍确定，从命运手里接受切实的保证。我还是要你死，让我可以斥胆怯的恐惧为虚妄，在雷电怒作的夜里也能安心睡觉。

｜雷鸣。第三幽灵出现，为一戴王冠之小儿，手持一树。

麦克白　这升起来的是什么，他的模样像是一个王子，他幼稚的头上还戴着统治的荣冠？

众巫　静听，不要对它说话。

幽灵丙　你要像狮子一样骄傲而无畏，不要关心人家的怨怒，也不要担忧有谁在算计你。麦克白永远不会被人打败，除非有一天勃南的树林会冲着他向邓西嫩高山移动。（隐入地下。）

麦克白　那是决不会有的事；谁能够命令树木，叫它从泥土之中拔起它的深根来呢？幸运的预兆！好！勃南的树林不会移动，死者复生[1]也不会成功，我们巍巍高位的麦克白[2]将要尽其天年[3]，在他寿数告终的时候奄然物化。可是我的心还在跳动着想要

---

1 原文为"Rebellious dead"，想从坟墓中出来的死者；这可以指麦克白杀害的所有人，但班柯是最明显的一个。
2 原文为"Our high-placed Macbeth"。麦克白只要还是"巍巍高位"，就保留了君主的自称"我们"，第一人称复数形式。在此处和下一行，他是在客观思考居于"巍巍高位"的自己。
3 原文为"Shall live the lease of nature"，生命的自然契约。参见谚语"能活多久，自己做不了主（no man has lease of his life）"（Dent M327）。

89

麦克白

知道一件事情；告诉我，要是你们的法术能够解释我的疑惑，班柯的后裔会不会永远在这一个国土上称王？

众巫 不要追问下去了。

麦克白 我一定要知道究竟；要是你们不告诉我，愿永久的咒诅降在你们身上！告诉我。（釜隐入地下。）为什么那口釜沉了下去？这是什么声音[1]？（高音笛声。）

女巫甲 出来！

女巫乙 出来！

女巫丙 出来！

众巫 （合）一见惊心，魂魄无主；

如影而来，如影而去。

|作国王装束者八人[2]次第上；最后一人持镜；班柯鬼魂随其后。

麦克白 你太像班柯的鬼魂了；下去！你的王冠刺痛了我的眼珠。怎么，又是一个戴着王冠的，你的头发也跟第一个一样。第三个又跟第二个一样。该死的鬼婆子！你们为什么让我看见这些人？第四个！跳出来吧，我的眼睛！什么！这一连串戴着王冠的，要到世界末日才会完结吗？又是一个？第七个！我不想

---

1 原文为"noise"，常用于形容悦耳的声音，特别是来自一群音乐家的乐声。
2 原文为"eight Kings"。这是苏格兰斯图亚特王朝历任国王的准确数字，但遗漏了苏格兰的玛丽女王，她是詹姆士一世的母后，被英格兰女王伊丽莎白斩首。詹姆士在伊丽莎白之后即位英国国王。如果演员们绕着后台转回来，戴着不同的标志重新上场（这取决于剧院的结构是什么样的），那么就不需要八个演员。

第四幕　第一场

再看了。可是第八个又出现了，他拿着一面镜子，我可以从镜子里面看见许许多多戴王冠的人；有几个还拿着两个金球，三根御杖[1]。可怕的景象！啊，现在我知道这不是虚妄的幻象，因为血污的班柯在向我微笑，用手指点着他们，表示他们就是他的子孙。（众幻影消灭。）什么！真是这样吗？

赫卡忒　嗯，这一切都是真的；可是麦克白为什么这样呆若木鸡？来，姐妹们，让我们鼓舞鼓舞他的精神，用最好的歌舞替他消愁解闷。我先用魔法使空中奏起乐来，你们就搀成一个圈子团团跳舞，让这位伟大的君王知道，[2] 我们并没有怠慢他。（音乐。众女巫跳舞，舞毕与赫卡忒俱隐去。）

麦克白　她们在哪儿？去了？愿这不祥的时辰在日历上永远被人诅咒！外面有人吗？进来！

列诺克斯上。

列诺克斯　陛下有什么命令？

麦克白　你看见那三个女巫吗？

列诺克斯　没有，陛下。

麦克白　她们没有打你身边过去吗？

---

1 原文为"two-fold balls, and treble sceptres"，两个金球，三根御杖。指詹姆士一世统一苏格兰和英格兰王国。苏格兰国王携带一根权杖和一个金球，英格兰国王携带两根权杖和一个金球。
2 原文为"While you perform your antic round: / That this great King may kindly say"，这是传统的假面剧中的献舞。毫无疑问，这可能是为詹姆斯一世的出席而献给他的，但在这里是献给麦克白的一部反假面剧。

麦克白

列诺克斯　确实没有，陛下。

麦克白　愿她们所驾乘的空气都化为毒雾，愿一切相信她们言语的人都永堕沉沦！我方才听见奔马的声音，是谁经过这地方？

列诺克斯　启禀陛下，刚才有两三个使者来过，向您报告麦克德夫已经逃奔英格兰去了。

麦克白　逃奔英格兰去了！

列诺克斯　是，陛下。

麦克白　（旁白）时间，你早就料到我狠毒的行为，竟抢先了一着；要追赶上那飞速的恶念，就得马上见诸行动；[1] 从这一刻起，我心里一想到什么[2]，便要立刻把它实行，没有迟疑的余地；我现在就要用行动表示我的意志——想到便下手[3]。我要去突袭麦克德夫的城堡；把费辅攫取下来；把他的妻子儿女和一切跟他有血缘之亲的[4]不幸的人们一齐杀死。我不能像一个傻瓜似的只会空口说大话；我必须趁着我这一个目的还没有冷淡下来以前把这件事干好。可是我不想再看见什么幻象了！[5] 那几个使者呢？来，

1　原文为"The flighty purpose never is o'ertook/Unless the deed go with it"，"除非行动同样迅速，否则永远追不上疾飞（迅速）的目标"。也就是说，必须立即想法付诸行动，否则就来不及了。

2　原文为"firstlings"，最早的概念（字面意思是"第一个孩子"）。

3　原文为"be it thought and done"，"说到做到（no sooner said than done）"的另一个说法（Dent S117）。

4　原文为"trace him in his line"，跟他的血统有关，也就是他的亲戚，也可能是受他抚养的人。

5　原文为"But no more sights"，这里听到的是麦克白热烈地祈求不要再有幻象。从这里开始，他看到的景象就像勃南森林在移动一样真实。

第四幕　第二场

带我去见见他们。(同下。)

第二场

麦克德夫夫人、麦克德夫子及洛斯上。

麦克德夫夫人　他干了什么事,要逃亡国外?

洛斯　您必须安心忍耐,夫人。

麦克德夫夫人　他可没有一点忍耐;他的逃亡全然是发疯。我们的行为本来是光明坦白的,可是我们的疑虑却使我们成为叛徒。[1]

洛斯　您还不知道他的逃亡究竟是明智的行为还是无谓的疑虑。

麦克德夫夫人　明智的行为!他自己远走高飞,把他的妻子儿女、他的宅第尊位[2],一齐丢弃不顾,这算是明智的行为吗?他不爱我们;他没有天性之情;鸟类中最微小的鹪鹩也会奋不顾身,和鸱鸮争斗,保护它巢中的众雏。他心里只有恐惧没有爱;也没有一点智慧,因为他的逃亡是完全不合情理的。

洛斯　好嫂子,请您抑制一下自己;讲到尊夫的为人,那么他是高尚明理而有识见的,他知道应该怎样见机

1　即因为逃跑,似乎承认了背叛之实——正如马尔康、道纳本和弗里恩斯所做的那样。
2　原文为"titles",权利,包括爵位和与之相关的地产。

麦克白

行事。我不敢多说什么;现在这种时世太残酷无情了,我们自己还不知道,[1] 就已经蒙上了叛徒的恶名;一方面恐惧流言,一方面却不知道为何而恐惧,就像在一个风波险恶的海上漂浮,全没有一定的方向。现在我必须向您告辞;不久我会再到这儿来。最恶劣的事态总有一天告一段落,[2] 或者逐渐恢复原状。(向麦克德夫子)我可爱的侄儿,祝福你!

麦克德夫夫人 他虽然有父亲,却和没有父亲一样。

洛斯 我要是再逗留下去,才真是不懂事的傻子,[3] 既会叫人家笑话我不像个男子汉,还要连累您心里难过;我现在立刻告辞了。(下。)

麦克德夫夫人 小子,你爸爸死了;你现在怎么办?你预备怎样过活?

麦克德夫子 像鸟儿一样过活[4],妈妈。

麦克德夫夫人 什么!吃些小虫儿、飞虫儿吗?

麦克德夫子 我的意思是说,我得到些什么就吃些什么,正像鸟儿一样。

---

1 原文为"And do not know ourselves",即迷惑不已,当忠诚于谁不可避免地产生了分歧,最忠诚于国家的人可能是国王眼中的叛徒。

2 原文为"Things at the worst will cease",最恶劣的事态总有一天告一段落。参见格言"否极泰来(when things are at their worst they will mend)"(Dent T216)。

3 原文为"a fool, should I stay longer/It would be my disgrace"。哭不是男人该做的事,如果洛斯继续逗留,他会哭的。

4 原文为"As birds do",编辑提到《马太福音》第6章第26节:"你们看那天上的飞鸟。也不种,也不收……你们的天父尚且养活他。"意思是相似的,但在用词上没有呼应。

第四幕　第二场

麦克德夫夫人　可怜的鸟儿！你从来不怕有人张起网儿、布下陷阱，捉了你去哩。

麦克德夫子　我为什么要怕这些，妈妈？他们是不会算计可怜的小鸟的。我爸爸并没有死，虽然您说他死了。

麦克德夫夫人　不，他真的死了。你没了父亲怎么好呢？

麦克德夫子　您没了丈夫怎么好呢？

麦克德夫夫人　嘿，我可以到随便哪个市场上去买二十个丈夫回来。

麦克德夫子　那么您买了他们回来，还是要卖出去的。

麦克德夫夫人　这刁钻的小油嘴；可也亏你想得出来。

麦克德夫子　我爸爸是个反贼吗，妈妈？

麦克德夫夫人　嗯，他是个反贼。

麦克德夫子　怎么叫作反贼？

麦克德夫夫人　反贼就是起假誓扯谎的人。

麦克德夫子　凡是反贼都是起假誓扯谎的吗？

麦克德夫夫人　起假誓扯谎的人都是反贼，都应该绞死。

麦克德夫子　起假誓扯谎的都应该绞死吗？

麦克德夫夫人　都应该绞死。

麦克德夫子　谁去绞死他们呢？

麦克德夫夫人　那些正人君子。

麦克德夫子　那么那些起假誓扯谎的都是些傻瓜，他们有这许多人，为什么不联合起来打倒那些正人君子，把他们绞死了呢？

麦克白

麦克德夫夫人 哎哟,上帝保佑你,可怜的猴子!可是你没了父亲怎么好呢?

麦克德夫子 要是他真的死了,您会为他哀哭的;要是您不哭,那是一个好兆,我就可以有一个新的爸爸了。

麦克德夫夫人 这小油嘴真会胡说!

一使者上。

使者 祝福您,好夫人!您不认识我是什么人,可是我久闻夫人的令名[1],所以特地前来,报告您一个消息。我怕夫人目下有极大的危险,要是您愿意接受一个微贱之人的忠告,那么还是离开此地,赶快带着您的孩子避一避的好。我这样惊吓着您,已经是够残忍的了;要是有人再要加害于您,那真是太没有人道了,可是这没人道的事儿快要落到您头上了。[2] 上天保佑您!我不敢多耽搁时间。(下。)

麦克德夫夫人 叫我逃到哪儿去呢?我没有做过害人的事。可是我记起来了,我是在这个世上,这世上做了恶事才会被人恭维赞美,做了好事反会被人当作危险的傻瓜;那么,唉!我为什么还要用这种婆子气的话替

---

[1] 原文为"Though in your state of honour I am perfect",即"我完全了解您的尊贵地位和美誉"。
[2] 原文为"To fright you thus methinks I am too savage:/ To do worse to you were fell cruelty, /Which is too nigh your person",即"让您担惊受怕已经太过野蛮,对您伤害就是彻头彻尾的丧失人性了——危险已经近在咫尺"。对这段用语隐晦的文字做其他解释也无济于事,它的晦涩源于信使不愿意把话说白。

第四幕　第三场

自己辩护，说是我没有做过害人的事呢?

|刺客等上。

麦克德夫夫人　这些是什么人?

众刺客　你的丈夫呢?

麦克德夫夫人　我希望他是在光天化日之下你们这些鬼东西不敢露脸的地方。

刺客　他是个反贼。

麦克德夫子　你胡说，你这蓬头的[1]恶人!

刺客　什么! 你这叛徒的孽种![2]（刺麦克德夫子。）

麦克德夫子　他杀死我了，妈妈；您快逃吧!（下[3]。麦克德夫夫人呼"杀了人啦!"下，众刺客追下。）

第三场

|马尔康及麦克德夫上。

马尔康　让我们找一处没有人踪的树荫，在那里把我们胸中的悲哀痛痛快快地哭个干净吧。

---

1 原文为"shag-eared"。似乎没必要将其修正成"shag-haired"，即使这个词是用来表示恶棍的陈词滥调，而且也可被拼成"shag-heared"；"shag-eared"适合形容恶狗，而且被定罪的恶棍们的耳朵也常常会被割开。毫无疑问，这两个词由于意思和读音都相近，观众听成哪个都可以。

2 原文为"What, you egg? /Young fry of treachery"。参见谚语"病鸟生病蛋（an ill bird lays an ill egg）"（Dent B376）。

3 原文舞台指令为"Exit [Lady Macduff] crying 'Murder', [pursued by Murderers with her Son]"。不清楚麦克德夫的儿子怎么退场，大概是跟在刺客后面跟跄前行，或者被他们拖走。

麦克白

麦克德夫　我们还是紧握着利剑,像好汉子似的大踏步跨过我们颠覆了身世吧[1]。每一个新的黎明都听得见新孀的寡妇在哭泣,新失父母的孤儿在号啕,新的悲哀上冲霄汉,发出凄厉的回声,就像哀悼苏格兰的命运,替她奏唱挽歌一样。

马尔康　我相信的事就叫我痛哭,我知道的事就叫我相信;我只要有机会效忠祖国,也愿意尽我的力量。您说的话也许是事实。一提起这个暴君的名字,就使我们切齿腐舌。[2]可是他曾经有过正直的名声;您对他也有很好的交情;他也还没有加害于您。我虽然年轻识浅,可是您也许可以在我身上看到他的影子,把一头柔弱无罪的羔羊[3]向一个愤怒的天神献祭,不失为一件聪明的事。

麦克德夫　我不是一个奸诈小人。

马尔康　麦克白却是的。在尊严的[4]王命[5]之下,忠实仁善的人也许不得不背着天良行事。可是我必须请您原谅;您的忠诚的人格绝不会因为我用小人之心去测

1　原文为"Bestride our downfall birthdom"。这个比喻显然是指跨过一个被杀的朋友的身体,挑战他的敌人。"birthdom"相当于"birthright"(与生俱来的权利);"downfall"可能是一个过去分词,即"downfall'n",或名词同时作形容词,即"跨越我们自己的衰败,也跨越我们被摧毁的权利"。

2　原文为"This tyrant, whose sole name blisters our tongues"(仅仅是这个暴君的名字就能叫我们的舌头起水疱)。参见谚语"搬弄是非者,口舌必生疮(report has a blister on her tongue)"(Dent R84)。

3　原文为"weak, poor, innocent lamb",显然隐含反讽。"天真如羔羊(as innocent as a lamb)"已是众所周知的谚语(Dent L234.1)。

4　原文为"imperial",指皇家的,专横的。

5　原文为"charge",指要求,攻击。

第四幕　第三场

度它而发生变化[1]；最光明的天使也许会堕落，可是天使总是光明的；虽然小人全都貌似忠良，可是忠良的一定仍然不失他的本色。[2]

麦克德夫　我已经失去我的希望。[3]

马尔康　也许正是这一点刚才引起了我的怀疑。您为什么不告而别，丢下您的妻子儿女，您那些宝贵的骨肉、爱情的坚强的联系，让她们担惊受险呢？请您不要把我的多心引为耻辱，为了我自己的安全，我不能不这样顾虑。[4]不管我心里怎样想，也许您真是一个忠义的汉子。

麦克德夫　流血吧，流血吧，可怜的国家！不可一世的暴君，奠下你的安若泰山的基业吧，因为正义的力量不敢向你诛讨！戴着你那不义的王冠吧，这是你已经确定的名分[5]；再会，殿下；即使把这暴君掌握下的全部土地一起给我，再加上富庶的东方，我也不愿做一个像你所猜疑我那样的奸人。

马尔康　不要生气；我说这样的话，并不是完全为了不放心您。我想我们的国家呻吟在虐政之下，流泪、流

1　原文为"transpose"，指改变；腐化。
2　原文为"Though all things foul would wear the brows of grace, /Yet grace must still look so"。丑陋的事物可能会把自己伪装成仁慈忠良的样子，但这并不能改变忠良的必然看起来就忠良。
3　因为信任是不可能的。
4　原文为"Let not my jealousies be you dishonours, /But mine own safeties"，即不要把我的怀疑当成对你的羞辱，这更多的是对我自身安全的预防措施。
5　原文为"title"，指暴政，王位继承权。

99

麦克白

  血,每天都有一道新的伤痕加在旧日的疮痍之上;我也想到一定有许多人愿意为了我的权利奋臂而起,就在友好的英格兰这里,也已经有数千义士愿意给我助力;可是虽然这样说,要是我有一天能够把暴君的头颅放在足下践踏,或者把它悬挂在我的剑上,我可怜的祖国却要在一个新暴君的统治之下,滋生更多的罪恶,忍受更大的苦痛,造成更分歧的局面。

麦克德夫　这个新暴君是谁?

马尔康　我的意思就是说我自己;我知道在我的天性之中深植着[1]各种的罪恶,要是有一天暴露出来[2],黑暗的麦克白在相形之下,将会变成白雪一样纯洁[3];我们可怜的国家看见了我无限的暴虐,将会把他当作一头羔羊。

麦克德夫　踏遍地狱也找不出一个比麦克白更万恶不赦的魔鬼。

马尔康　我承认他嗜杀、骄奢[4]、贪婪、虚伪、欺诈、狂暴、凶恶,一切可以指名的罪恶他都有;可是我的淫佚是没有止境的;你们的妻子、女儿、妇人、处女,

---

1　原文为"grafted",如树木育苗嫁接。
2　原文为"opened",暴露出来。指如同嫁接长成的花朵开放;揭露。
3　原文为"black Macbeth/Will seem as pure as snow",登特提到两个谚语:"黑白颠倒(to make black white)"(B440)和"纯净如雪(as pure as snow)"(S591)。
4　原文为"luxurious",好色的、淫荡的(当时最常用的词义)。马尔康列出的罪恶名录都是常规意义上的,而不是像人们常说的那样,是对麦克白的刻画。

第四幕　第三场

都不能填满我的欲壑[1]；我猖狂的欲念[2]会冲决一切节制和约束；与其让这样一个人做国王，还是让麦克白统治的好。

麦克德夫　从人的生理来说，无限制的纵欲是一种"虐政"[3]，它曾经颠覆了无数君主，使他们不能长久坐在王位上。可是您还不必担心，谁也不能禁止您满足您分内的欲望；您可以一方面私下里尽情欢乐，一方面在外表上装出庄重的神气，世人的耳目是很容易遮掩过去的。我们国内尽多自愿献身[4]的女子，无论您怎样贪欢好色，也应付不了这许多求荣献媚的娇娥。

马尔康　除了这一种弱点以外，在我恶劣的品质当中还有一种不顾廉耻的贪婪，要是我做了国王，我一定要诛锄[5]贵族，侵夺他们的土地；不是向这个人索取珠宝，就是向那个人索取房屋；我所有的越多，我的贪心越不知道餍足，[6]我一定会为了图谋财富的缘故，向善良忠贞的人无端寻衅，把他们陷于死地。

---

1 原文为"cistern"，用于指非常大的水箱、池塘或任何天然水池。关于用来比喻贪得无厌的欲望，参见《奥赛罗》第四幕第二场："变成了蛤蟆繁育生息的污池。"（keep it as a cistern for foul toads/To knot and gender in）
2 原文为"will"，即色欲。
3 原文为"Boundless intemperance/In nature is a tyranny"，如果欲望或意志控制了本应是身体之王的大脑，那就是暴政。这个类比有助于定义何为暴政，许多理论家认为，单是暴政一项罪名，就足以使一个君王被废黜。
4 献身或屈从一个有权势的人。麦克德夫暗示，很多人都准备好为国王出卖自己的肉体。
5 原文为"cut off"，使得早结束，即杀害。
6 参见谚语"拥有越多，越不满足（the more a man has the more he desires）"（Dent M1144）。

101

麦克德夫　这一种贪婪比起少年的[1]情欲来,它的根是更深而更有毒的,我们曾经有许多过去的国王死在它的剑下[2]。可是您不用担心,苏格兰有足够您享用的财富,它都是属于您的;只要有其他的美德,这些缺点都不算什么。

马尔康　可是我一点没有君主之德,什么公平、正直、节俭、镇定、慷慨、坚毅、仁慈、谦恭、诚敬、宽容、勇敢、刚强,我全没有;各种罪恶却应有尽有,在各方面表现出来。嘿,要是我掌握了大权,我一定要把和谐的甘乳倾入地狱,扰乱世界的和平,破坏地上的统一。

麦克德夫　啊,苏格兰,苏格兰!

马尔康　你说这样一个人是不是适宜于统治?我正是像我所说那样的人。

麦克德夫　适宜于统治!不,这样的人是不该让他留在人世的。啊,多难的国家,一个篡位的[3]暴君握着染血的御杖高踞在王座上,你最合法的嗣君又亲口吐露

---

[1] 原文为"summer-seeming",指像夏天一样的,即欲望是一种相对来说很吸引人的恶习,而贪婪不是;适合夏天的,即年轻人的恶习应该随着年龄的增长而减少,而贪婪(因其有害的根源)会变得更强烈。

[2] 霍林斯赫德将麦克德夫这番话记录为"贪婪是一切罪恶的根源,大多数国王都因此被杀死,走向最后的毁灭"。

[3] 原文为"untitled",这被注解为"没有法定权利",但麦克白的王权是合法的,因为没有说长子继承权是最重要的权利。麦克德夫可能指的是这一点,或者是指君王会因暴政被废黜,并被剥夺原来的权利。他也可能期待着发动叛乱,推翻麦克白,但如果马尔康不合适,就找不到明确的继位者。

第四幕　第三场

了他是这样一个可咒诅的人，辱没了他高贵的血统，[1] 那么你几时才能重见天日呢？你的父王是一个最贤明的君主；生养你的母后每天都在死中过活[2]，她朝夕都在屈膝跪求上天的垂怜。再会！你自己供认的这些罪恶，已经把我从苏格兰放逐[3]。啊，我的胸膛，你的希望永远在这儿埋葬了！

马尔康　麦克德夫，只有一颗正直的心，才会有这种勃发的忠义之情，它已经把黑暗的疑虑从我的灵魂上一扫而空，使我充分信任你的真诚。魔鬼般的麦克白用了很多这样的诡计，想要把我诱进他的罗网，所以我不得不着意提防；可是上帝鉴临在你我二人的中间！从现在起，我委身听从你的指导，并且撤回我刚才对我自己所讲的坏话，我所加在我自己身上的一切污点，都是我的天性中所没有的。我还没有近过女色，从来没有背过誓，即使是我自己的东西，我也没有贪得的欲念；我从不曾失信于人，我不愿把魔鬼出卖给他的同伴，我珍爱忠诚不亚于生命；刚才我对自己的诽谤，是我第一次说谎。那真诚的我，是准备随时接受你和我的不幸祖国的命令的。

---

1 原文为"blaspheme his breed"，诽谤、诋毁他的家族，明显涉及基督教意义上的"亵渎"之意，因为邓肯是"最圣明的"。
2 原文为"Died every day she lived"，即折磨她自己，或每天将死亡视为生命中的一种警告。参见《哥林多前书》第15章第31节。
3 原文为"Hath banished me from Scotland"，即我失去了重返苏格兰的希望。

麦克白

	在你还没有到这儿来以前,年老的西华德[1]已经带领了一万个战士,装备齐全,向苏格兰出发了。现在我们就可以把我们的力量合并在一起;我们堂堂正正的义师,一定可以得胜。您为什么不说话?
麦克德夫	好消息和恶消息同时传进了我的耳朵里,使我的喜怒都失去了自主。

(一医生上。)

马尔康	好,等会儿再说。请问一声,王上出来了吗?[2]
医生	出来了,殿下;有一大群不幸的人们在等候他医治,他们的疾病使最高明的医生束手无策,可是上天给他这样神奇的力量,只要他的手一触,他们就立刻痊愈了。
马尔康	谢谢你的见告,大夫。(医生下。)[3]
麦克德夫	他说的是什么疾病?
马尔康	他们都把它叫作瘰疬;自从我来到英国以后,我常常看见这位善良的国王显示他奇妙无比的本领。除了他自己以外,谁也不知道他是怎样祈求着上天;可是害着怪病的人,浑身肿烂,惨不忍睹,一切外科手术无法医治的,他只要嘴里念着祈祷,用一枚

---

[1] 原文为"Old Seyward",诺森伯兰伯爵的儿子,忏悔者爱德华的坚定支持者。这个人物只在这一上下文中为人所知。

[2] 这个短句是马尔康向医生说的。之前应该有一个停顿之处。

[3] 对开本中的舞台指令不是神圣不容置疑的,但医生不是被叫过来的,他可以不辞而别。

第四幕　第三场

金章[1]亲手挂在他们的颈上,他们便会霍然痊愈;据说他这种治病的天能,是世世相传永袭罔替的。除了这种特殊的本领[2]以外,他还是一个天生的预言者,福祥环拱着他的王座,表示他具有各种美德。[3]

|洛斯上。

麦克德夫　瞧,谁来啦?

马尔康　是我们国里的人[4];可是我还认不出他是谁。

麦克德夫　我的贤弟,欢迎。

马尔康　我现在认识他了。好上帝,赶快除去使我们成为陌路之人的那一层隔膜吧!

洛斯　阿门,殿下。

麦克德夫　苏格兰还是原来那样子吗?

洛斯　唉!可怜的祖国!它简直不敢认识它自己。它不能再称为我们的母亲,只是我们的坟墓;在那边,除了浑浑噩噩、一无所知的人[5]以外,谁的脸上也不曾有过一丝笑容;叹息、呻吟、震撼天空的呼号,

---

1　原文为"stamp",硬币或奖章(上面有印章)。
2　原文为"virtue",即具有神圣力量。
3　这一段给患有"瘰疬"的人施以神奇的"触疗",让(幕后的)忏悔者爱德华神圣国王的形象更加完美,与马尔康想象中自己作为一个人性弱点过多的国王——这一邪恶形象形成对比。麦克德夫想让邓肯和麦克白处于并驾齐驱的地位,但两者都不是绝对的。18世纪末之前,所有英国国王都实行"触疗"。詹姆士一世对此百感交集,参见导读部分。
4　原文为"My countryman",即苏格兰人——可能是剧中使用了一些独特的服装元素,令这一说法可信。
5　即孩子或白痴。

麦克白

都是日常听惯的声音,不能再引起人们的注意;[1]剧烈的悲哀变成一般的风气;葬钟敲响的时候,谁也不再关心它是为谁而鸣;[2]善良人的生命往往在他们帽上的花朵还没有枯萎以前就化为朝露。

麦克德夫 啊!太巧妙[3]、也是太真实的描写!

马尔康 最近有什么令人痛心的事情?

洛斯 一小时以前的变故,在叙述者的嘴里就已经变成陈迹了[4];每一分钟都产生新的祸难。

麦克德夫 我的妻子安好吗?

洛斯 呃,她很安好。

麦克德夫 我的孩子们呢?

洛斯 也很安好。

麦克德夫 那暴君还没有毁坏他们的平静吗?

洛斯 没有;当我离开他们的时候,他们是很平安的[5]。

麦克德夫 不要吝惜你的言语;究竟怎样?

洛斯 当我带着沉重的消息、预备到这儿来传报的时候,一路上听见谣传,说是许多有名望的人都已经起

---

1 原文为"shrieks that rend the air/Are made, not marked",即最可怕的呼号发出来,但却无人注意。
2 原文为"the deadman's knell/Is there scarce asked for who",暗指在有人去世后鸣丧钟的时候,常见的发问:"丧钟为谁而鸣?"
3 原文为"nice",指奇怪的,过分讲究辞藻的(在修辞上)。
4 原文为"doth hiss the speaker",让说话者被人喝倒彩(因为说出的是旧闻)。
5 原文为"well at peace",含糊其词地形容死者的"平静"(安息)。参见谚语"他一切安好因为他在天堂(he is well since he is in heaven)"(Dent H347)。

106

第四幕　第三场

义；这种谣言照我想起来是很可靠的，因为我亲眼看见那暴君的军队在出动。现在是应该出动全力挽救祖国沦夷的时候了；你们要是在苏格兰出现，可以使男人们个个变成兵士，使女人们愿意从她们的困苦之下争取解放而作战。

马尔康　我们正要回去，让这消息作为他们的安慰吧。友好的英格兰已经借给我们西华德将军和一万兵士，所有基督教的国家里找不出一个比他更老练、更优秀的军人。

洛斯　我希望我也有同样好的消息给你们！可是我所要说的话，是应该把它在荒野里呼喊，不让它钻进人们耳中的。

麦克德夫　它是关于哪方面的？是和大众有关的呢，还是一两个人单独的不幸？

洛斯　天良未泯的人，对于这件事谁都要觉得像自己身受一样伤心，虽然你是最感到切身之痛的一个。

麦克德夫　倘然那是与我有关的事，那么不要瞒过我；快让我知道了吧。

洛斯　但愿你的耳朵不要从此永远憎恨我的舌头，因为它将要让你听见有生以来所听到的最惨痛的声音。

麦克德夫　哼，我猜到了。

洛斯　你的城堡受到袭击；你的妻子和儿女都惨死在野蛮

的刀剑之下；要是我把他们的死状告诉你，那么不但他们已经成为猎场上被杀害的驯鹿，就是你也要痛不欲生的。

马尔康　慈悲的上天！什么，朋友！不要把你的帽子拉下来遮住你的额角；用言语把你的悲伤倾泻出来吧；无言的哀痛是会向那不堪重压的心低声耳语[1]，叫它裂成片片的。

麦克德夫　我的孩子也都死了吗?

洛斯　妻子、孩子、仆人，凡是被他们找得到的，杀得一个不存。

麦克德夫　我却不得不离开那里！我的妻子也被杀了吗？

洛斯　我已经说过了。

马尔康　请宽心吧；让我们用壮烈的复仇做药饵，治疗这一段惨酷的悲痛。[2]

麦克德夫　他自己没有儿女，[3] 我可爱的宝贝们都死了吗？你说他们一个也不存吗？啊。地狱里的恶鸟！一个也

1　原文为"Give sorrow words, the grief that does not speak/Whispers the o'erfraught heart"，一个流行的格言，可能也是众所周知的谚语"压抑的悲伤让人心碎（grief pent up will break the heart）"（Dent G449）；但是通常认为这源于塞涅卡《希波吕托斯》的第 607 行："小忧有声，大悲无言。"（Curae leves loquuntur, ingentes stupent）

2　缪尔评论说，人们认为一种强烈的感情可以驱散另一种强烈的感情。但此处指的是，复仇是无言的哀痛的发泄口，正如谚语"哀悼无济于事，复仇发泄仇恨（to lament the dead avails not and revenge vents hatred）"（Dent D125），马尔康试图利用麦克德夫的悲伤达到自己的目的。

3　原文为"He has no children"，指马尔康有孩子的话，就不会提出这种简单化的治愈伤痛的方法；报复麦克白的孩子是不可能的，因为他没有孩子；如果麦克白有孩子，就不会屠杀其他人。我认为第一种意思好像让马尔康必然为自己脱口而出的冒失话感到难堪。参见谚语："不生孩子不知道爱是何物（he that has no children knows not what love is）"（Dent C341）。

第四幕 第三场

不存?什么!我可爱的鸡雏们和他们的母亲一起葬送在毒手之下了吗?[1]

马尔康 拿出男子汉的气概来。

麦克德夫 我要拿出男子汉的气概来;可是我不能抹杀我的人类的感情。我怎么能够把我所最珍爱的人置之度外,不去想念他们呢?难道上天看到这一幕惨剧而不对他们抱同情吗?罪恶深重的麦克德夫!他们都是为了你而死于非命的。我真该死,他们没有一点罪过,只是因为我自己不好,无情的屠戮才会降临到他们的身上!愿上天给他们安息!

马尔康 把这一桩仇恨作为磨快你的剑锋的砺石;让哀痛变成愤怒;不要让你的心麻木下去,激起它的怒火来吧。

麦克德夫 啊!我可以一方面让我的眼睛里流着妇人之泪,一方面让我的舌头发出大言壮语[2]。可是,仁慈的上天,求你撤除一切中途[3]的障碍,让我跟这苏格兰的恶魔正面相对,使我的剑能够刺到他的身上;要

---

1 原文为"What, all my pretty chickens and their dam/At one fell swoop","swoop"是猛禽的猛扑。这个短语源自驯鹰术。
2 原文为"braggart","brag(吹嘘)"的主要意思是嘶叫,即喇叭发出的巨响,这似乎也是此处"braggart"一词的主要意思。不过根据《牛津英语词典》,"braggart"源于法语"bragard"而不是"brag",也有"vain boaster(虚荣的吹牛者)"词义,暗示夸夸其谈。
3 原文为"intermission",中途,间歇。指时间上的间隔,空间上的间隔,这是常用的拉丁语意,17世纪的英语中很少使用,但在此处似乎支配了麦克德夫后面的话。

麦克白

是我放他逃走了,那么上天饶恕他吧!

马尔康　这几句话说得很像个男子汉。[1] 来,我们见国王去;我们的军队已经调齐,一切齐备,只待整装出发。麦克白气数将绝,天诛将至[2];黑夜无论怎样悠长,白昼总会到来的。(同下。)

---

[1] 原文为"This time goes manly",这里同时使用了 time 一词的两个含义,即现在在(这一次)我们准备行动;这种进行曲的节奏["time(节拍)"]有男子气概。自罗武以来,大部分编辑都把 time 修正为"tune(曲调)"令其更容易理解,但不一定是正确的。这个音乐隐喻从"braggart(喇叭响)""intermission(间歇)""time(tune,节拍或音调)",一直到后面的"instruments(乐器)"。提利提到了谚语"时代变了,我们跟着变了",Dent T343。

[2] 原文为"and the powers above/Put on their instruments","powers above",指天上的影响、天使。"Put on their instruments"同时使用了 instruments 一词的三个含义,指吹响他们的小号,拿上他们的武器,把我们当作手段(以达到他们神圣的目的)。

第五幕

第一场

|一医生及一侍女上。

医生 我已经陪着你看守了两夜,可是一点不能证实你的报告。她最后一次晚上起来行动是在什么时候?

侍女 自从王上出征以后,我曾经看见她从床上起来,披上睡衣,开了橱门上的锁,拿出信纸,把它折起来,在上面写了字,读了一遍,然后把信封好,再回到床上去;可是在这一段时间里,她始终睡得很熟。

医生 这是心理上的一种重大的纷扰,一方面处于睡眠的状态,一方面还能像醒着一般做事。在这种睡眠不安的情况之下,除了走路和其他动作以外,你有没有听见她说过什么话?

侍女 大夫,那我可不能背着她告诉您。

医生 你不妨对我说,而且应该对我说。

麦克白

侍女　我不能对您说，也不能对任何人说，因为没有一个见证可以证实我的话。

|麦克白夫人持烛上。

侍女　您瞧！她来啦。这正是她往常的样子；凭着我的生命起誓，她现在睡得很熟。留心看着她；站近一些。

医生　她怎么会有那支蜡烛？

侍女　那就是放在她的床边的；她的寝室里通宵点着灯火，这是她的命令。

医生　你瞧，她的眼睛睁着呢。

侍女　嗯，可是她的视觉[1]却关闭着。

医生　她现在在干什么？瞧，她在擦着手。

侍女　这是她的一个惯常的动作，好像在洗手似的。我曾经看见她这样擦了足有一刻钟的时间。

麦克白夫人　可是这儿还有一点血迹。

医生　听！她说话了。我要把她的话记下来，免得忘记。

麦克白夫人　去，该死的血迹！去吧！一点、两点，啊，那么现在可以动手了。[2]地狱里是这样幽暗！呸，我的爷，呸！你是一个军人，也会害怕吗？既然谁也不能奈何我们，为什么我们要怕被人知道？可是谁想得到

1　原文为"Ay but their sense are shut"，此处用了复数形式的动词"are"，可能是因为眼睛是复数的，如《十四行诗》第112首中也是用了动词复数形式："无论对吹毛求疵或奉承讨好 / 我都像聋聩的蝰蛇充耳不闻（my adder's sense/ To critic and to flatterer stoppèd are）。"（屠岸译）

2　可能（在她的想象中）钟表在鸣响。第二幕第一场没有提到钟表，但是提到了钟声。不过没有迹象表明钟声鸣响的次数有任何重要意义。

第五幕　第一场

　　　　　　　这老头儿会有这么多血?

医生　你听见没有?

麦克白夫人　费辅爵士从前有一个妻子,现在她在哪儿?[1]什么?这两只手再也不会干净了吗?算了,我的爷,算了;你这样大惊小怪,把事情都弄糟了。

医生　说下去;说下去;你已经知道你所不应该知道的事。

侍女　我想她已经说了她所不应该说的话;天知道她心里有些什么秘密。

麦克白夫人　这儿还是有一股血腥气;所有阿拉伯的香料都不能叫这只小手变得香一点。啊!啊!啊!

医生　这一声叹息多么沉痛!她的心里蕴蓄着无限的凄苦。

侍女　我不愿为了身体上的尊荣,而让我的胸膛里装着这样一颗心。

医生　好,好,好。

侍女　但愿一切都是好好的,大夫。

医生　这种病我没有法子医治。可是我知道有些曾经在睡梦里走动的人,都是很虔敬地寿终正寝。

麦克白夫人　洗净你的手,披上你的睡衣;不要这样面无人色。我再告诉你一遍,班柯已经下葬了;他不会从坟墓里出来的。

---

[1] 这句听起来像是一首老歌里的歌词,但是可能子虚乌有。

麦克白

医生　有这等事？

麦克白夫人　睡去，睡去；有人在打门哩。来，来，来，来，让我搀着你。事情已经干了就算了。[1] 睡去，睡去，睡去。（下。）

医生　她现在要上床去吗？

侍女　就要上床去了。

医生　外边很多骇人听闻的流言。反常的行为引起了反常的纷扰；良心负疚的人往往会向无言的衾枕泄露他们的秘密；她需要教士的训诲甚于医生的诊视。上帝，上帝饶恕我们一切世人！留心照料她；凡是可以伤害她自己的东西全都要从她手边拿开；随时看顾着她。好，晚安！她扰乱了我的心，迷惑了我的眼睛。我心里想到的，却不敢把它吐出嘴唇。[2]

侍女　晚安，好大夫。（各下。）

第二场

|旗鼓前导，孟提斯、凯士纳斯、安格斯、[3] 列诺克斯及兵士等上。

1　原文为"what's done, cannot be undone"，谚语，参见 Dent T200。
2　谚语"心里有话不敢明说（one may think that dare not speak）"，参见 Dent T220。
3　原文为"Mentieth, Caithness, Angus"：莎士比亚似乎是从霍林斯赫德列出的马尔康封爵的名单中获取这几个名字的（参见第五幕第七场）。霍林斯赫德还提到了阿索尔（Atholl）、穆雷（Murrey）。因此莎士比亚可能用这三个名字来表示这一场需要用到的演员的数量。安格斯在第一幕有台词，后来就不见了。其他三人从头到尾都没有在对话中亮明身份。

第五幕 第二场

孟提斯 英格兰军队已经迫近，领军的是马尔康、他的叔父[1]西华德和麦克德夫三人，他们的胸头燃起复仇的烈火；即使奄奄垂毙的[2]人，为了这种痛入骨髓的仇恨也会激起溅血的决心。[3]

安格斯 在勃南森林附近，我们将要和他们相见；他们正在从那条路上过来。

凯士纳斯 谁知道道纳本是不是跟他的哥哥在一起？

列诺克斯 我可以确实告诉你，将军，他们不在一起。我有一张他们军队里高级将领的名单，里面有西华德的儿子，还有许多初上战场、乳臭未干的[4]少年。

孟提斯 那暴君有什么举动？

凯士纳斯 他把邓西嫩防御得非常坚固。有人说他疯了；对他比较没有什么恶感的人，却说那是一个猛士的愤怒；可是他不能自己约束住他的惶乱的[5]心情，却是一件无疑的事实。

安格斯 现在他已经感觉到他的暗杀的罪恶紧粘在他的手

---

1 霍林斯赫德认为西华德之女是邓肯的妻子，这样西华德就是马尔康的外公。缪尔指出莎士比亚把霍林斯赫德笔下年轻而又软弱无能的邓肯做了改写，把他变成了受人尊敬的"长者"，所以显然他把马尔康与西华德的关系也做了调整。
2 原文为"mortified"，指死去的、迟钝的、没有知觉的（如死亡的状态）。
3 原文为"Revenges burn in them; for their dear causes/Would to the bleeding and the grim alarm/Excite the mortified man"，此处多重旨意，难以完全区分，因为每一个词的多种含义都与其他词相互作用。这里可能表示：复仇的怒火只能通过流血来平息；据说在谋杀他的凶手面前，死人的伤口会流血；最麻木的人也会为这些目标而振作精神；就连死者也会在这个危急关头受到鼓舞；等等。
4 原文为"unrough"，还没有长胡子的。
5 原文为"distempered"，指无序的，患病的，病态的。

上；每分钟都有一次叛变，谴责他的不忠不义；受他命令的人，都不过听令而行，并不是出于对他的忠诚；现在他已经感觉到他的尊号罩在他的身上，就像一个矮小的偷儿穿了一件巨人的衣服一样拖手绊脚。

孟提斯 他自己的灵魂都在谴责它本身的存在，谁还能怪他的昏乱的[1]知觉怔忡不安呢。

凯士纳斯 好，我们整队前进吧；我们必须认清谁是我们应该服从的人。为了拔除祖国的沉疴，让我们准备和他共同流尽我们的最后一滴血[2]。

列诺克斯 否则我们也愿意喷洒我们的热血，灌溉这一朵国家主权的[3]娇花，淹没那凭陵它的野草。向勃南进军！（众列队行进下。）

第三场

| 麦克白、医生及侍从等上。[4]

麦克白 不要再告诉我什么消息；让他们一个个逃走吧；除

---

[1] 原文为"pestered"，混乱的、被困扰、受到煎熬。
[2] 原文为"Each drop of us"，指每一个人作为一滴药剂，人人捐躯，我们的每一滴血。
[3] 原文为"sovereign"，指杰出的、有药效的、皇家的（马尔康）。
[4] 这一幕中某个时间点麦克白的战铠一定是被带上场了，可能是在此处由侍从带上来的，也可能是放在舞台隐匿处的幕后，西登拉开幕可以拿到；也可能是由西登之后离场去取来。很明显，西登（遵从台词的命令）在本场最后把战铠带走。

第五幕　第三场

非勃南的森林会向邓西嫩移动，我是不知道有什么事情值得害怕[1]的。马尔康那小子算得什么？他不是妇人所生的吗？预知人类死生[2]的精灵[3]曾经这样向我宣告："不要害怕，麦克白；没有一个妇人所生下的人可以加害于你。"那么逃走吧，不忠的爵士们，去跟那些饕餮的英国人[4]在一起吧。我的头脑，永远不会被疑虑所困扰，我的心灵永远不会被恐惧所震荡。

|一仆人上。

麦克白　魔鬼罚你变成炭团一样黑，你这脸色惨白的狗头[5]！你从哪儿得来这么一副呆鹅[6]的蠢相？

仆人　有一万——

麦克白　一万只鹅吗，狗才？

仆人　一万个兵，陛下。

麦克白　去刺破你自己的脸，把你那吓得毫无血色的两颊染

---

1 原文为"taint"，失去勇气，变软弱（OED C.3）。
2 原文为"mortal consequences"，指所有人的结局，死亡（"我们什么时候会死"）。因为死亡是寿限到了的结果。
3 原文为"spirits"，命运三姐妹的"主人们"。
4 原文为"English epicures"，英格兰人喜欢说南欧人讲究饮食，显然苏格兰人也这样说他们的南方邻居英格兰人。亨特（Hunter）说这是一种传统的观念，霍林斯赫德认为"苏格兰人之前不知饮食之精致，不懂盛筵之豪奢……英格兰人带来了挥霍无度的生活理念"。
5 原文为"loon"，译为"狗头"，原意为无赖、恶棍、懒汉，也用来表示任何（与国王相比）社会等级低下的人，或者智力低下的人，或者年幼者。因此，有可能表示傻瓜、小丑，也可能是指孩子或者小伙子。所有这些意思在此处都有可能。
6 原文为"where got'st thou that goose-look？""goose-look"，面无血色的，吓坏了的（起鸡皮疙瘩在英语中表达为"goose-flesh"，字面意思为鹅皮）。

117

麦克白

一染红吧，[1]你这鼠胆的小子[2]。什么兵，蠢材[3]？该死的东西！瞧你吓得脸像白布一般[4]。什么兵，不中用的奴才？

仆人　启禀陛下，是英格兰兵。

麦克白　不要让我看见你的脸。（仆人下。）西登！——我心里很不舒服，当我看见[5]——喂，西登！——这一次的战争也许可以使我从此高枕无忧，也许可以立刻把我倾覆。[6]我已经活得够长久了；我的生命[7]已经日就枯萎，像一片凋谢的黄叶；凡是老年人所应该享有的尊荣、敬爱、服从和一大群的朋友，我是没有希望再得到的了；代替这一切的，只有低声而深刻的咒诅，口头上的恭维[8]和一些违心的假话。

---

1 原文为"prick thy face, and over-red thy fear"，指字面意思是用你自己的血来掩藏恐惧；让脸有刺痛感而发红；取"prick"的"鞭策、激励"的意思，即振作精神，恢复正常的气色。

2 原文为"lily-livered boy"，参见谚语"像百合花一样白，像百合花一样纯洁、诚实（as white as a lily）"、"胆小如鼠的人（a white-livered fellow）"，Dent L296, F180。

3 原文为"patch"，蠢材。家养的弄人、小丑，笨蛋（*OED sb.* 2，源自意大利语 *pazzo*，傻瓜，因为它也有"补丁"的含义，所以可能也是以小丑褴褛满补丁的百结衣服来代指小丑）。

4 原文为"linen cheeks"，谚语"白得像亚麻布（as white as linen）"，Dent L306.1。

5 麦克白好像突然打住了话头。这可能暗指看见了士兵惊慌失措的表情；看到它（这次战争等）；所见所想都让我现在恐慌。

6 原文为"this push/Will cheer me ever, or dis-seat me now"。"push"，猛推，攻击（表示激烈的意思，与现在军事术语"进攻"意思接近）。"cheer"意为：鼓励；登基（与王位"chair"一词一语双关）。"dis-seat"，对开本为"dis-eate"，可能是印刷错误，因为这个词只表示"呕吐不已"，意义不贴合；第二对开本用了"disease"，合乎上下文的语境，甚至有可能也一语双关。史蒂文斯版用的"dis-seat"，表示被推翻王权，夺去生命，在这里更为贴切。

7 原文为"way of life"，奇怪的是这个词组引起了争论和修改。生命的路程从出生到死亡，经历青春和年迈，正如季节从春到冬。这一短语的现代意义，即"生活方式"，可能也与此相关，因此这里的台词中才会有"凋谢（fallen）"一词。

8 原文为"mouth-honour"，即嘴上功夫，说说而已。

第五幕　第三场

西登[1]！

|西登上。

西登　陛下有什么吩咐？

麦克白　还有什么消息没有？

西登　陛下，刚才所报告的消息，全都证实了。

麦克白　我要战到我的全身不剩一块好肉。给我拿战铠来。

西登　现在还用不着哩。

麦克白　我要把它穿起来。加派骑兵，到全国各处巡回视察[2]，要是有谁嘴里提起了一句害怕的话，就把他吊死。给我拿战铠来。大夫，你的病人今天怎样？

医生　回陛下，她并没有什么病，只是因为思虑太过，继续不断的幻想扰乱了她的神经，使她不得安睡。

麦克白　替她医好这一种病。你难道不能诊治那种病态的心理，从记忆中拔去一桩根深蒂固的忧郁，拭掉那写在脑筋上的烦恼，用一种使人忘却一切的甘美的药剂，把那堆满在胸间、重压在心头的积毒[3]扫除干

1　原文为"Seyton"，西登：G. R. 弗伦奇（G. R. French）在《莎士比亚系谱学》(1869) 中指出西登世家曾经是，在 19 世纪依然是苏格兰国王的武士扈从。缪尔认为，说以 Seyton 这个名字与撒旦（Satan，读音与 Seyton 相同）一语双关，未免会贻笑大方，但是其实还是有可能的：马洛的《爱德华二世》第五幕有莱特伯恩（Lightborne，与魔鬼名字路西法"Lucifer"意思相近），莎士比亚在《爱的徒劳》第五幕有马凯德（Mercadé，与 Macabré 相近，后者被认为是死亡之舞的作者）。

2　原文为"skirr"，快跑，此处指彻底搜查。

3　原文为"stuffed bosom of that perilous stuff"，曾有编辑对此处的用词重复感到担心，但是"stuff"用来指两个不同的含义：作为动词，表示"被阻塞"（OED 12，具体指身体器官受阻）；作为名词，指"事物、物体"，可以是固体的也可以是液体的，此处明显指一种需要解药的毒药。在我看来，所有提出的修改意见都不如原文：重复使用"stuff"一词，强调了心病难以言表。

119

麦克白

净吗?

医生　那还是要仗病人自己设法的。

麦克白　那么把医药丢给狗子吧;我不要仰仗它。来,替我穿上战铠;给我拿指挥杖[1]来。西登,把骑兵派出去。——大夫,那些爵士都背了我逃走了。——来,快[2]。——大夫,要是你能够替我的国家验一验小便,[3]查明它的病根,使它恢复原来的健康,我一定要使太空之下充满着我对你的赞美的回声。——喂,把它脱下了。[4]——什么大黄[5]肉桂[6],什么清泻的药剂,可以把这些英格兰人排泄掉?你听见过这类药草吗?

医生　是的,陛下;我听说陛下准备亲自带兵迎战呢。

麦克白　(向西登)给我把铠甲带着。除非勃南森林会向邓西嫩移动,我对死亡和毒害都没有半分惊恐。

医生　(旁白)要是我能够远远离开邓西嫩,高官厚禄再也诱不动我回来。(同下。)

---

[1] 原文为"staff",指挥杖,或一种武器(棍、长矛等),或者是权杖(如元帅的指挥杖,1590年首次提及该用法)。

[2] 原文为"dispatch",快。可能是快替他穿上战铠。另一个意思与上文的"把骑兵派出去"有关。

[3] 原文为"cast/The water of my land","cast"取"计算,估算"之意(*OED* VI),即验小便,医疗诊断中的常规程序。

[4] 原文为"Pull't off",即脱下战铠。他改了主意,参见下文"给我把铠甲带着(Bring it after me)"。

[5] 原文为"rhubarb",中国产大黄的根,味苦,医用泻药。

[6] 原文为"senna",第一对开本作"cyme",是一个植物学术语,不作医用(有时候也用来指任何植物的幼蕾)。通常认为此处是对"cynne"的误读,"cœny""sene"(通常为双音节)是"senna(番泻叶)"常用的拼法。番泻叶既通便,又催吐。尽管多出一个音节,双音节(对我来说)好像在节奏上感觉更加理想。

第五幕　第四场

第四场

|旗鼓前导，马尔康、西华德父子、麦克德夫、孟提斯、凯士纳斯、安格斯及兵士等列队行进上。[1]

马尔康　诸位贤卿，我希望大家都能够安枕而寝的日子已经不远了。

孟提斯　那是我们一点也不疑惑的。

西华德　前面这一座是什么树林？

孟提斯　勃南森林。

马尔康　每一个兵士都砍下一根树枝来，把它举起在各人的面前；这样我们可以隐匿我们全军的人数，让敌人无从知道我们的实力。

众兵士　得令。

西华德　我们所得到的情报，都说那自信的暴君仍旧在邓西嫩深居不出，等候我们兵临城下。

马尔康　这是他唯一的希望；因为他手下的人，不论地位高低，一找到机会都要叛弃他[2]，他们接受他的号令，

---

1 大多数编辑都在此处添加了列诺克斯与洛斯上场，这样做也有一定道理，但这里不需要他们。这里的人物两两对应，十分复杂，一个剧团即使规模不大也需要勉力排出两队将士的阵容，这也许能解释为什么这里没有把这两人放进去。列诺克斯在第五幕第二场很关键（他最终挺身而出背叛了麦克白），但是之后就没有提到他了。洛斯在第五幕第七场才被提名道姓。这里出现了五个重要的新人物：侍女、医生、西登、西华德父子。饰演列诺克斯和洛斯的演员可能演了其中一个或者多个角色。
2 这几行台词做了很多的修订，但是收效甚微。我认为这里的意思是"社会各阶层的人们，本来可以（效忠）支持麦克白，让他占据优势，但是都选择背叛了他"。缪尔与很多其他编辑一样，认同约翰把"given"理解为"gone"，但不认同他把"advantage"改为"a vantage"。因此他把"advantage"释义为"良机"，但是理由站不住脚。缪尔认为排字工从下一行选出了"given"一词，但是我觉得这里重复"given"一词（在 give advantage 与 give revolt 两个相对比的短语中——译者注）强调了人民的自由选择。还有"give advantage"是一个常见的词组；但把 advantage 换成其他词，比如 a vantage，就不是了。

121

麦克白

都只是出于被迫，并不是自己心愿。

麦克德夫　等我们看清了真情实况再下准确的判断吧，眼前让我们发扬战士的坚毅的精神。

西华德　我们这一次的胜败得失，不久就可以分晓。口头的推测不过是一些悬空的希望[1]，实际的行动才能够产生决定的结果，大家奋勇前进吧！（众列队行进下。）

第五场

旗鼓前导，麦克白、西登及兵士等上。

麦克白　把我们的旗帜挂在城墙外面；到处仍旧是一片"他们来了"的呼声；我们这座城堡防御得这样坚强，还怕他们围攻吗？让他们到这儿来，等饥饿和瘟疫来把他们收拾去吧。倘不是我们自己的军队也倒戈[2]跟他们联合在一起，我们尽可以挺身出战[3]，把他们赶回老家去。（内妇女哭声）那是什么声音？

---

1 即推测不能作准（西华德与麦克德夫一样，想要一战决胜负）。
2 原文为"forced"，加固、加强（可能暗指叛军是强制服役而成，没有如马尔康所说的那样自愿参与叛乱）。
3 原文为"We might have met them dareful, beard to beard"，参见谚语"公然反对，当面为难（meet in the beard）"（Dent B 143.1）。原文"dareful"，指胆大的、勇敢的。

第五幕　第五场

西登　是妇女们的哭声[1]，陛下。（下。）

麦克白　我简直已经忘记了恐惧的滋味。从前一声晚间的哀叫，可以把我吓出一身冷汗，听着一段可怕的故事，我的头发[2]会像有了生命似的竖起来。现在我已经饱尝无数的恐怖；我习惯于杀戮的思想，再也没有什么悲惨的事情可以使它惊悚了。

|西登重上。

麦克白　那哭声是为了什么事？

西登　陛下，王后死了。

麦克白　她反正要死的，[3]迟早总会有听到这个消息的一天。明天，明天，再一个明天，一天接着一天地蹑步前进[4]，直到最后一秒钟的时间[5]；我们所有的昨天，不过替傻子们照亮了到死亡的土壤中去的路。熄灭了吧，熄灭了吧，短促的烛光！人生不过是一个行

---

1 原文为"It is the cry of women"，女人们为王后之死而哭。缪尔评论道："麦克白夫人死于非命"，但是马尔康在第五幕第七场暗示她死于自杀，此处并没有证据支持。哭声可能只是出于哀惧，但是"women（女人们）"一词复数形式的使用可能暗示爱尔兰为死者哀号的风俗，在很多文化中哭丧都是惯习，但是我从未听说过苏格兰人与此等风俗有何牵扯。最可能的是西登去询问了哭号的缘由，但也有可能有人上场告诉了他，甚至也有可能他只是意识到了发生了什么。第五幕第七场说到的麦克白夫人的死因，只是捕风捉影而已。

2 原文为"fell"，全部的毛发，通常连着皮。

3 原文为"She should have died hereafter（她本应在这之后死的）"，指她应该长寿；她本该在我们有暇余悼念的时候再死的。这一短行可能在长久的停顿之后，而不是在停顿之前。

4 原文为"Creeps in this petty pace from day to day"，"in this petty pace"指似毫无意义的节奏；以琐碎的方式；在这条狭窄的通道上——"pace"在17世纪早期用来表示狭窄的道路、关口，或者海峡，此处也可作此意，解释为什么用了"in"，而不是"at"。

5 原文为"To the last syllable of recorded time"，这一句引发的联想过于复杂，难以一一尽数。"syllable"可以表示一个单词的最小构成部分，也可以表示任何事物的最小构成部分。"recorded time"肯定指涉在时间停止，一切都永远改变的最后审判日，把所有死者的生平言行记录在案的天使。

麦克白

走的影子,一个在舞台上指手画脚的拙劣的伶人,登场片刻[1],就在无声无臭中悄然退下;它是一个愚人所讲的故事[2],充满着喧哗和骚动,却找不到一点意义。

一使者上。

麦克白　你要来播弄你的唇舌;有什么话快说。

使者　陛下,我应该向您报告我以为我所看见的事,可是我不知道应该怎样说起。

麦克白　好,你说吧。

使者　当我站在山头守望的时候,我向勃南一眼望去,好像那边的树木都在开始行动了。

麦克白　说谎的奴才!

使者　要是没有那么一回事,我愿意悉听陛下的惩处;在这三英里路以内,您可以看见它向这边过来;一座活动的树林。

麦克白　要是你说了谎话,我要把你活活吊在最近的一株树上,让你饿死;要是你的话是真的,我也希望你把我吊死了吧。我的决心已经有些动摇[3],我开始怀

---

1 谚语"世界是一个舞台,所有人都在演戏(this world's a stage and every man plays his part)"(Dent W882)。

2 原文为"It is a tale/Told by an idiot",《诗篇》第90章对葬礼仪式作了规定,其中有一句:"我们毕生的岁月,不过像细语一声"(we bring our years to an end, as it were a tale that is told)。

3 原文为"pull in resolution",意为"决心动摇"。"pull in"用来表示勒马,或者阻止马前进;"resolution"指信念,目标坚定;通常把pull修改为"pall",虽然也是一语双关,但原文"pull"表达得更好。参见 OED,"pull", v. 25d。1780年以前,"pull"的这一释义仅见用于这一行中。

疑起那魔鬼所说的似是而非的暧昧的谎话了;"不要害怕,除非勃南森林会到邓西嫩来";现在一座树林真的到邓西嫩来了。披上武装,出去!他所说的这种事情要是果然出现,那么逃走固然逃走不了,留在这儿也不过坐以待毙。我现在开始厌倦白昼的阳光,但愿这世界[1]早一点崩溃。敲起警钟来!吹吧,狂风!来吧,灭亡[2]!就是死,我们也要捐躯沙场。(同下。)

第六场

|旗鼓前导,马尔康、老西华德、麦克德夫等率军队各持树枝上。

马尔康　现在已经相去不远;把你们树叶的幕障抛下,现出你们威武的军容来。尊贵的叔父,请您带领我的兄弟,您的英勇的儿子,先去和敌人交战;其余的一切统归尊贵的麦克德夫跟我两人负责部署。

西华德　再会。今天晚上我们只要找得到那暴君的军队,一定要跟他们拼个你死我活。

麦克德夫　把我们所有的喇叭一齐吹起来;鼓足了你们的中气,把流血和死亡的消息吹进敌人的耳朵里。(同下。)

1　原文为"estate",有好几个含义,尤指"构造""状况"。　2　原文为"wrack",灾难、毁坏、报复、复仇等。

麦克白

第七场[1]

|号角声。麦克白上。

麦克白　他们已经缚住[2]我的手脚；我不能逃走，可是我必须像熊一样挣扎到底[3]。哪个人不是妇人生下的？除了这样一个人以外，我还怕什么人。

|小西华德上。

小西华德　你叫什么名字？

麦克白　我的名字说出来会吓坏你。

小西华德　即使你给自己取了一个比地狱里的魔鬼更炽热的名字，也吓不倒我。

麦克白　我就是麦克白。

小西华德　魔鬼自己也不能向我的耳中说出一个更可憎恨的名字。

麦克白　他也不能说出一个更可怕的名字。

小西华德　胡说，你这可恶的暴君；我要用我的剑证明你是说谎。（二人交战，小西华德被杀。）[4]

1　对开本把这一部分作为一整场，而大多数编辑做了两处分界：第一处是因为马尔康被"请进城堡"，第二处是因为（按照缪尔的说法）他没有理由再次离开。但是环球剧院没有舞台布景，如果化妆间用来象征城堡，那么马尔康必须离开，重新上场。事实是第二场到第六场表现了交战的准备，双方军队必须处在不同的方位（而马尔康在行军），第七场表现的是持续的交战场面，一系列事件呈现在观众眼前，其余的处理为幕后。因此，对开本的安排完全合理，其他的修改都忘记了剧院的实际情况，安排一系列命名为"另一处战场"的迷你场景，而这些场景都是不可能做到的。

2　谚语"五花大绑（to be bound to a stake）"（Dent S813.1）。

3　原文为"bear-like I must fight the course"，暗指纵犬袭击熊，把熊绑在深坑中间的一根木桩上，遭受几头小型犬同时袭击。"course"既用来指体育运动，也指战场上兵戈相见。

4　小西华德的尸体应该在他父亲上场之前，就从舞台上移走了。詹姆士一世时代的戏剧中经常会遇到一个问题，就是如何处理舞台上的"尸体"，当时的解决办法，现在好像没有一个人知道。

第五幕　第七场

麦克白　你是妇人所生的;我瞧不起一切妇人之子手里的刀剑。(下。)

号角声。麦克德夫上。

麦克德夫　那喧声是在那边。暴君,露出你的脸来;要是你已经被人杀死,等不及我来取你的性命,那么我的妻子儿女的阴魂一定不会放过我。我不能杀害那些被你雇佣来扛枪的倒霉的士卒[1];我的剑倘不能刺中你,麦克白,我宁愿让它闲置不用,保全它的锋刃,把它重新插回鞘里。你应该在那边;这一阵高声的呐喊,好像是宣布什么重要的人物上阵似的。命运,让我找到他吧!我没有此外的奢求了。(下。号角声。)

马尔康及老西华德上。

西华德　这儿来,殿下;那城堡已经拱手纳降。暴君的人民有的帮这一面,有的帮那一面;英勇的爵士们一个个出力奋战;您已经胜算在握,大势就可以决定了。

马尔康　我们也碰见了敌人,他们只是虚晃几枪[2]罢了。

西华德　殿下,请进堡里去吧。(同下。号角声。)

1　原文为"kerns",农村出身的步兵,此处明显是非常不情愿被征募来的。
2　原文为"strike beside us",有两层意思:"打在我们旁边",即故意打不中(参见《亨利六世·下篇》第二幕第一场约克公爵理查:"我们的兵士……/轻轻倒下,就好像朋友对垒做做样子");"在我们旁边打",即在我们身边交战。

麦克白

|麦克白重上[1]。

麦克白 我为什么要学那些罗马人的傻样子[2],死在我自己的剑上呢?我的剑是应该为杀敌而用的。

|麦克德夫重上。

麦克德夫 转过来,地狱里的恶狗,转过来!

麦克白 我在一切人中间,最不愿意看见你。可是你回去吧,我的灵魂里沾着你一家人的血,已经太多了。

麦克德夫 我没有话说;我的话都在我的剑上,你这没有一个名字可以形容你的狠毒的恶贼!(二人交战。)

麦克白 你不过白费了气力;你要使我流血,正像用你锐利的剑锋在无形的空气上划一道痕迹一样困难。让你的刀刃降落在别人的头上吧;我的生命是有魔法保护的,没有一个妇人所生的人可以把它伤害。

麦克德夫 不要再信任你的魔法了吧;让你所信奉的神[3]告诉你,麦克德夫是没有足月[4]就从他母亲的腹中剖出来的。

麦克白 愿那告诉我这样的话的舌头永受咒诅,因为它使我失去了男子汉的勇气[5]!愿这些欺人的魔鬼再也不

---

1 参见本场开始的注释。
2 原文为"the Roman fool",指古罗马文化中,战败的罗马人会自杀以保持尊严,倒在自己的剑下。莎士比亚把勃鲁托斯与安东尼这两个人物写进了戏剧,他们都想自杀,但没能做到,而是让手下助他们走完了最后一程。
3 原文为"angel",即堕落天使、恶魔撒旦,或者指麦克白的"坏天使"。
4 原文为"Untimely ripped",不足月出生,可能是他母亲生病或者去世,不得已通过手术助产。
5 原文为"better part of man",这个短语表示人的灵魂或精神(参见《十四行诗》第74首)。此处明显还包含了麦克白一直担忧的男子气概的勇猛精神。

第五幕　第七场

要被人相信，他们用模棱两可的话愚弄[1]我们，听来好像大有希望，结果却完全和我们原来的期望相反。我不愿跟你交战。

麦克德夫　那么投降吧，懦夫，我们可以饶你活命，可是要叫你在众人的面前出丑[2]；我们要把你的像画在篷帐外面，底下写着，"请来看暴君的原形"。

麦克白　我不愿投降，我不愿低头吻那马尔康小子足下的泥土[3]，被那些下贱的民众任意唾骂。虽然勃南森林已经到了邓西嫩，虽然今天和你狭路相逢，你偏偏不是妇人生下的，可是我还要擎起我的雄壮的盾牌，尽我最后的力量。来，麦克德夫，谁先喊"住手，够了"的，让他永远在地狱里沉沦。（二人且战且下。）

|吹退军号。喇叭奏花腔。旗鼓前导，马尔康、老西华德、洛斯、众爵士及兵士等重上。[4]

马尔康　我希望我们不可见的朋友都能够安然到来。

1　原文为"palter"，含糊其词、支吾、敷衍。
2　直到20世纪早期，在露天市场的畸形秀展览中一直都有怪物展出，它们被关在帐篷里或者货摊里，外面放置一张画像招徕参观者。参见《暴风雨》第二幕第二场："要是我现在还在英国，只要把这条鱼（凯列班）画出来……包管那边无论哪一个节日里没事做的傻瓜都会掏出整块的银洋来瞧一瞧。"
3　原文为"kiss the ground"，谚语，参见 Dent D651［对照："卑躬屈节（lick the dust）"］。
4　对开本的舞台指令显示有一小段时间里舞台上空无一物。几年之后米德尔顿在《偷梁换柱》（The Changeling，1622）第三幕第一场第10行中就用了这样一个特殊效果，德·弗洛里斯引领阿隆索走向生命的尽头，舞台指令为"从一侧边门下，从另一侧边门上"。麦克德夫拖着麦克白尸体下，对开本中没有给出舞台指令。这可能只是疏漏，也可能是麦克白在舞台隐匿处被杀，马尔康上场前幕布是拉住的，遮住了麦克白。否则肯定是麦克德夫在主舞台杀死麦克白，从一侧门把尸体拖走。马尔康从另一侧门上场。

麦克白

西华德 总有人免不了牺牲;[1] 可是照我看见的眼前这些人说起来,我们这次重大的胜利所付的代价是很小的。

马尔康 麦克德夫跟您英勇的儿子都失踪了。

洛斯 老将军,令郎已经尽了一个军人的责任[2];他刚刚活到成人的年龄,就用他勇往直前的战斗精神证明了他的勇力,像一个男子汉似的死了。

西华德 那么他已经死了吗?

洛斯 是的,他的尸体已经从战场上搬走。他的死是一桩无价的损失,您必须勉抑哀思才好。

西华德 他的伤口是在前面吗?

洛斯 是的,在他的额部[3]。

西华德 那么愿他成为上帝的兵士!要是我有像头发一样多的[4]儿子,我也不希望他们得到一个更光荣的结局;这就作为他的丧钟吧。

马尔康 他值得我们更深的悲悼,我将向他致献我的哀思。

西华德 他已经得到他最大的酬报;他们说,他死得很英勇,他的责任已尽;愿上帝与他同在!又有好消息来了。

---

1 原文为 "Some must go off",离开,即死去。缪尔提到了一个戏剧暗喻,很有道理:"从生命的舞台退场(exit from life's stage)"。
2 原文为 "paid a soldier's debt",参见谚语 "一死百了"(Death pays all debts),"魂归大地"(to pay one's debt to nature),Dent D148, D168。
3 原文为 "front",前额,有时候统指整个面部。
4 指谚语 "像头发一样多不胜数,多如牛毛(as many as there are hairs on the head)"(Dent H30),这里 "头发"(hairs)与 "继承人"(heirs)一语双关。

第五幕　第七场

|麦克德夫携麦克白首级[1]重上。

麦克德夫　祝福，吾王陛下！你就是国王了。瞧，篡贼的万恶的头颅已经取来；无道的虐政从此推翻了[2]。我看见全国的英俊拥绕在你的周围[3]，他们心里都在发出跟我同样的敬礼；现在我要请他们陪着我高呼：祝福，苏格兰的国王！

众人　祝福，苏格兰的国王！（喇叭奏花腔。）

马尔康　多承各位拥戴，论功行赏，在此一朝。各位爵士国戚，从现在起，你们都得到了伯爵的封号，在苏格兰你们是最初享有这样封号的人[4]。在这去旧布新的时候，我们还有许多事情要做；那些因为逃避暴君的罗网而出亡国外的朋友，我们必须召唤他们回来；这个屠夫虽然已经死了，他的魔鬼一样的王后，据说也已经亲手结束了自己的生命[5]，可是帮

1　很可能麦克白的首级被他插在长矛上（参见"……已经取来"）。霍林斯赫德说"他把首级挂在柱子上"，成为画像的一种恐怖的版本。我认为用巴比奇的脸模制作成一个仿真面具，画成鲜血淋漓的样子，可以以假乱真。参见《冬天的故事》剧末，对朱利奥·罗马诺（Giulio Romano，1499—1546，意大利画家、建筑师，拉斐尔的传人。——译者注）塑造的赫米温妮雕像呈现的逼真艺术，众人表现出极大的兴趣。
2　原文为"the time is free"，即我们的国家在我们的时代获得了自由。
3　原文为"I see thee compassed with thy kingdom's pearl"，指为众爵士——国家的瑰宝——簇拥；头戴苏格兰皇冠。
4　有关封爵，霍林斯赫德也做了叙述。詹姆士一世在继任英格兰国王之初，晋封了无数自己的苏格兰亲信，一时声名狼藉。大约在1605年，不少演员和几位剧作家因为讽刺苏格兰新贵而获罪入狱，戏份被删。其中著名的有查普曼（Chapman）、马斯顿（Marston）以及琼森（Jonson）。
5　霍林斯赫德书中没有提到麦克白夫人是否为自杀而死。此处只是作为传闻一带而过，在第五幕第五场，如果推测麦克白夫人因为心灰意冷而失去了活下去的愿望，是最自然的推论，但是并没有提及。这种模棱两可是对剧情恰当的处理：自杀在当时既是一种罪恶，也是不道德的行为。马尔康自然愿意把这两项罪名都归于她。

麦克白

助他们杀人行凶的党羽,我们必须一一搜捕,处以极刑;此外一切必要的工作,我们都要按照上帝的旨意,分别先后,逐步处理。现在我要感谢各位的相助,还要请你们陪我到斯贡去,参与加冕大典。[1]

(喇叭奏花腔。众下。)

(全剧完)

---

[1] 马尔康的登基演讲只关注确保自己的权力,对麦克德夫在第四幕第三场说到的国民苦难只字未提。

《麦克白》导读

谨以此书致献安格斯·威尔逊
与托尼·加雷特[1]
感谢你们给予的长久友谊

致献安格斯
你创作了我们时代最伟大的英语小说

---

[1] 安格斯·威尔逊（Angus Wilson，1913—1991），英国小说家、文学批评家；托尼·加雷特（Tony Garrett，1936—2020），英国演员、制片人。——译者注

前 言

筹备编辑这一版本《麦克白》花了我十多年的时间，耗时之长超乎预料，既因其间琐事缠身，也因我自身的拖延。肯尼思·缪尔编辑的阿登版本（Arden edition）《麦克白》早在1951年首次出版，于1984年重新修订，加上了新的导读。该版本使我受益良多，否则本书还会更迟才能面世。谨向缪尔教授致以深挚的感谢，感谢他编辑的书、他的友好、给予我的激励以及多年的友情。作为一名编辑，我首先要向前辈致以敬意。1901年出版的新集注版，按照年代顺序收录了18世纪初期到19世纪末期前辈编辑全部的学术校勘本，这是本书主要的参考文献。未来的编辑将会希望看到近百年来学术界活跃的研究成果对莎翁戏剧研究的延续，故而对无数现存提词本与从中衍生出来的版本做一个类似的汇编，这将会极大地帮助到他们。戏剧是一种瞬息万变的艺术形式，文本与结构上的改变正在不断揭示戏剧的舞台潜力，就连《麦克白》这样伟大的戏剧也是如此。《麦克白》属于剧院，属于舞台，而我从无数演出版本中学到了很多，难以在导读中一一尽数。

50年前，《麦克白》在我头脑中沉睡了。当时在学校为了拿学位而头痛欲裂地学习该剧，可能许多人深有同感。虽然我从事编辑行业，但要想唤醒记忆中的《麦克白》，与唤醒睡美人一样似乎几近不可能。25 年后，沃尔夫冈·克莱门（Wolfgang Clemen）教授慷慨大度，用大众研究机构的一项拨款邀请"年轻的莎士比亚学者"前往慕尼黑，花几周时间访问他所在的院系和系内莎士比亚图书馆，并且参观了慕尼黑市及其周围地区。在闻名遐迩的内波穆克圣约翰教堂（church of St. John Nepomuk），我体验了一次转变，不是皈依于宗教，而是对巴洛克艺术的归顺。最奇怪的是，当时强烈涌上心头的竟是《麦克白》：无论如何，这一际遇对我的启发在本书中显而易见。

本套丛书系列的总编辑斯坦利·韦尔斯，一直都耐心、大度，给予我适时的帮助。他学识渊博，帮助我纠正了很多错误，而且在细微处有分歧时，允许我坚持己见。与加里·泰勒（Gary Taylor）的书信往来，对我了解排字工的特质帮助最大。克丽丝汀·巴克利女士（Christine Buckley）在编辑原则方面给我提供了帮助。我特别感激牛津大学出版社艺术与参考书目部弗朗西丝·威斯勒（Frances Whistler）近年提供的温暖支持，简直像把峻峭的悬崖变成了保龄球绿地。简·罗伯逊（Jane Robson）仔细审稿，把"命运三姐妹"的不规则字母逐一加上标点。R. V. 霍尔兹沃斯（R. V. Holdsworth）博士准许我查阅他尚未出版的专著，这是一本论述米德尔顿[1]与莎士比亚如何合作的书，在我翻阅他为研究《麦克白》做出的大量注释时，得到了他们夫

---

[1] 托马斯·米德尔顿（Thomas Middleton），1580—1627，英国莎士比亚时代著名剧作家。——译者注

妇热情的指引教诲。

上述各位，还有后文出现的很多其他人，都有必要致以谢意。另外，还必须感谢诸多批评家、历史学家、小说家、戏仿作家，以及我的朋友们，他们的高见早已成为我思想的一部分，已经难以分清是谁在何时启发了我。我还要特别感谢我的弟弟——历史学家克里斯托弗·布鲁克（Christopher Brooke）长久以来给予我的帮助。他对部分导读内容进行了阅读与评论，在我急需帮助时伸出了援手。谨此对我的妻子，茱莉娅·莱西·布鲁克（Julia Lacey Brooke）致以亲密的感谢，她与我兴趣相同，都热爱诗歌与戏剧，并且经常将我可怕的设想于谈笑间化为乌有。

尼古拉斯·布鲁克（Nicholas Brooke）
于诺里奇，塞萨洛尼基，蒂斯河谷哈伍德，斯皮塔佛德
（Norwich, Thessaloniki, Harwood-in-Teesdale, and Spitalfields）
1989 年 8 月

导　读

一、幻象

《麦克白》最初创作于英国戏剧剧烈变革之际。该剧似乎写于1606年，并于同年将近年末的时候在环球剧院上演。因此，莎士比亚设想的是露天演出，在有持续自然光线、不能人为变暗的空间里进行演出。两年后，在1608年至1609年，莎士比亚的剧团——国王剧团（the King's Men）——接手了由中世纪的托钵修院大厅改造而成的黑衣修士剧院（the Blackfriars Theatre）。黑衣修士剧院基本上是一个黑暗的空间，必须引入人工光线——在此之后这成为所有欧洲剧院的惯例。剧院的所有上演剧目都必须设计为适合在两种不同剧场、两种不同条件下演出的版本，直到伦敦的剧院在克伦威尔政府轮番的禁令干预下最终于17世纪50年代全部关闭。莎士比亚晚期的剧作，从《冬天的故事》到《暴风雨》（包括他与弗莱彻的合作）在观剧效果的设计上都显示出了不凡的聪明才智：一方面，可以充分利用室内剧院的黑暗效果，以及剧团参加宫廷假面剧的经验进行表演；同时，依然能够在环球剧院的露天舞台上演出。毫无疑问，为了契合新的剧院条件，莎士比亚之前的大多数剧本都经历了修订，因为舞台的基本布局近乎大同小异，所以修订起来并不算困难。但《麦克白》是一个特例：该剧大约三分之二露天剧场的部分要设置在黑暗中了。

所有的戏剧都以某种形式依靠幻象，但是《麦克白》因不断重申一种与自然状况直接的对立，而显得尤为特殊：从白昼转为黑夜是神来之笔（tour de force），由此建立的幻象不仅具备功能性，而且成为该剧的中心关注点。这在《麦克白》中通过莎剧独有的开场——第一幕第一场命运三姐妹非自然主义的开场白，戏剧性地宣告于众。接下来戏剧幻象形式的范畴得到了精密的掌控，这里加以列举，不仅因为幻象时常被现代戏剧中自然主义的传统破坏，还因为它阐明了对幻象的研究是戏剧研究的一种结构性基础。

1. **白昼中的黑夜**（darkness in daylight）由火炬与蜡烛象征性地建立起来，其舞台效果取决于戏剧常规的力量。现代观众对此不会像詹姆士一世时代的观众一样有那么直接的反应；但是通过直接陈述、指涉或者词句意象的间接暗示，戏剧效果在语言层面得到了极大的扩展。一系列暗夜场景始于第一幕第五场麦克白夫人对黑暗力量的祈祷，以及她后来提到的"今晚的大事"；这贯穿所有主要的场景，直到第四幕第一场结束。对开本在第一幕第六场开头写有"高音笛与火炬（Hautboys and Torches）"，但这可能只是一个簿记员对第一幕第七场开场所需道具的预估。而在第一幕第七场，在准备晚宴的哑剧中，高音笛与火炬烘托了黑夜的降临；第一幕第六场开头邓肯与班柯的对话则反转了黑夜的幻象，他们谈论着城堡令人愉

导　读

悦的位置、空气、屋檐[1]、大理石雕带[2]、岩燕生息繁殖的摇篮等。这通常被视为莎士比亚用词句来设定场景的例子，但实际上这个例子并不典型；这段对话的特别之处在于提供了具体的视觉想象；当然，我们没必要想象他们所提到的东西，只需要知道字里行间暗示着白天。黑夜的幻象可以随意撤销（而又继续），但由于邓肯与班柯误读了这些景象，又伴随着意味深长的反讽：那里没有温柔，也没有生机。

2. 命运三姐妹（the Weïrd Sisters）对我们、对麦克白，还有更具可信度的班柯（班柯是常识的检验标准，正如《哈姆雷特》中的霍拉旭，虽然班柯的可靠程度稍逊于后者），都是可见的。三姐妹不能被简化为麦克白思想的投射，她们不仅仅是幻觉；尽管麦克白与班柯到底看到了什么这一点令人存疑。班柯这样描述舞台上的三姐妹：

> 这些是什么人，
> 形容这样枯瘦，服装这样怪诞，
> 不像是地上的居民，
> 可是却在地上出现？
>
> （第一幕第三场）

难怪这一部分在剧场的表现形式如此多样，因为不能把这些表现形式变成"像是"如此；不然，班柯这一席话将会是多余的。在此，所说

---

[1] 原文为"jutty"，朱生豪译为"檐下"。——译者注
[2] 原文为"frieze"，朱生豪译为"梁间"。——译者注

与所见是对立的。我们看到的她们必然不是班柯所说的那样；但更有可能，他的描述影响了我们的感知，而不是我们得出结论认为他与我们所见不同。这种模棱两可延及三女巫的本质：她们到底是超自然的力量，还是区区乡间巫婆、古怪的老妪，对此依然存有争议。正如班柯后来的言语所示：

> 你们应当是女人，
> 可是你们的胡须却使我不敢相信
> 你们是女人。
>
> （第一幕第三场）

她们自称是"命运三姐妹"，班柯和麦克白也这样称呼她们；整部剧中唯一一次提到"妖巫（witch）"是在这一场，女巫甲引述了水手妻子对她的称呼，认为这是奇耻大辱，为此这女人的丈夫必须遭受折磨。"weïrd"一词在 19 世纪以前还没有衍生出现代宽泛的用法，意为"命运"或"天意"，很明显，三姐妹在剧中的主要功用是预知未来。然而，她们力量的原理依然无法确定：正如她们对"猛虎号"船长充满恶意，大施法术，但又欠缺摧毁他的力量：

> 他的船儿不会翻，
> 暴风雨里受苦难。
>
> （第一幕第三场）

导　读

她们可以随（自己或者麦克白的）意出现在麦克白面前，其干预力量却只限于做出预言。当然，这是乡间巫婆的看家本事，但命运三姐妹肯定更具有超自然的属性；这让人越发困惑不已，因为对开本的舞台指令以及人称前面都指称其为"女巫"。不论是本质还是力量，两者的暧昧不明都是该剧所展示的经验与知识的多义性的根本所在。

命运三姐妹退场时重现了话语与表象之间的冲突：我们必须"看到"她们离开，但是这次（她们不见了的时候）却和如下台词对不上号：

> **班柯**　水上有泡沫，土地也有泡沫，
> 这些便是大地上的泡沫。她们消失到什么地方去了？
>
> **麦克白**　消失在空气之中，好像是有形体的东西，
> 却像呼吸一样融化在风里了。
>
> （第一幕第三场）

不论她们是真的消失在空气之中，还是从地板暗门落下去，抑或是腾空飞走，都不可能"看似"如此；此时视觉不再合理，不再可靠：

> **班柯**　我们正在谈论的这些怪物，果然曾经在这儿出现吗？
> 还是因为我们误食了令人疯狂的草根，
> 已经丧失了我们的理智？
>
> （第一幕第三场）

麦克白

3. **刀子**（The dagger）的情况正好相反：命运三姐妹的存在由（麦克白、班柯以及观众的）视觉所证实，但是她们的外形是不确定的。刀子的外形是完全确定的，可实际上没有一个人看见，就连麦克白也知道刀子不在那里：

> 不祥的幻象，你只是一件可视不可触的东西吗？
> 或者你不过是一把想象中的刀子，
> 从狂热的脑筋里发出来的虚妄的意匠？
>
> （第二幕第一场）

这种视觉的幻象众所周知，尤其是在发烧的情况下——大脑把视觉神经没有直接激发的东西当作可见之物。麦克白接下来进一步混淆了感知，拔出了他真实的刀子，却发现那把幻觉的刀子甚至更为栩栩如生，还"流着一滴一滴方才所没有的血"——在接下来的一场中，真实的刀子就是这样，淌着一滴一滴的血。

语言在此处扮演了重要的角色，但不仅仅是语言：不可见的刀子也必须由他的身体、姿势，尤其是由他的眼睛创造出来。他盯着空中的一个点，而这个空洞无物的点，却在一定程度上变成了观众能够看到的东西。

4. **班柯的鬼魂**（Banquo's ghost）又有不同：麦克白能看见它，西蒙·弗尔曼在1601—1602年的环球剧院能看见它，此后大多数的演出中观众也能看见它。班柯的鬼魂因此就与刀子的情况不同，但也

与命运三姐妹的情况有异,因为除了麦克白,舞台上的其他人都看不见他的鬼魂:

> **麦克白夫人**　说到底,
> 　　　　你瞧着的不过是一张凳子罢了。
>
> 　　　　　　　　　　　　　　(第三幕第四场)

与刀子的区别在于,我们看到的不是虚空;与命运三姐妹的情况区别在于,此处"可靠的目击者"看到的与我们的所见发生了冲突。因此,怀疑也罢,相信也罢,都成了问题。如果像今天剧院常见的,没有真实的鬼魂形象出现在舞台上,整体戏剧效果就会打折。

　　5. 第四幕第一场出现的**幽灵**(the apparitions),标志着这一系列舞台幻术的高潮,尽管展现幽灵借助的技术并没有达成惊人的视觉效果,也不是最激动人心的(这里既不需要,也达不到其他幻象如同变戏法一样的惊奇效果)。幽灵的场面展现,可以动用精巧的机械装置,也可以用简单的效果完成——一口大锅、一些烟雾、一个活板,甚至都用不了这么多。这是命运三姐妹最完整的一场戏,也是她们的最后一场戏;但是,不论她们的咒语何其聒噪,不论接下来的场景如何壮观,都不是为了使她们更加神秘化。像第一幕第三场那样,她们再次消失不见了,但这一次的隐身没有和我们的视觉发生冲突——列诺克斯没有看到她们离开(第四幕第一场),因为他当时不在舞台上。

　　从此处开始,在幻象的呈现上有了彻底的改变:理性的视觉逐渐取代了潜在的欺骗。

6. 第五幕第一场**麦克白夫人的梦游**（Lady Macbeth's sleep-walking）本质上与妄想症有关，但是妄想源于心理的困扰，而不是超自然的力量。观众看出这是一个自然现象，而剧中的医生和麦克白夫人的侍女也认识到，在麦克白夫人错乱的记忆中，关联着负罪感的梦呓。神秘的元素逐渐消散，最终消失。

7. **勃南的树林**（Birnam Wood）。树木的移动（第五幕第四场）是一种伪装，今天步兵依然采用这种寻常的战略。幻象逐渐沦为合理化解释，而关于麦克德夫是否为妇人自然分娩所生，他的谎言（第五幕第七场）标志着合理化解释的结束。[1] 用麦克白的话就是，"我不想再看见什么幻象了"（第四幕第一场）；在这之前，已经给观众彻底解释了勃南树林为什么移动，现在即便揭开麦克德夫出生的秘密，观众也没什么好奇怪的了。

《暴风雨》也依循了与《麦克白》极为相似的一种形式，多样的舞台幻象迭起，直到在仙女们的假面剧中（第四幕第一场）达到了形式上的高潮，之后幻象逐渐消退，最后以一个"奇迹"收场——众人看到腓迪南（Ferdinand）与米兰达（Miranda）在对弈（第五幕第一场舞台说明）——而只有那些相信他们已经死了的剧中人物，才会觉得这是一个奇迹。对观众来说，这只不过是拉上了帷幕。最后，普洛

---

[1] 女巫的预言是麦克白可以永葆王位，除非勃南的树林会移动，而凡妇人自然分娩所生的，没有谁能击败他。麦克德夫说自己没有足月，是剖腹而生，这一回答对应女巫模棱两可的预言，让麦克白失去了无敌的勇气。——译者注

导 读

斯彼罗在收场诗中要求观众为他鼓掌,把他从魔法中最终释放出来,不再受符箓的禁锢。但是,《暴风雨》的开场展示了不同寻常的现实主义元素,在舞台上呈现了船只遇难的场面,接着马上指出这只是戏剧幻象,当然也必须这样安排:

米兰达 亲爱的父亲,假如你曾经用你的法术
使狂暴的海水兴起这场风浪,请你使它们平息了吧!

(第一幕第二场)

这让人立刻注意到戏剧幻象的本质,并以此在玛古斯(Magus)掌控他的精灵以及怎样用自然主义合理化解读之间,建立起一种平衡。在《麦克白》中,以命运三姐妹开场,提出了超自然与自然现象之间的关系。詹姆士一世早期幼稚迷信的《恶魔研究》[1]中虽然旁征博引,却也不能把三姐妹从信仰的范畴转换到可以证实的知识范畴之中。命运三姐妹与爱丽儿和卡列班一样,本质上都是戏剧的产物,而不仅仅是老妪形象的自然主义呈现。

8.《麦克白》开场没有现实主义的幻象,却以现实主义的幻象结束:"麦克德夫携麦克白首级重上"(第五幕第七场舞台说明)——可能是把首级挂在了长矛上。这一舞台指令意味着首级是以错视效果(trompe-l'œil)展现的,这一艺术归功于居里欧·罗马诺(Giuliu

---

1 Edinburgh, 1597; London, 1603.

Romano)在《冬天的故事》结尾的精湛表演。毫无疑问,此处通过使用伯比奇(Burbage)的活人面模达成了错视效果。最终的效果非常奇特,因为马尔康一直都是一个模棱两可的角色,却在"这个屠夫虽然已经死了"以及"他魔鬼一样的王后"身首两处的当口坐收渔利。麦克白夫人最后一次梦游的时候,与魔鬼毫无相似之处,而此处唯一现身的屠夫并不是麦克白,而是"英雄的"麦克德夫,他把麦克白古怪的首级献给了马尔康,成就了他"基督徒的"胜利。

9. 目前为止所探讨的八种不同的戏剧幻象,都依靠舞台布置:日光下的黑夜、命运三姐妹、刀子、班柯的鬼魂、幽灵、麦克白夫人的梦游、勃南树林、麦克白的首级。第九种幻象贯穿整部剧,是以纯语言打造的一个具有高度可视性但又不可见的世界,其中有婴儿与小天使、白嘴鸦栖息的树林、杀机四伏的群臣、互相厮咬的战马。对感官真实不同寻常的强调,给观众留下一种莫名的感觉,好像已经看到、闻到、触摸到了这一切,远远比我们感受到的更为强烈。尽管,我们知道这一切如麦克白的刀子一样,并不存在。

二、语言

论及该剧出色的语言效果,最值得一提的莫过于麦克白在第一幕第七场开场的独白。其精彩程度不仅在于这段独白成就了戏剧高潮,而且达到高潮的过程,相关语言的快速换位,都一样令人赞叹。独白以

导　读

非常平实的词汇开头,但是其句法之曲折,简直堪称用字词变戏法:

> 要是干了以后就完了,
> 那么还是快一点干;
>
> (第一幕第七场)

这段绕口令暗示着麦克白头脑中冲突不断,越来越想压抑罪恶的念头:

> 要是凭着暗杀的手段,可以攫取美满的结果,
> 又可以排除了一切后患;
>
> (第一幕第七场)

条件从句的排列得到延展,但是词汇掺杂了一些多音节词,强调了说话人思想的逃避:"暗杀"与"结果"作为谋杀与罪恶的委婉语,出现在这个词语游戏中,把"终止"转换成"完成",从而引向这个条件从句:

> 要是这一刀砍下去,
> 就可以完成一切、终结一切——
>
> (第一幕第七场)

这一明显的决定与"那么还是快一点干"非常相似,也一样浮于表面;句子看似完整,但是把其中最后一个词——既是从句的结尾,又

是接下来的从句的开头——在句法上加以重复（从而产生了标点符号的编辑问题），使整个句子得到了强化：

> 要是这一刀砍下去，
> 就可以完成一切、终结一切——
> 在这人世上，仅仅在这人世上，
> 在时间这大海的浅滩上；
> 那么来生我也就顾不到了。
>
> （第一幕第七场）

这个句式紧密、曲折复杂的长句再次使用了看似简单，却充满了欺骗性的单音节词，因为强烈的修辞手段使被压抑的另一种念头，即宗教上的恐惧，浮出了水面。麦克白很快摆脱了这种恐惧，转而重新开始论证：

> 可是在这种事情上，
> 我们往往逃不过现世的裁判。
>
> （第一幕第七场）

这里又一次用到了"现世（here）"一词，让人又一次误以为他决心已下，但接着又被否认了。但是"裁判"一词并不直接象征法律，相反，不能用"裁判"象征法律，因为接下来隐晦的字句很明显只与复仇的必然性相关：

导 读

> 我们树立下血的榜样,
> 教唆杀人的人,
> 结果反而自己被人所杀。
>
> （第一幕第七场）

"血"与"杀"暴露了一直回避不提的事情,而接下来的话揭示了其力量:

> 把毒药投入酒杯里的人,
> 结果也会自己饮鸩而死,
> 这就是一丝不爽的报应。
>
> （第一幕第七场）

象征性的正义指向"毒药（ingredience）"与"酒杯（chalice）",这两个词与基督教有强烈的联系。语言比之前更为全面,更有高度,再次提到了正义与宗教。此时又一次回到了日常可控的范畴,论及正统的社会道德,家族、臣民和主人之间的纽带。但是接下来却非同寻常:

> 而且,这个邓肯秉性仁慈,处理国政,
> 从来没有过失,要是把他杀死了,
> 他生前的美德,将要像天使一样发出

麦克白

> 喇叭一样清澈的声音，向世人昭告我的弑君重罪；
> "怜悯"像一个赤身裸体在狂风中飘游的婴儿，
> 又像一个御风而行的天婴，将要把这可憎的行为
> 揭露在每一个人的眼中，使眼泪淹没了天风。

（第一幕第七场）

此处的过程才是绝对重要的；这一逐渐放大的过程，从邓肯的美德直到"御风而行"[1]，其怪异令人咋舌。柯林斯·布鲁克斯（Cleanth Brooks）在他一篇备受称颂的论述赤身裸体婴儿的论文中[2]，注意到了这种怪异之处。但是他列举了剧中其他提到婴儿的地方（确实引人注目之处），得出结论，似乎这一系列的重要意象解答了表面上的怪异。但是情况并非如此，因为怪异的不仅仅是单独的意象，还有意象在何种结构中出现时的呈现，对此不能避而不谈。

从这段独白开始，语言就一直处于压力之下：此处句法、用词以及意象都更加鲜明、更加集中；观点得到了证实，双关语没有掺杂惯有的玩笑成分，带出了对法律和宗教的暗示。之前若隐若现，还未铺陈开来的华丽修辞也得到了展现。"plead"一词此处的原意是法律意义上的"辩护"，但是一和天使联系起来，就立刻有了"祈求（beg）"的意思，并引向两行之后的"怜悯（pity）"。天使最初出现在一个简

---

[1] 原文为"sightless couriers of the air"，朱译为"御风而行"，字面意思为"空中看不见的信使"。——译者注
[2] "The Naked Babe and the Cloak of Manliness", *The Well Wrought Urn*（New York, 1947; London, 1968), pp. 17-39.

单又陈腐的暗喻中,但是马上就具有了实体。天使吹起号角,从婴儿转变成了天婴(cherubim),此处的"blast"既是天使御游时脚下的气流,也可以看作喇叭吹出的气息,同时也是喇叭发出的声音,不论在哪种意义上,都在"揭露这可憎的行为"。

因此,意象主要分为视觉和听觉意象。从"请求",到"喇叭发出的声音"再到"炸响",很明显是渐强音。视觉效果也同样逐渐增强,一开始是模糊的"天使",变得越来越具体,通过"喇叭一样清澈的声音",过渡到"赤身裸体的婴儿",接着从"婴儿"的意象扩展开来,模棱两可地表现为天婴,或者那个时代油画中雌雄同体的青少年形象,在最后的胜利中,登峰造极,化身御风而行的无形的信使。"无形的"既指"盲目的(blind)"(因为风盲目吹拂),也指"不可见的(invisible)",而此时整个视觉结构被"将要把这可憎的行为揭露在每一个人的眼中,使眼泪淹没了天风"——这一无法加以视觉化的句子消解了。视觉与声音都消解在这一段富有节奏、抑扬顿挫的台词之中,随之消解的还有清晰的感知;天使的眼泪淹没了天风,但是随着高潮的减弱,这层意思也消失了。可以用不同的方式来合理化阐释这些意象(因为迎风而造成眼睛流泪),但是很明显,这样做已经无关紧要:宏大的幻象已经烟消云散了。

但是麦克白的独白并没有到此结束,他的观点凭简单的隐喻得以延续:

> 没有一种力量可以鞭策我前进,

麦克白

> 可是我的跃跃欲试的野心……
>
> （第一幕第七场）

当然，这一整段都是由隐喻建构的，但是方式独特：幻象是一种自我支撑的结构，组成结构的词语不是通过句法，而是通过并置紧密联系在一起。多次重复"像"——"像天使一般（祈求）""'怜悯'像一个婴儿"，在"又（像）天婴"这句中的暗示，进一步延展了"像"——语义与修辞手段断然分开，使这些重复作为简单的论述性隐喻，所有重点都放在语义上，放在麦克白的道德观点上。实际上，这之后隐喻几乎消失了，直到最后几行才又重现。此处又用了一次马的隐喻，但是现在只是作为论述，用来确定野心的本质。同时，从隐喻之中，创造了出色的巴洛克幻象。当然，爆发之处强调了麦克白一直极力压抑的法律与（此处至为重要的）宗教思想，而到此为止，用弗洛伊德式的分析即可阐释独白；但也只能到此为止。我们当然认为麦克白有宗教上的畏惧，但是相信他脑海里有具体的宗教意象，将不免重蹈布莱德利（Bradley）的覆辙：他认为麦克白是一个特别富有想象力的人。出众的想象力将使麦克白成为一个诗人，而这类误读都基于同一个错误：莎士比亚的大多数角色一开口就是素体诗行，这让人误以为他们都是诗人。

这给演员造成了一个巨大的难题：并不是麦克白所说的每一句话都精准地构成了这一角色的潜台词。麦克白与理查三世都需要演员精湛的演技来诠释，但是理查一角能够让演员充分发挥演技，而麦克白

导　读

实际上没有给演员留下展现自我的空间。他的语言风格只能部分地反映角色特征，因为在其他演员口中，尤其是麦克白夫人口中，也说出了同样风格的语言。这种语言独属于这部剧，风格是独特的，却不独属于麦克白。本·琼森在《木材》(Timber)中说道，"语言最能显示一个人：你一开口，我就知道你是谁"[1]，他还把这一原则运用到自己的戏剧中，为他的主要人物创造了个性分明的语言。他的戏中人物经常出口成章，但是其诗句都是其个性的延伸，如玛门（Mammon）与萨托尔（Subtle），或者对于扮演的角色来说，例如多尔（Doll）、菲斯（Face）或者沃尔朋（Volpone），他们说的是所处时代的日常用语。琼森的戏剧中，人物的话语反映该剧的特色，而不是他们自身的特色，这几乎无懈可击。对莎剧一些具有最明显"性格"的人物来说，例如朱丽叶的奶妈，或者夏洛克，这也不成问题：他们的话语个性鲜明，出口成诗，可这些诗行一直是人物独有的，其他人说不出同样的话来（除非是直接的戏仿）。但这在莎士比亚的作品中并不常见。众所周知，人物表中的次要角色永远可能脱口说出一些不可能出自他们口中的语言，例如《理查二世》中的威尔士军官，或者《亨利四世》（上部）中的凡农：

就像一群展翅风前羽毛鲜明的鸵鸟，
又像一群新浴过后喂得饱饱的猎鹰；

---

[1] *Timber: or, Discoveries ...* (1641), in *Works*, ed. C. H. Herford, Percy and Evelyn Simpson, viii (Oxford, 1947), p. 625.

麦克白

> 他们的战袍上闪耀着金光,就像一尊尊庄严的塑像……[1]
>
> (第四幕第一场)

这些是《亨利四世》戏剧中的意象;这不仅是演出,而且是荣耀的意象,是全剧的一个坐标(co-ordinate)。但是,这些意象根本不是凡农能想出来的,凡农在其他场合的语言平淡无奇,毫不起眼——这段文字是为了表达意象,而不是(塑造)凡农这个人。

但是至少此处,台词与说话人没有截然对立,说话的是一个未阐明身份的士兵,有可能会崭露头角。莎士比亚有时候比这还更离谱:

> 西方还闪耀着一线白昼的余晖;
> 晚归的行客现在快马加鞭,
> 要来找寻宿处了……
>
> (第三幕第三场)

关于《麦克白》剧中刺客丙的身份,一直都有各种离奇的猜测,但是没人猜测说出这些话的刺客甲是何许人也。这些话绝对是贴合本剧的,但又与说话者的身份格格不入。

次要角色的台词可以被大体称为"合唱式"的。从次要角色的合唱念白,到主要角色的主要独白,中间肯定跨越了一大步,因为他们

---

[1] 出自《亨利四世》,选段译本为《莎士比亚全集Ⅲ》,朱生豪译,吴兴华校,人民文学出版社,2014,第77页。——编者注

肯定是各色人等，需要话如其人。但是其展示的方式，展示的程度，依然大为不同。理查三世的开场独白，来自两种古老的传统：朗诵演员（或合唱队）的台词，以及邪恶角色（the Vice）的自我宣言；理查对此心知肚明，他的自我投射于这两个角色，却同时实现了这两种角色的功用。通常认为哈姆雷特的独白是一个充满自我意识之人的自我揭露，看上去也确实如此：哈姆雷特的语言风格多样，而随着他的语言逐渐诗化，丹麦王子自我的戏剧化展现也越发淋漓尽致。从霍拉旭、波洛涅斯、克劳狄斯，到老王的鬼魂，哈姆雷特的台词确实与剧中其他各色各样的人物互为呼应。人与环境的内外关系极为一致，戏中人物性格多变，难以捉摸，同理，该剧也没有一以贯之的特定语言。《奥赛罗》则是另一种情形，考虑到威尔森·奈特（Wilson Knight）戏称的"奥赛罗旋律"[1]确实成为贯穿全剧的明显特点；但这是奥赛罗独自一人的时候才说的台词，由此产生了不绝于耳的老套评论，认为只有奥赛罗可以说出自己的终场白：只有他的语言配作终场白——或者如 T. S. 艾略特（T. S. Eliot）指出，他是在"自我鼓舞"[2]。在《安东尼与克莉奥佩特拉》中这不成问题，因为尽管该剧最独具特色的是男女主人公的精彩戏份，但是其他人的台词也和他们的风格一致：在菲罗的开场白中（第一幕第一场），爱诺巴勃斯说"她坐的那艘画舫"（第二幕第二场），甚至在回忆起安东尼在阿尔卑斯的时候，凯撒也能文绉绉地说一通（第一幕第四场）。这部剧在最大限度上涵

---

1 G. Wilson Knight, *The Wheel of Fire*（1930）, pp. 107-131.
2 T. S. Eliot, "Shakespeare and the Stoicism of Seneca"（1927）, *Selected Essays*（1932）, p. 130.

麦克白

盖了一个帝国主题,不过这个宏大的主题一直框定在男女主人公之间,也一直被用来描述男欢女爱,即没有打破用戏剧形式"展现"主题的原则,演员可能说出与他所代表的个体差之千里的语言,这在该剧中异常明显,却也无伤大雅。

《麦克白》则不同。众所周知,刺客甲的台词是为本剧代言,而不是为他自己;而实际上,邓肯与班柯在第一幕第六场的台词也是如此:

> 邓肯　这座城堡的位置很好;一阵阵温柔的和风轻轻吹拂
> 　　　着我们微妙的感觉。
>
> 班柯　这一个夏天的客人——
> 　　　巡礼庙宇的燕子,也在这里筑下了它温暖的巢居,
> 　　　这可以证明这里的空气有一种诱人的香味……
>
> 　　　　　　　　　　　　　　　　　　(第一幕第六场)

措辞如此文雅,也许符合邓肯的气度;但并不特别贴近班柯的性格(也不一定)。第二幕第四场,洛斯与老翁的作用相当于第一幕的威尔士军曹,但是他们与麦克白自己的语言风格那么相似,使人物和台词并不匹配,异常扎眼:

> 照钟点现在应该是白天了,可是黑夜的魔手
> 却把那盏在天空中运行的明灯遮蔽得不露一丝光亮。
> 难道黑夜已经统治一切,还是因为白昼羞于露面,

导 读

所以在这应该有阳光遍吻大地的时候,
地面上却被无边的黑暗所笼罩?

（第二幕第四场）

描述邓肯的马有何特点时,他们也夸大其词:

躯干俊美、举步如飞的骏马,的确是不可多得的良种,
忽然野性大发,撞破了马棚,冲了出来,
倔强得不受羁勒,好像
要向人类挑战似的。

（第二幕第四场）

这说的不是麦克白,但麦克白完全可以说出这样的话。他看到了异象,但这些异象又并非明确属于他。我们不能,也往往不知道应不应该,认为他的话都是在头脑清醒的状态下说出来的。一个典型的例子是发现邓肯遇刺后,麦克白说道:

要是我在这件变故发生以前一小时死去,
我就可以说是活过了一段幸福的时间;

（第二幕第三场）

这句完全接续了他在弑君之前的自言自语,所以难以弄清此处到

底仍然是自言自语,还是说给别人听的。肯尼思·缪尔认为,麦克白意识不到自己话语的真相。但是他对米德尔顿·穆雷的引用却推翻了自己的观点:"麦克白必须知道他亲口说出的话是什么意思。"[1]对于演员来说,如何选择是至关重要的,因为在舞台上必须要区分一句台词是旁白,还是在对别人说话。我确信穆雷的观点是错误的,但不能肯定缪尔是对的。有关这个问题并没有确定的答案,演员也不一定非要弄清它。但是有一点也可以肯定,即麦克白可能说出了超出他本人意识的话。这意味着,他的语言可能展示了与他本人不一致的东西。

前文已经阐述,第一幕第七场开场白含混不清,受到影响的不只是麦克白。麦克白夫人也频繁使用了一种非常相似的含糊语言,而饰演麦克白夫人的演员也需要处理同样的问题。她的台词中有了更多的肯定句,这使问题变得更加尖锐:

> 我曾经哺乳过婴孩,知道一个母亲
> 是怎样怜爱那吮吸她乳汁的子女;

(第一幕第七场)

关于麦克白夫人是否有过孩子,早已众说纷纭,现在已经很难说清她这番话听起来到底有多古怪。理论上来说,不应该去质疑一个戏剧角色自我描述的真实性,除非上下文显示她撒了谎。麦克白没有

---

[1] 参见他的版本关于第二幕第三场的注释。

反问她"你什么时候哺乳过",因此显而易见,她确实哺乳过婴儿。或者,果真如此吗?多佛·威尔森(Dover Wilson)引用了埃克曼(Eckermann)1827年4月18日《歌德谈话录》中的话:"这是真是假并无定论;但是麦克白夫人是这样说的,而她为了加以强调,也必须这样说。"[1]的确如此。她到底是不是这个意思尚且不明,遑论真假。一个想象中的婴儿对我们来说当然非常生动,但这与麦克白夫人的意识毫无关系:这个想象中的婴儿,与麦克白的赤裸的新生儿,以及剧中其他所有的婴儿,都超越了剧中的角色,在观众脑海中扎了根。

我不觉得这会给女演员造成特别的麻烦;但是毫无疑问,麦克白夫人在第一幕第五场的独白比较棘手:

来,注视着人类恶念的魔鬼们!
解除我的女性柔弱,
用最凶恶的残忍自顶至踵贯注在我的全身;

(第一幕第五场)

女演员的问题在于,是要把这一段表现为对魔鬼的真实求助——这样的话她必须在舞台上实施一些适当的仪式——还是要表现为一种比喻意义上的行为,一种自我暗示的极端形式。肯尼思·缪尔坚定地认同

---

[1] Wilson,关于第一幕第七场的注释。

麦克白

第一种看法，他相信西登斯夫人[1]的阐释，并引用了她在《论麦克白夫人的性格》(*Remarks on the Character of Lady Macbeth*)一文中的观点："（她）已然叛离上帝，置身于地狱的狂热之中……任由她所召唤来的恶魔指引。"[2]但是，我认为这不应该按照字面意思来理解：麦克白夫人低语召唤恶魔，结果却使恶魔比她想象的更为真实——正如后来在梦游场景中，她受良心驱使做出的举动（第五幕第一场）。如果她的确施行了招魂仪式，这就很奇怪了，之前没有其他类似的仪式。同样，她只有一次提及自己的孩子，如果真按照字面意思来理解，也是很奇怪的。缪尔评论道，我们不必认定莎士比亚相信恶魔附体；我同意这一点，但是我想补充的是，我们也不必认定麦克白夫人相信恶魔附体。另一方面，如果主要从比喻意义上理解这段话，那么此处语言精妙，产生了两层意思，一层较为简单，与她的意识相对应，另一层更为晦涩，回应的意象超出了观众对麦克白夫人的想象。

因此这里麦克白夫人的台词与之后麦克白的台词类似，都具有双重聚焦——一重聚焦于她自己，另一重聚焦远在自己之外的东西。在结构上，这两处也很相似。在使者上场之前，她开始直陈麦克白的狡猾心理：

> 你希望用正直的手段，
>
> 达到你的崇高的企图；

---

1 Sarah Siddons，萨拉·西登斯，饰演麦克白夫人的著名女演员。——译者注
2 Muir, Introduction, pp. lviii-lix; Thomas Campbell, *Life of Mrs. Siddons*, 2 vols. (1834), ii. 12.

导 读

> 一方面不愿玩弄机诈,
> 一方面却又要作非分的攫夺。
>
> （第一幕第五场）

此处句法纠结（syntactic tangle），与麦克白绕口令一般的开场白紧密呼应。正如麦克白的台词从提到弑君重罪，扩展到赤裸的婴儿和天婴的意象，麦克白夫人的意象也从这里开始延展开来，最初是：

> 报告邓肯走进我这堡门来送死的乌鸦,
> 它的叫声是嘶哑的。
>
> （第一幕第五场）

后来是"来……魔鬼们"，直到"凝结我的血液"，接着是：

> 你们这些杀人的助手,你们无形的躯体散满在空间,
> 到处找寻为非作恶的机会,
> 进入我的妇人的胸中,
> 把我的乳水当作胆汁吧！
>
> （第一幕第五场）

魔鬼已经成了"杀人的助手"，而最后变为"阴沉的黑夜"，此时在地狱与天堂的意象中话语达到了高潮：

麦克白

来,阴沉的黑夜,用最昏暗的地狱中的浓烟罩住你自己,
让我锐利的刀瞧不见它自己切开的伤口,
让青天不能从黑暗的重衾里探出头来,
高喊"住手,住手!"

(第一幕第五场)

词汇的呼应让人印象深刻,麦克白独白中用了"瞧不见(sightless)"一词,意为"盲目",也表示"隐形的","隐形的信使(sightless couriers of the air)"[1]呼应"无形的物体(sightless substances)"。最后,麦克白夫人的独白以平实的语言结尾,麦克白的独白也同样如此,但是不清楚他们到底是完成了思考,还是被人打断了思路:麦克白夫人"高喊'住手,住手!'"之后,麦克白上场。麦克白说完"却不顾一切地驱着我去冒颠踬的危险"之后,麦克白夫人上场。在这两个独白中,出色的意象都被置之脑后,思绪越过意象延伸出去,结果就是思绪代表了说话者的意识,而具体的意象已经被拔高,超出了说话者的意识。当然,这仅限于具体的意象。我们发现,麦克白夫妇使用了隐喻,他们能够看见"异象",却不一定能意识到自己到底看到了什么。

而另一方面,我们却能生动地意识到这些幻象,意识到其相似之处,也意识到麦克白夫妇以及剧中其他人物——邓肯与班柯,洛

---

[1] 朱译结合上下文为:御风而行的天婴。——译者注

导　读

斯与老翁，刺客甲等——在其他时候也说了与之相似的其他异象。这种情况与一种传统的绘画模式相似，在这种绘画中，人的身体角度展现为与地面持平，人物陷入沉思，也许在沉思中看到幻象，但又好像没有看到具体的天使、魔鬼或者其他形象，而这些形象就画在他们身边或者上方。从绘画角度来说，这是一种相当普通的常规画法；而从戏剧角度来说，这可能经常得以部分展现，而《麦克白》一剧对幻象的展现形式技艺高超、独具一格。同样独一无二的是，该剧也要求其观众能够具体看到这些幻象。对幻象的指涉含糊其词，达到了以假乱真的效果：麦克白与麦克白夫人确实"看见"了幻象，也确实用了隐喻，但是非凡的视觉细节使人感觉这不是他们的幻象，而是在他们之外的一种戏剧属性。幻象不仅在他们身外，而且几乎与他们相对立，从某种角度来说，如果他们的确看见了，反而更好。麦克白说道"把虚无的幻影认为真实了"（第一幕第三场），这句话意味深长，远在麦克白原意之上，而"虚无的幻影"最终毁灭了他。

在第三幕第二场，两人的语言最终合二为一。麦克白夫人的开场白，以一个来回往复、拉锯一样的句式结构开头，第一幕两人也是如此：

> 费尽了一切，结果还是一无所得，
> 我们的目的虽然达到，却一点不感觉满足。
> 要是用毁灭他人的手段，使自己置身在充满着疑虑的欢娱里，

那么还不如那被我们所害的人，倒落得无忧无虑。

（第三幕第二场）

麦克白的上场打断了她，而他似乎夸大了她的意思：

> 我们为了希求自身的平安，
> 把别人送下坟墓里去享受永久的平安，
> 可是我们的心灵却把我们磨折得没有一刻平静的安息，
> 使我们觉得还是跟已死的人在一起，
> 倒要幸福得多了。

（第三幕第二场）

但是他俩的理解恰好相反；她提出要战胜恐惧，"无法挽回的事，只好听其自然；事情干了就算了"（第三幕第二场）；麦克白则暗示更进一步的行动：

> 啊！我的头脑里充满着蝎子，亲爱的妻子；
> 你知道班柯和他的弗里恩斯尚在人间。

（第三幕第二场）

麦克白夫人对此没有正面回答，"可是他们并不是长生不死的"。看起来她知道"他们不会永远活着"，而麦克白把她的话理解为暗示"可以杀了他们":"那还可以给我几分安慰,他们是可以侵害的";就这样说到了"将要有一件可怕的事情干好"。他的意思显而易见,而她则从中退缩了,拒绝领会,并非没有领会丈夫的意图,而他马上就认识到了这一点:

麦克白夫人 是什么事情?
麦克白 你暂时不必知道,最亲爱的宝贝,
等事成以后,你再鼓掌称快吧。

(第三幕第二场)

他残酷无情地向前行,她满怀恐惧地往后退;两人之前建立起的人设此时发生了颠倒。而他发展了她在第一幕第五场的那种祈祷,其形式、语言、意象如出一辙。剧院里的观众不需要经过特别的训练,就能感到这段话是如此耳熟:

来,使人盲目的黑夜,
遮住可怜的白昼的温柔的眼睛,
用你无形的毒手,撕毁那使我困顿的重大的束缚吧!
天色在朦胧起来,乌鸦都飞回到昏暗的林中;
一天的好事开始沉沉睡去,黑夜的罪恶的使者
却在准备攫捕他们的猎物。

(第三幕第二场)

不仅仅是开头的词组与麦克白夫人前面的台词互为关联;"围巾"(scarf,也意为"遮住")令我们回想起黑夜的"重衾(blanket)";"可怜的白昼的温柔的眼睛(the tender eye of pitiful day)"与"天性中的恻隐(compunctious visitings of nature)","无形的(invisible)"与"无形的(sightless)","天色在朦胧起来(light thickens)"与"阴沉的暗夜(thick night)","乌鸦(crow)"与"乌鸦(raven)",都形成前后呼应。当然,"日"与"夜"的对立,是两个独白中一系列不断延展的对立的基础。

在某个层面,这一独白与之前麦克白夫人的独白确有不同:之前麦克白夫人的独白都被另一方的上场打断;在这一幕中麦克白夫妇都在舞台上,而麦克白的独白以对句结尾,表面上看起来已经说完了:

> 我的话使你惊奇;可是不要说话;
> 以不义开始的事情,必须用罪恶使它巩固。
>
> (第三幕第二场)

"惊奇(marvell'st)"一词意义不明;她可能惊讶于他话中蕴含的意象,但是现在意象已经回归到了普通的字面意义之上。麦克白只是说她对他说的话——谋杀班柯——迷惑不解;但是对话的核心一直没有谈及,也没法谈及,正如第一场有关谋杀邓肯的对话一样。与之前一样,此刻麦克白的思路超出了意象,但此处没有暗示出现了像麦克白夫人在第一幕第五场的那种对恶魔的真实召唤。对句建立起来的不是两人的心心相印，相反，是两人最终交流的失败。《麦克白》在莎士比亚悲剧中的独特性，在于其突出的是亲密无间的婚姻（奥赛罗的婚姻绝非如此）。在第一场中，他俩没有听见对方的独白，但一直深知对方的所思所想。夫妇俩花了一些时间才相互表明图谋暗杀邓肯，但当即就知道对方也在盘算这件事。这在过去曾经引起过猜测，这里是不是缺了一场或几场戏，应该让他俩彼此剖白一下自己的想法——这种猜测比较站不住脚，因为共同生活的伴侣达到这种程度的互相理解没有任何不同寻常（这并不是说所有情侣都觉得如此心有灵犀是司空见惯的事；也不是说这种默契不是本剧超自然元素的结构的一部分；而是说，这与梦游的情节一样自然）。这两个主要人物的性格设定得简单明晰，甚至成为初中考试一道常见的试题。本剧真正的兴趣重点在于麦克白夫妇的关系。在第三幕第二场，他们的关系有了重大的转变，此后两人再无之前的亲密无间；同时他们的角色也发生了颠倒，现在他杀人的意念已决，这一度是麦克白夫人自己的念头，但现在她已经动摇。

这要求麦克白夫妇要表现出亲密的关系；但文本给出的答案给演员出了难题。为了增加亲密感，演员难免要寻找更进一步的演绎方式。在过去五十年间里，艺术作品都倾向于表现麦克白夫妇的性关系。不论是波兰斯基（Polanski）电影（1971）中那样对性的粗鲁直白的展现，还是乔纳森·普莱斯（Jonathan Pryce）与西涅德·库萨克（Sinead Cusack）剧中更加含蓄的拥抱［皇家莎士比亚剧院版（RSC），1986—1987]都是如此。这种尝试是很自然的，但是不论以哪种形式来展示，奇怪的是看上去与戏剧本身都没有什么联系；这令人注意到一个重要的事实：莎士比亚的戏剧没有哪一部像本剧一样，几乎没有提到性。在主要场景中，根本没有需要编辑大费笔墨去解析的性场面，除了歌曲之外，仅仅有两处提到了性：一处是第二幕第三场门房醉酒时的黄色笑话，另一处是第四幕第二场麦克德夫夫人与儿子之间风趣机智的对话。很明显这两个场面都是展现"正常"人性的小插曲，用以抵消本剧令人难以释怀的反常性：门房把麦克德夫引进城堡，让他堕入邓肯遇刺的人间地狱；麦克德夫夫人的家常生活氛围在刺客的屠戮中荡然无存。麦克白夫妇，还有污言秽语的命运三姐妹，是最可能提到性的，全剧中却一句也找不到。剧中还有另一个重要的缺失：尽管麦克白的暴虐统治体现在政治层面，但完全局限于领主爵爷的小群体之中；没有丝毫平民百姓的影子，整体上也没有表现出对人民的关注。就连第四幕第三场为苏格兰的悲悼中，麦克德夫说道："流血吧，流血吧，可怜的国家"，还有洛斯的台词，都只是把国家当作一个象征，而没有具体提到它的人民。命运三姐妹本身既没有引起对老年女性的社会问题的思考，也没有使人思考巫术何以成为对女性整体的一种抨击。伊丽莎白时期关于巫术最著名的研究文献——司各特的《巫术的发现》（*Discovery of Witchcraft*，1584）一书就聚焦了这两个问题，严厉抨击了猎魔人把女性当作邪恶代表的行径；就连国王詹姆士一世，尽管在他早期的《恶魔研究》一书中表现出对巫术的轻信，后来也愈加怀疑巫术到底是真是假。虽然他从来没有赞同过司各特的全盘怀疑主义，但认为自己写书更多的是为了曝光欺诈术，而不是迫害女巫。倒是门房，在他的短暂出场中，又一次单枪匹马地提醒观众，注意本剧完全排除了的那个世界。至少从14世纪以来，醉酒的小丑角色颠倒了事物设定的等级秩序，抛出被压抑、被噤声的众人关心的一些问题；他的人物设定离不开他粗鲁而猥亵的白话，而他（演得好的时候）会出其不意地引发嘲讽的大笑，这极大地调整了观众观看该剧的视角，阐明了被本剧排除在外的那些因素，不然我们只能猜测其是否存在，却无法证实。门房作为鬼看门人的戏份，建立在神秘剧系列（mystery-play cycles）中的"地狱惨象"（the Harrowing of Hell）上，但是他放弃了这个角色，放麦克德夫进了门：我们当然可以把麦克白的城堡等同于地狱，但无论如何，麦克德夫都不可能是耶稣。

语言是本剧的一大特色，从分析中可以看出，基于本剧语言发展出来的东西异常丰富，而本剧语言的排他性也同样引人注目。在政治上，《麦克白》与之前的《裘力斯·凯撒》以及之后的《科利奥兰纳斯》形成鲜明的对比；这两部剧都把罗马当作一个完整的城邦加以呈现，而《李尔王》通过展示爱德加奇怪的伪装，暗示了整个社会的样貌；《安东尼与克莉奥佩特拉》可能与《麦克白》写于同一年，在渲染情色爱欲的同时，也全面关注政治问题。这些对比显示，本剧独特的关注点不仅仅在于文本的简短，也表现在其语言的缜密，这使得评论变得非常困难，但也颇为值得尝试。这一语言与该剧中重复出现的，另一种看似缜密，实则只是拐弯抹角的客套话紧密联系，评价后者既费时费力，又徒劳无益。第一幕第二场流血的军曹夸张的言辞，发挥了"经典的信使扩散消息"[1]的作用，但是洛斯在第一幕第三场意义不明的传信则更为典型：

> 麦克白，王上已经很高兴地
> 接到了你胜利的消息；当他听见
> 你在这次征讨叛逆的战争中所表现的英勇的勋绩，
> 他简直不知道应当惊异还是应当赞叹……
>
> （第一幕第三场）

表面上看来，这与麦克白的语言风格相似，但实际上却背道而驰。麦克白在几行之后说出他的旁白，不同之处立即显露无遗：

> 这种神奇的启示不会是凶兆，
> 可是也不像是吉兆。假如它是凶兆，
> 为什么用一开头就应验的预言，
> 保证我未来的成功呢？我现在不是已经做了考特爵士了吗？
> 假如它是吉兆，为什么那句话会在我脑中引起可怖的印象，
> 使我毛发悚然，使我安稳的心全然失去常态，

---

1 原文为"the classical messenger to explain its diffusion"。——编者注

导　读

扑扑地跳个不住呢？

（第一幕第三场）

麦克白通过可怕的想象，联想到了谋杀，而他旁白的结尾说道，"把虚无的幻影认为真实了"。他思考的全过程，不论表面看来多么含糊难解，多么辞藻华丽，实际上逻辑清晰，言简意赅。洛斯就不是这样了；他的语言是一张精制的面具，面具之下却没有隐藏具体意义。

但是，后来在剧中，麦克白的暴政，让人不吐不快，没法简单寒暄几句就结束交谈，人人自危，谁也信不过谁，只能含糊其词地表达真实的意图。此时，这张语言的面具，的确发挥了作用。第三幕第六场，在列诺克斯和另一个贵族在建立共识之前，在语言上就是如此，闪烁其词，支吾搪塞：

> 麦克白为了这件事多么痛心；他不是乘着一时的忠愤，
> 把那两个酗酒贪睡的渎职卫士杀了吗？
> 那件事干得不是很忠勇的吗？嗯，而且也干得很聪明；
> 因为要是人家听见他们抵赖他们的罪状，
> 谁都会怒从心起的。所以我说，
> 他把一切事情处理得很好；

（第三幕第六场）

麦克白

在第四幕第三场,马尔康在英格兰接见麦克德夫,也用了一种类似的模棱两可的修辞,让麦克德夫摸不着头脑。而洛斯含糊其词,迟迟不把麦克德夫的妻儿被杀的消息告诉麦克德夫,则是另有苦衷。

《麦克白》剧中主要的语言是贵族爵士的语言,分为三种不同的用途:出于客套的空洞辞藻,密谋者遮遮掩掩的谈话,以及最重要的,也是该剧最具特色的,对于虚无幻影的精练修辞。门房的大白话与之完全不同,命运三姐妹的短诗也与之形成了同样强烈的对比。她们台词简短,节奏与押韵富有变化,语义上隐晦省略,神秘难解。她们不开玩笑,言辞不涉猥亵,但是其古怪给语言染上了戏剧色彩,加强了其中的恶意。也许是演出中的一个特殊的传统,英联邦成立之前,在舞台上有女演员演出之后,三姐妹的角色依然由男演员来扮演。而一直到19世纪,这三个角色一直都是小丑的领地。18世纪开始对命运三姐妹荒唐可笑的演出是否得体提出了疑问,而肯布尔(Kemble)发现剧中有一处冒犯了该剧的尊严,即他作为男主人公的尊严,他对此加以制止。毫无疑问,18世纪"三姐妹"开始不受掌控了,但是有时依然由男演员来扮演三姐妹中的一个或几个。我应该特别指出,1971年安大略的斯特拉特福第二女巫剧团某次表演非常夸张,这比我记忆中的其他任何一场都更富神秘性。值得一提的是,三姐妹不仅仅从外表丰富了戏剧的神秘色彩,语言也异常诡秘。

三、巴洛克戏剧

18世纪和19世纪的《麦克白》批评都集中于麦克白夫妇的性格塑造。一开始学者们认为这本质上是一个道德问题,但是从19世纪开始,批评的注意力决定性地转移到了心理方面,众多研究中,以布莱德利1904年广受好评的文章为集大成者。[1] 该剧是布莱德利悲剧理论的一个中心文本,但在文章开头的段落中,他认识到了该剧意象的特殊重要性,难怪20世纪该剧成为意象批评的一个中心文本,从L. C. 奈茨(L. C. Knights)抨击布莱德利的精彩论作《麦克白夫人究竟有多少孩子?》(*How Many Children Had Lady Macbeth?*)[2] 开始,在奈茨、威尔森·奈特、柯林斯·布鲁克斯[3] 以及其他批评家的评论中,迭代的意象重复被看作心理、道德或者精神规律的发展;但是这些整合并不能使人满意,将两种批评传统——角色批评与意象批评——暧昧地合并起来,似乎是把《麦克白》奉为莎士比亚最清晰、最适合教学的一部悲剧。对巫术、魔鬼、鬼魂的轻信,这种明显的问题没有得到讨论,或者只是被认定为麦克白头脑狂热的投射,或者认为是邪恶的气氛特征。一种更糟糕的观点,认为詹姆士一世时代的观众容易上当。

---

1 A. C. Bradley, *Shakespearean Tragedy* (1904).
2 Cambridge, 1933, reprinted in *Explorations* (1946).
3 L. C. Knights, *Some Shakespearian Themes* (1959); G. Wilson Knight, *The Wheel of Fire* (1930), *The Imperial Theme* (1931); Cleanth Brooks, *The Well Wrought Urn* (New York, 1947; London, 1968).

麦克白

即便再富有批评性的读者，阅读时也一直有所取舍。但是剧院观众不论演出的是什么，都只有观看的份儿：观众可以打瞌睡，但不能跳着看。《麦克白》的奇怪之处在于，剧中所有与简单化的悲剧传统相异的元素，除非被删掉了，否则绝对无法忽略。我之前提出，该剧的戏剧形式依托的是其多种多样的戏剧幻象。这些幻象与麦克白夫妇关系中的自然主义内容形成了鲜明的对立，最后呈现为现实主义与超自然现象之间强烈的二元对立，二者都不能简而化之：麦克白夫妇的形象以两种方式呈现给观众，一是经由他人的口述，二是他们自己在舞台上的表现，不论是单独出场，还是一起出场，还是在旁白（本剧中旁白多得超乎寻常）。对其他人而言，他们一开始是爱国的英雄与优雅的贵妇，而最后变成了嗜血的屠夫和恶魔般的王后；在我们看来，这两种描述都不是特别准确，因为恶行以微妙的形式呈现出来，冲淡了语言的夸张。剧中的超自然元素也要一分为二地看待：当然存在诱使观众轻信的因素，正如柯勒律治所言，"自愿终止怀疑（the willing suspension of disbelief）"；但是也存在着怀疑主义的倾向。最后一幕的情节都是在对前面的剧情自圆其说，对立的结构暗示（当然没有明说），对超自然现象本身也有可能做出合理化解释。我恰好要用到有关17世纪上半叶罗马巴洛克艺术的审美结构的术语，为理解《麦克白》一剧提供语境。

通常认为巴洛克艺术发源于罗马卡拉奇（Carracci）与卡拉瓦乔（Caravaggio）的画作中。两人（机缘巧合）都于16世纪90年代早期抵达罗马，于 1610 年之前离世。这些时间点对我的观点非常有利，但是我必须强调，没有任何证据显示在 1614—1615 年伊尼戈·琼斯[1]随同阿伦德尔伯爵（Earl of Arundel）游历之前，伦敦对卡拉奇与卡拉瓦乔的画作有任何了解。[2] 我的论点完全建立在对伦敦的戏剧艺术与罗马的视觉艺术的类比之上。这个类比在此是有启发性的，因为两种艺术形式的理解方式有所不同：戏剧艺术擅长叙事行为，但要认知戏剧的整体结构比较困难，因为感知是连续性的过程，而戏剧整体只能靠记忆加以把握；视觉艺术只能暗示行动，不过可以直接感知整体视觉结构。

卡拉瓦乔通常与直白的现实主义联系在一起，好像他画中描绘的奇迹只是对教会提供资助的讥讽回应。在他的画作《圣保罗的皈依》中，最先映入眼帘的是拉车的马的后臀，通过透视法比例加以缩小，造成直接的视觉冲击，马头后方的老农夫身上体现了自然主义的风格。这幅画有双重构图：第一重是与画框平行的正方形构图，马与马夫由构图的顶部直贯右下方，鲜艳的红斗篷一直延伸到左下角，贯穿了画作的底部。尽管运用了透视法缩小，还是呈现出二维效果。只有在底部才能看到扫罗的头部，从此处引入了截然不同的第二重构图，完全聚焦于扫罗以及那个关键视角。透过这一视角，马身下面一束戏剧性的非自然光线照亮了扫罗，而这束光线，使第一重视角中的马和所有一切，都变成了烘托三维幻象的暗色框架。

---

1 Inigo Jones, 1573—1652，英国古典主义建筑学家。——译者注
2 详细描述见 John Summerson, *Inigo Jones*（1966），pp. 35-37。

这等于玩了一个幻象把戏，与众所周知的阴影立方体非常相似。立方体可以看成离你远去，也可以看成朝你的方向伸展，但不能看成同时既向前又向后。在此画中，先看到写实主义的马，再看到扫罗；但是同样，不能同时看到马和扫罗。从一个画面到另一个画面的过渡，把奇迹的概念加以戏剧化展现，这绝非对教廷的顶礼膜拜：如果剪掉画作的下半部分，所有的视觉震撼就荡然无存，仅余对马与马夫的感性研究，而这种研究从此之后已经成为类型模仿的研究。因此这幅画中运用了视觉幻象，建立了奇迹的概念，与最初的自然主义形成截然的对比。换言之，幻象是自然与超自然之间的解决方案。

卡拉瓦乔在《圣马太殉难》中用到了相似的技巧，但在这幅画作中，双重视角制造了一种视觉双关。占据中心的是行刑官近乎全裸的身体，画风粗鲁，感官效果令人不安；他与下方一左一右两具人物裸体共同构成了一个坚实的三角，左边的花花公子哥，右边的云朵，都被排除在外。圣马太（与扫罗一样）没有对视线造成那么强烈的冲击效果。他横躺在画面中间，抬起手来，做出徒劳的自我保护的姿势。但是这只手异乎寻常地连接了另一具截然不同的云中人物裸体——雌雄同体的天使，这具身体充满诱惑力，从云中侧身，向殉难者献出棕榈叶。而从伸手哀求到接受神恩的转变，使画作的构图从死亡变成了复活。

有关巴洛克审美理论的两部富有生命力的论著，似乎当数圣依纳爵[1]的《神操》（*Spiritual Excercises*，1548）以及圣大德兰修女[2]的《生命

1　St Ignatius，1491—1556，罗马天主教耶稣会创始人。——译者注
2　St Teresa，1515—1582，西班牙加尔默罗修会改革者。——译者注

之书》(1562)。这两位圣徒封圣的速度都异常之快,他们在论述一些耸人听闻的事件时,都精心运用理性客观的散文式语言,在强调自然体验之余,也提出超自然体验的可能。

圣依纳爵的文风极为克制,他的著述能引发席卷欧洲的轰动效应,令人不可思议;但是事实的确如此。精神活动者(exercitant)受到指引,选择《新约》中的一个场景,作为他系统的感官冥想的主题。第一步便是把这一场景按其本来面目(as it was)尽可能精确地视觉化;也就是说,如实地把每个细节视觉化。接下去的几天,他就要有意识地动用每一种感官,依次体验这一场景。圣依纳爵仅仅简略阐述了其中一个场景——对于地狱的冥想:你会看到地狱的火焰,听到罪人的痛苦哀号,感觉到难以忍受的炙热,口中尝到灰烬,鼻子闻到硫黄的气味,而且要高度集中注意力,调动感官分别加以体验,最后必然是感受越来越强烈。最后一天,再体验前面五种感受,借由通感最终合并起来。此时所感知到的,同第一天的最初感觉必然已经有所不同。

圣依纳爵的《神操》轰动一时;灵性训练也需要谨慎操控:在特定的时刻,精神活动者必要企盼获得指导与益处。这一体验既需要自我消耗,又需要有清醒的自我意识。圣大德兰修女的著述与之大相径庭,因为她的经历是身不由己的:为了减轻来自宗教法庭的怀疑,她的文字就事论事。她表现出忙于管理自己迅速扩展的修会,好像升天的感受干扰了她的案头工作(毕竟书桌无法飞升)。但是,对于天使把矛刺入她心脏这一体验中暗含的性意味,她也同样直言不讳。她说这次经历重点是身体上的,但也不乏灵魂的感受,是一种痛苦的体验,也是强烈的欢乐。

大德兰修女描述的是奇迹,圣依纳爵不是。显而易见,两者的相似之处体现在感官体验和理性意识上;但是根本性的不同,使大德兰修女成为一种艺术的表现对象,而这种艺术的方法论则建立在圣依纳爵的基础之上。贝尼尼[1]告诉他的儿子,他一直随身携带《神操》,而他最有名的雕塑作品则是《圣大德兰修女的神魂超拔》(the Ecstacy of St Teresa)。贝尼尼动用了建筑、雕塑、粉饰灰泥以及油画等所有资源,引导观看者先在身体上做好冥想的准备,接着体验圣依纳爵的神操阶段:首先是包厢里以写实风格雕塑而成的科尔纳罗红衣主教,他们把你从教堂正厅吸引到小教堂,接下来(当你走进小教堂)你发现他们灵活地变成了一群漫不经心的观众,毫不在意圣坛之上的戏剧场景;而散发着诱惑力又面带嘲讽的天使,又把你的注意力引到圣大德兰修女本人身上。贝尼尼在没有抛光的石材上雕刻了红衣主教,用部分抛光的大理石雕刻了天使——最精细的抛光则留给了圣女大德兰,冥想的目光必须在她身上停驻。这个高度的唯一光源从隐藏于框缘之后的窗户镀金的杆柱间倾泻而下,反射在她的身上。贝尼尼如同在一个黑暗的剧院,用自然光源制造了精妙的光线,使他的雕塑产生了戏剧效果,神秘幻象同样一目了然。雕塑的人物[与贝尼尼在博格塞别墅花园(Villa Borghese)的异教题材的作品一样]成为一个习作,

---

[1] Bernini,1598—1680,意大利雕塑家、建筑家、画家。早期杰出的巴洛克艺术家,17世纪伟大的艺术大师。——译者注

探索如何运用雕塑艺术，把石头变形为肉体。强烈的感官冲击最终聚焦于她的面部，艺术性地完美体现女性高潮，进而把肉体欢娱变形为神圣之爱。大德兰为基督所接纳，抵达神操的终点。这一幕曾以油画形式绘于高穹顶的粉饰灰泥上，光线也曾透过窗户光芒四射，照亮油画，后来油彩褪色剥落，窗框也在一百年前镶上了巧克力色的玻璃。

贝尼尼把一个很浅的分隔间变成了一个小礼拜堂，又把小礼拜堂变成了一个剧院：很明显，这在整体上是对视觉幻象的操练，也激发了观者碰触的欲望（对此他精准控制了距离，大理石雕刻而成的肉体尽管离得很近，却刚好触碰不到）。但是，这又绝不仅仅是视觉幻象法（illusionism）（17世纪后期的巴洛克艺术通常都是如此）：各种艺术手法全都展露无遗，而建筑、雕塑、油画之间不同方式与类型的转换，排除了观者简单的回应，着重对过程本身的体验。视觉幻象对巴洛克艺术来说——不论是对贝尼尼还是卡拉瓦乔都是一样——不单单是大肆炫技，更是精心设计的幻象体验练习：既是最强调感受性的，也是最理性的审美形式。视觉幻象是一个坚持理性主义时代的想象艺术，把伽利略、笛卡儿以及后来的牛顿的成就加以戏剧化。这些科学家在整体的系统思想以及具体的视觉研究的成就，都一次次引领时代走向理性神学。17世纪想要融合怀疑主义与盲目信仰，而不让任何一方妥协，这让后世经常迷惑不解：对怀疑主义与盲目信仰的调节，正是巴洛克审美中幻象的功用。视觉幻象与戏剧幻象本身也必须一直能够自圆其说，正如对勃南森林的合理化解释一样。但是幻象想要的就是令人惊奇，而且，因为对其的解释无法使人完全参透，幻象还提供了一种类比，使人联想到超自然现象，暗示有可能对此加以合理化理解。因此必须有现实主义的基础，使技巧经得起推敲。

　　按照法律，詹姆士一世时代的戏剧是严格意义上的世俗戏剧，因此剧中的"奇迹"与罗马天主教艺术相比，并没有那么致力于信仰层面。我已经强调过，莎士比亚在他的各种幻象中精心构建了怀疑主义，或者至少是理性主义，而《麦克白》显然是其中技巧精湛的一部戏剧。露天剧院流传下来的惯例为展示技巧提供了基础，相对来说容易被接受，但并不能装作这就不是技巧了。当然，这并不是说这些技巧没有达到效果，因为该剧确实在表现邪恶力量时达到了强烈视觉效果。莎士比亚与巴洛克艺术家一样，展示了一种登峰造极的艺术，既让人对幻象信以为真，又保留了合理的解释空间。没有证据可以推测莎士比亚知晓圣依纳爵的作品（尽管毫无疑问在天主教的家庭中都有画作摹本），但是麦克白夫人召唤黑暗恶魔的形式，与圣依纳爵的神操互为颠倒；而虽然她与丈夫的语言风格相似，但她的经历是自己招致的，在这个层面上，麦克白的经历却与大德兰修女一样，都是不由自主、违背心意的。剧中精心布局了多种戏剧幻象，彻底分析了信仰与知识之间的认识论关系。在这个意义上，《麦克白》是一部非常严肃的戏剧，但是又迥异于《李尔王》；我的一位朋友对比了这两部戏剧，指出，去看《麦克白》是（或者说应该是）一件乐事，而看《李尔王》完全相反。不论幻象的戏剧效果多么强烈，都具有娱乐性，而且剧中展示的知识性理解，使观众可以与该剧创造的不安气氛保持一定的距离；命运三姐妹虽然不是喜剧演员，但她们粗糙的魔法中不乏喜剧元素。同样，夹杂在卡拉瓦乔与贝尼尼画作的反讽智慧之中的，除了精湛的技艺，也存在着幽默色彩。

但是，巴洛克式的惊奇效果也潜藏着强烈的政治色彩。卡拉瓦乔革命性的作品，过去（现在也一样）被认为传播了社会革命，委托他作画的赞助人几次三番拒绝了他的画作；贝尼尼的作品虽然展现了可圈可点的智慧和理性，他本人却热衷于支持17世纪持宗教绝对主义的教皇建立神圣王朝，[1]而如果这满足了一个受教育阶层在智性上追逐潮流的需求，他也精于盘算，让没受过教育的人也心生敬畏。17世纪末，他的模仿者把巴洛克艺术完全变成了一个控制社会的工具，只用来创作能引发赞叹与敬畏的意象。众所周知，《麦克白》明显迎合了斯图亚特王朝的专制政体以及詹姆士一世君权神授的主张；但是关于那个王朝，它的态度又模棱两可：班柯的行为举止意义不明（第三幕第一场）；邓肯，尽管"良善"，却并非神圣：忏悔者圣爱德华仅见于传说，而他的门徒马尔康则是一个非常靠不住的主角。我们能嗅出其中潜藏的政治意图，但是态度并不明确。几年之后，情况发生了转变，鲁本斯受雇于查理一世，为其父詹姆士一世——第一位被封神的基督教君主——作授予封神的油画。之前是宫廷假面舞会的巴洛克剧场，那时已成了伊尼戈·琼斯设计的白厅宴会大厅，封神油画便是要

---

1 他也想效忠于路易十四，但未能得偿心愿。他于66岁应邀来到巴黎，为"太阳王"塑造了一座半身像，但是他接下来为卢浮宫设计的所有方案都未建成。这次来访史料记载丰富，参见H. Hibbard, *Bernini*（1965），pp. 168-183。

画在大厅的中央穹顶。鲁本斯在绘制詹姆士一世的面部的时候，采用了高度忠实的自然主义画法，对脸上的瘤子不加掩饰。詹姆士一世看上去喝得醉醺醺的，当意识到升天之时身边簇拥众多迷人的女性，神色惊惧不定。构图基于天花板上有一个洞的幻想，借此幻想视角，国王被送上天堂，但是画风从现实主义转到奇思幻想，并没有假装这个幻象是可信的。幻象与现实主义在《麦克白》中的交互要严肃多了：在剧中，正如在卡拉瓦乔与贝尼尼的画作中，幻象调解了自然真实与超自然的元素。

四、上演

因此，我的观点是，《麦克白》在各种意义上来说都是一部巴洛克戏剧。但是该剧并不是为巴洛克剧场所创作的。巴洛克剧场主要为黑暗笼罩，为了表现视觉场景的变化，可以用一个复杂的机械装置照亮剧场，而且能用音乐、歌曲以及舞蹈进一步加强效果。在《圣大德兰修女的神魂超拔》中，贝尼尼综合运用了建筑、雕塑以及油画元素；17世纪开始，人们相信剧院也可以综合运用这些元素，并且结合音乐，形成艺术的通感。因此该世纪最具特色的发明是歌剧。在复辟时代，《麦克白》变成了歌剧；但一开始是作为露天剧场的压轴之作，辅以有限的机械。两三年之后，剧团买下了黑衣修士剧院，终于拥有了一个黑暗的室内剧场。据我们所知，伊尼戈·琼斯为宫廷假面舞会所设置的大部分巴洛克机械装置，如可以实施魔法变化的装置，这个剧场都不具备，也没有办法大力发展。而同一个保留剧目必须在两个剧院上演，因此基于剧场条件做出的改动肯定不能太多。毫无疑问，《麦克白》极端依赖的幻象技术肯定给黑衣修士剧院带来了不便，因为在一个黑暗的剧场里，黑夜根本不是什么奇迹：需要改动剧情，以补偿由此损失的戏剧效果，并且充分利用好新剧场的新可能。

以上都是基于现有文本的猜测，新剧本看上去好像已经对原剧进行了改写，在第三幕第五场和第四幕第一场添加了赫卡式的戏份，还添加了歌舞场面，以及女神与随从的精灵一起升天的炫目场景；实际上，这些正是假面舞会的素材。莎士比亚晚年的几部剧作，《辛白林》《冬天的故事》以及《暴风雨》中都有这样的场景，至少其中一些场景好像已经用到了为宫廷舞会而作的乐曲与舞蹈编排。经常有人猜测，琼森《女王的面具》一剧中的女巫滑稽戏，可能已经加到了《麦克白》第四幕第一场最后的舞蹈之中，国王剧团曾经受雇来表演琼森的这一戏剧。不论这一猜测是真是假，这两个场景中添加的歌剧素材可能已经明显加强了女巫场景的高潮部分，加强了戏剧瞩目的幻象高潮，而且可能在环球剧院和黑衣修士剧院都演出过。同时，可能还做了其他的改动，尽管无法明确得知在哪一部分做了哪些改动。《辛白林》第五幕第五场，有一位神明降临到波塞摩斯（Posthumus）的梦里；《暴风雨》在形式上整体接近假面剧，但也有一场具体的假面舞会场景，其中神明朱诺（Juno）降临，加入伊里斯（Iris）与刻瑞斯（Ceres）的行列。通常把《暴风雨》看作一部巴洛克戏剧，但是有关演出时是否应该尽量少用机械效果，还是应该充分运用现代剧场的资源，围绕这个问题一直争议不休。当然，事实是《暴风雨》是戏剧技术一次令人惊讶的成就，因为两种情况下都达到了同样的戏剧效果——在环球剧院和黑衣修士剧院都能上演。

我认为，《麦克白》在首演之后不久就做了改编，就是出于这一目的。但是如果最初的演出没有光效，声效还是保留了。弗兰西斯·雪莉（Frances Shirley）在《莎士比亚后台声音的运用》(*Shakespeare's Use of Off-Stage Sounds*)[1]中指出，在对开本的舞台指令中，《麦克白》的音乐指令要远远多于任何其他悲剧。她还认为，其他戏剧音效在剧院里也都真实可闻，比如马蹄声，女巫们发出的喵喵叫、呱呱叫和吱吱声，猫头鹰的啾鸣，钟声，还有更加明显的雷声。环球剧院的音乐包括了小号以及维奥尔琴与双簧管的合奏，通常是四种乐器一组。小号是没有阀键的，因此与现代喇叭一样，仅用来为军事行动或者庆祝行动做简单的鸣奏（"号角声""花腔"等），鼓声伴随行军。维奥尔琴用来演奏轻柔的或者舒缓的音乐，本剧中没有提及，但是提到了高音双簧箫，用来为第一幕的宴会（第三幕第四场没有伴奏），还有第四幕第一场国王的出场伴奏。高音双簧箫是现代双簧管的前身，能够发出"高昂的音乐"，与维奥尔琴一样，高音双簧箫有不同的尺寸，

---

[1] Lincoln, Nebr. 1963；第 168—189 页探讨了《麦克白》。

导　读

通常有中音部、高音部和低音部。至今尚未明确第三幕第五场和第四幕第一场为赫卡忒伴奏的是哪些乐器。

关于《麦克白》在1610年或者1611年于环球剧场上演的情况，有亲临现场观众的一份描述，参见西蒙·弗尔曼为一本计划探讨"公共政治"，即公共道德戏剧的书做的笔记。这种记录很罕见，而弗尔曼的演出回忆记录似乎与霍林斯赫德[1]的阅读以及从插图中勉强拼凑出来的视觉印象混在了一起，让人心酸而失望。不论如何，尽管他对该剧前面部分叙述详尽，第三幕第四场班柯鬼魂出现之后，除了梦游的场景，他几乎没有什么印象了。尽管他对巫术很感兴趣（他死后被卷入了埃塞克斯公爵夫人的犯罪事件，参见下文），但是没有提到第四幕第一场的鬼魂场景，更不用说赫卡忒了。因此我们没法确定他看到的究竟是哪个版本。

音乐场面的引入，导致一部分表演难以与本剧中其他部分兼容。因此后来在演出中，以及比较晚近的时代（可能就在英联邦建立之前，但是也有可能在之后），在第二幕之后，又加了一场女巫的音乐场面。后来剧场发展了更多不错的资源，音乐场面自然也有了进展，尽管没有任何复辟时代之前的相关演出记录。1660年12月获准开张了一些新的剧院，《麦克白》也列入约克公爵（the Duke of York）剧团的表演剧目之中。该剧团由威廉·达文南特经营，他在17世纪30年代曾与国王剧团共事。17世纪50年代达文南特从法国归来，尝

1　Raphael Holinshed，约1520—约1581，英国编年史作家。——译者注

试把歌剧发展成为一种公共娱乐形式，后来他将其发展成为包含大量幕间音乐的一种舞台剧，其中至少包括几个重要角色。在德莱顿（Dryden）与普塞尔（Purcell）的《亚瑟王》（1684）中，音乐部分集中于占据主要戏份的女巫身上——这种结构很可能模仿了达文南特版本的《麦克白》。达文南特版《麦克白》在1663年11月获许重演，但是第一次记录在案的演出是在一年后，当时佩皮斯（Pepys）在他1664年11月5号的日记中简明扼要地评论道："赴公爵府邸看了一场戏剧——《麦克白》。相当好的一部剧，演出可圈可点。"又过了两年，在1666年12月，他对这部剧的兴趣增加了，"看了《麦克白》，演技异常精湛，剧情多样，无比精彩的一部剧"，而十天之后，他又有了更为全面的评论："尽管我不久前才看过，但该剧在各方面都堪称翘楚，尤其是娱乐性绝佳。虽然这是一部主题深刻的悲剧，但娱乐元素在其中也得到了完美展现，相得益彰，令人称奇。"1667年4月19日他再次观剧，兴趣不减，更加明确地赞扬了"舞蹈与音乐的多样化"[1]。佩皮斯的评论特别有意思，因为他强调，悲剧结合了"多样性"元素，令人惊讶，并且这样也不违和。

听上去剧本似乎是在1664年11月到1666年12月发生了改变。1665—1666年大瘟疫期间，达文南特关闭了剧院，并很可能趁这个空当着手修改全剧，将其改编成歌剧。他于1668年去世，剧团由他的遗孀管理，后来由他儿子接手。他们在多赛特花园（Dorset Gardens）修

---

[1] Pepys, vol. v, 1664 (1971), p. 314; vol. vii, 1666 (1972), p. 423; vol viii, 1667 (1974), 7, p. 171.

导　读

建了一个新的剧院,剧院于 1671 年 11 月开张,1672 年初重演了《麦克白》。约翰·道恩斯(John Downes)从 17 世纪 60 年代早期开始在达文南特手下做提词员(他因舞台首秀怯场,演出生涯就此终结),1706 年退休不久,他就写了回忆录。他第一次提到《麦克白》是 1672 年的演出,但是没有说是新版;实际上,他评论的是根据已有材料的一次新的盛大排演:

> 悲剧《麦克白》,由威廉·达文南特爵士改写;演员全部身着盛装,新衣服,新场景,还有为了女巫飞行配备的新机器;新加上的所有歌舞场面中:第一首由洛克先生(Mr. Lock)作曲,第二首由钱乃尔(Channell)与约瑟夫·普雷斯特(Joseph Preist)先生作曲;以歌剧形式演出,精妙非凡,值回两倍票价;证明《麦克白》依然是常青剧。[1]

道恩斯丰富的回忆并不总是可靠,语言也不精确:毫无疑问,戏服、场景和机器都重新设计过,但是不清楚当时洛克的音乐是否为新谱,也不清楚是不是创作于达文南特生前。洛克的名字到今天一直与剧院里使用的音乐连在一起,尽管实际上这好像是理查德·列沃瑞吉[2]为了 1702 年在特鲁里巷(Drury Lane)皇家剧院的复演而作的曲。列沃瑞吉是一位男低音歌手,18 世纪 50 年代以前,曾数次饰演赫卡忒。

---

[1] John Downes, *Roscius Anglicanus* (1708) ed. John Loftis (Los Angeles, 1969), p. 33.
[2] Richard Leveridge,巴洛克时代英国作曲家、男低音歌手。——译者注

他看到自己的作品后来被归功于比他更为杰出的前辈,好像对此很满意。在18世纪后期,有人认为作曲者是普塞尔(Purcell),但是普塞尔在1672年才13岁,完全不可能是他作的曲。[1]

达文南特增加的不仅仅是幕间音乐;尽管他保留了大部分文本的原貌,但是在重要的几处他重设了表演人物。他修订了语言,表现为绅士的日常用语,使用词更为平实。原剧中没有的绅士阶层,现在却粉墨登场:门房和医生都完全消失了,他们的必要功能现在转而由西登(Seaton)展现,该角色的社会地位也提高了,因此为了圆场,必须在第五幕做修改补救前文。简而言之,该剧顺应了伦敦演出季上流社会的规范;麦克白本人甚至直到最后一场,都表现出了得体的克制。他原来的台词"魔鬼罚你变成炭团一样黑,你这脸色惨白的狗头!你从哪儿得来这么一副呆鹅的蠢相?(The Devil damn thee black, thou cream-faced loon: / Where got'st thou that goose-look?)"(第五幕第三场)变成了"现在,朋友,你脸色变了是什么意思?(Now friend, what means thy change of countenance?)"同样,诸如"赤身裸体的婴儿""天婴""像熊一样挣扎(the bear tied to a stake)"这样的修辞都无影无踪了,"忧虑(care)"也不再有"乱丝编织(ravelled sleeve)"。

---

[1] 关于18世纪戏剧音乐的复杂历史,我要致谢圣安德鲁大学克里斯多夫·菲尔德博士(Dr. Christopher Field)给予的指点。列沃瑞吉的名字似乎一直被故意忽略:在剑桥菲茨威廉博物馆(Fitzwilliam Museum),MS Mus. 87出现过他的名字,但是大英图书馆伊格顿(Egerton)MS 2957的标题页有一个洞,这是威廉·博伊斯(William Boyce)为其1770年的版本而用到的一个复印本,在标题页上他把音乐创作者归为洛克。这就是18、19、20世纪数不清的"洛克作曲"版本的基础。参见R. E. Moore, "The Music to Macbeth", *Musical Quarterly*, 47(1961), pp. 22-40; R. Fiske, "The Macbeth Music", *Music and Letters*, p. 45(1964), pp. 114-125; R. Fiske, *English Theatre Music in the Eighteenth Century*(1973), pp. 25-29。

导 读

达文南特关注的不单单是观众品位，还有更大的社会性与政治性影响。他在戏剧结构层面最主要的改动是为了平衡善恶力量，把麦克德夫发展为主要英雄角色，并且给他夫人一个通常意义上"正面的"女性角色，与麦克白夫人做直接对比（她们一开始同时出场）。原文本中暗含的魔道妖术几乎荡然无存：新剧本很少提及地狱，而女巫们在麦克德夫夫妇面前现身，既是要毁灭麦克白，也是要支持麦克德夫夫妇。超自然元素沦为给观众提神暖场的戏剧要素，其中因模糊不明而具有的审美旨趣随之消散，取而代之的是17世纪后期神学冰冷克制的理性主义。麦克德夫之所以能发展成为英雄形象，一部分原因是挪用了马尔康的很多戏份，这使得马尔康的角色甚至比之前还要单薄。这样一来二去，马尔康不再是一个具有多义性的人物，反倒变成了一个次要角色，最后成为象征性的宪法制君主；他最后的发言被严重缩减，反倒是麦克德夫拥有了全新的终场白：

愿仁慈的**命运**赐予您的**王权**以**和平**，
正如已经赐予您的**将士**以**战功**；
愿**民众**的**祈祷**依然拥戴您，
正如他们的诅咒追随麦克白：
他的**邪恶**将使您的**美德**更为**耀眼**，
正如**暴风雨夜**之后是**朗朗晴天**。

黑体字有效地突出了达文南特版本的语气风格与宣扬的价值观。

这一改动巨大，但也技巧高超，得体恰当，根本不应该这么不受众人待见。[1]把《麦克白》转化成巴洛克剧院风格的过程到此告一段落，但是以17世纪后期的方式完成的转化，不仅少了卡拉瓦乔、莎士比亚的复杂的多义性，甚至都不具备贝尼尼作品意义的丰富性。

达文南特的歌剧尽管发展成了英雄剧，但依然把麦克白本身作为中心人物，由伟大的托马斯·贝特顿（Thomas Betterton）扮演；贝特顿于1667年卧病数月，佩皮斯因为他的缺席非常沮丧，佩皮斯的妻子还在一次替补演员演出期间中途退场了。[2] 18世纪保留了增加的歌剧部分，但是针对戏剧的大部分改编都消失了，剧本恢复到了与原剧本更接近的版本。英雄的主题失去了可信性，麦克德夫的角色恢复了原样，但马尔康的戏份并没有增加。对文本与伊丽莎白时代语言的历史兴趣，催生了一场从罗武（Rowe，1709）、蒲柏（Pope）和西奥博尔德（Theobald）的时代回归到对开本的复兴，着眼点重又回到塞缪尔·约翰逊（Samuel Johnson）的巨著《大辞典》(*Dictionary*，1755）以及由他编选的莎士比亚作品（1765）之中。对约翰逊来说，该剧"实至名归，其故事性、恢宏庄严及其情节的多样性都值得称颂；但是剧中角色没有得到很好的区分，故事事件过于宏大，剧情安排无法对其产生影响，而剧中角色的一举一动不可避免地听从于事件进程的摆布"。[3]很显然，在思想启蒙的时期，女巫元素对于严肃

---

[1] 参见 Yale, pp. 1-16。
[2] Pepys, viii. pp. 482-483, p. 521。
[3] "General Observation"，重印于 *Dr. Johnson on Shakespeare*, ed. W. K. Wimsatt, Penguin Shakespeare Library（1969）, p. 133。

导 读

戏剧来说太荒诞了,但是约翰逊以一篇论詹姆士一世时期信仰的渊博论文,捍卫了莎士比亚。尽管这部剧上演的时候演员依然着以表演年代的服装,却不再被严格看作与时代同步了。不过超自然元素在新型的哥特小说的构思中方兴未艾,而《麦克白》成了霍勒斯·沃波尔[1]、拉德克利夫夫人[2]以及其他无数作家丰富的灵感来源。

约翰逊认为,"麦克白夫人实在令人厌恶;而尽管麦克白因其勇猛保留了一丝尊严,在他落败之时,所有读者都还是高兴坏了"。[3]莎士比亚没有给他的演员(伯比奇)与观众分享这种反应的机会,因为他没有给麦克白安排临死前的台词;贝特顿出演的时候,剧本给麦克白在死前安排了一行独白,主要是表达对麦克德夫的祝贺。但是贝特顿之后又一位扮演该角色的伟大演员——约翰逊的学生加里克(Garrick)——给自己加了一段冗长的演说,既表达了悔恨之意,又充满了自我诅咒:由是,演员本人与观众一起,对一个虚构的中世纪人物达成了一致的判断。尽管加里克重新启用了莎翁的语言,读者(尤其是阅读昂贵的学者版剧本的读者)以及观众之间还是进一步地拉开了差距,而大众喜欢的是基于剧场提示本的版本,通常在演出门厅出售。剧本对政治与社会要素的强调变少了(尽管随着医学职业的社会尊严有所提升,医生的角色回归了),将着眼点更多地放在主人公麦克白夫妇之间的冲突。加里克因其自然主义的演出风格获得

---

1 Horace Walpole, 1717—1797, 英国作家, 哥特小说的创始人之一。——译者注
2 Mrs. Radcliffe, 1764—1823, 英国哥特小说作家。——译者注
3 "General Observation", 重印于 *Dr. Johnson on Shakespeare*, ed. W. K. Wimsatt, Penguin Shakespeare Library (1969), p. 134。

了认可，但是由普理查德女士（Mrs Pritchard）扮演的麦克白夫人在舞台上似乎把他牢牢把控在股掌之中，给人留下更为长久的印象。

18世纪后期心理学研究兴起；加里克对角色的关注，不仅仅表明作为演员的自负。在18世纪末，约翰·菲利普·肯布尔（John Philip Kemble）进一步发展了该剧心理层面上的研究：他没有让班柯的鬼魂在舞台上展现，而是让他成为心事重重的麦克白的内心虚构。后来顺应剧院所有观众的呼声，鬼魂又重归舞台了，[1]而《麦克白》一剧（与《哈姆雷特》一样，不过后者更为彻底）正在回归主人公自身。麦克白夫人比以前更加主控全场，这也不足为怪：肯布尔的妹妹，萨拉·西登斯，在麦克白夫人的演绎中体现了约翰逊没有料到的更多微妙差别，并且成为有史以来最受推崇的演员。她既演活了麦克白夫人心理上的微妙变化，又具有强烈的感人效果。她的演绎成为研究麦克白夫人身为女人的一个范本，饶有趣味；与她同时代的人提到她的表演，称之为"富有女人味"，而她在这种女人味之中添加了一种与她本人一样的独立性。19世纪中期饰演麦克白夫人的演员发现，她们都受到一种女性气质的概念的约束，要像大卫·科波菲尔妻子那样对丈夫言听计从。而到了19世纪末，埃伦·泰莉（Ellen Terry）饰演的麦克白夫人，反而在"哄劝"欧文爵士[2]的军官和绅士听她的话。[3]

---

1 A. C. Sprague, *Shakespeare and the Actors* (Cambridge, Mass., 1945), pp. 256-257 和 n. 106。
2 Sir Henry Irving, 1838—1905, 英国著名演员，兰心剧院经理。——译者注
3 参见 Marvin Rosenberg, "Macbeth and Lady Macbeth in the Eighteenth and Nineteenth Centuries", in John Russell Brown, ed., *Focus on Macbeth* (1982), pp. 73-86; 也见于其所著 *The Masks of Macbeth* (Los Angeles, 1978) 和 Dennis Bartholomeusz 所著 *Macbeth and the Players* (Cambridge, 1969)。

导 读

把整个重心放在主要角色的塑造之上,不论令当时的评论家多么感兴趣,都是对该剧演出的误导。肯布尔重建的特鲁里巷剧院(Drury Lane)于1794年举行首场演出,选了《麦克白》作开场剧目;新剧院很大,观众(就好像还在考文特花园一样)离舞台很远。因区伯德女士[1]把肯布尔版的《麦克白》(最短的一部)纳入1808年的朗曼莎剧提词本系列(Longman's prompt-book series),并评论道,该剧依然是"一部伟大的悲剧类歌剧",特别是其中融合了"非凡的、崇高的、地狱的……的要素,超自然的元素以如此自然的方式创作出来并搬上舞台,让观众又一次回归孩童时期的信仰,就像重回婴儿时代,看到了女巫和小妖精,激动到发抖"。肯布尔依从查尔斯·麦克林[2],给该剧安排了历史的(哥特的)背景以及"苏格兰"服装:

场景中那些大石头,巨大的洞穴,苏格兰荒凉的石楠;——士兵和将领们穿着几个世纪以前高地武士的服装;——光彩夺目的长袍,在福累斯宫殿举办的宴会;——音乐可怕,但又发人深省,歌词每一个字都与伴奏音乐融为了一体;——并且,最为重要的是——那种恐惧、恐怖、痛悔;——那些痛苦的悸动与剧痛,流露在演员的表情、低语和突然的情感迸发中,展现在肯布尔和西登斯夫人的痛苦挣扎中,所有种种,都烘托了这一伟大的准则——汝不可杀人——使该剧成为舞台上最令人印象深刻的

---

1 Mrs Inchbald, Elizabeth Inchbald, 1753—1821, 英国小说家、演员、剧作家。——译者注
2 Charles Macklin, 1700—1797, 爱尔兰演员。——译者注

麦克白

道德训诫。[1]

肯布尔本人不如他妹妹那么有名,但没有几个主演像他那样与角色深深融为一体。埃德蒙·基恩(Edmund Kean)发展了最初的浪漫主义演绎,他是一个拜伦式的演员,拥有摄人心魄的眼睛和运动员一般的四肢。但是他饰演的麦克白远不如理查三世那么受人欢迎。19世纪中期,肯布尔的历史主义在儿子查尔斯那里,变成了一种炫耀式的崇古主义,而苏格兰的豪华大厅被布置得像是有钱人的游乐场。整个演出(他动用了些手段,将该剧策划成应邀转到温莎城堡上演)是塞西尔·B. 德米尔[2]口中那种独属于电影的壮观的"历史性"重构。在文本的引言(1853)中,基恩谈到该剧对中世纪早期苏格兰的建筑与服装进行了准确还原,而因为缺少历史记载,他被迫从"丹麦人和盎格鲁人(the Danes and the Angles)"的遗迹以及被浪漫化了的废墟中寻找线索:赫卡式的出场一幕,"全场烟雾缭绕",而当她退场之际,"雾散去,现出爱奥那岛(The Island of Iona)的鸟瞰图景";和德米尔一样,基恩动用了大量群众演员,加入多重场景转换(当然,致力于打造身临其境场景的编辑们也是这样做的)。但是,他确实看重文本准确性,并且把音乐的铺垫过程调整到了第二场,加上一个详尽的脚注,解释尽管这绝非出自莎士比亚,但音乐的引

---

[1] 皇家剧院、考文特花园剧院以及特鲁里巷剧院版本的《麦克白》。获剧院提词本管理者许可翻印,附因区伯德夫人的评论(1808),pp. 3-4。
[2] Cecil B. de Mille,好莱坞著名导演。——译者注

入是"岁月和惯例嫁接在剧本之上的,因此如果把这样强有力的音乐效果省略掉的话,大众或许会认为这是一大损失"。基恩的三重否定表明他无视了文本纯粹性的学术追求,他本人对此感到不安(赫卡忒后来的场景那时候还没有受到猛烈的抨击),但是给出的理由非常有趣。

对基恩来说,《麦克白》不再是一部"歌剧",因为歌剧本身已经发生了重大的变化。威尔第(Verdi)在19世纪40年代创作了歌剧《麦克白》,这是一部音乐剧,基于当时伦敦剧院的众多戏剧版本创作而成,也是无数歌剧版本中最成功的一版。评论家们经常提醒我们,该版与莎士比亚原剧相差甚远。不过,它与过去两百年间的舞台传统却没多少差别。与查尔斯·基恩的演出一样,威尔第的歌剧《麦克白》也是在伦敦西区上演;但第三种有差异性的主要版本由萨缪尔·费尔普斯(Samuel Phelps)搬上了工人阶级聚集的伊斯灵顿区(Islington)的舞台,于1844年到1865年在沙德勒之井剧院(Sadler's Wells)上演。他的剧院主打流行的情节剧,而他复兴了莎剧演出,获得了高度成功,但没有走贵族路线。门房终于又露面了,麦克德夫的儿子之死被演绎为当场被杀,音乐部分也极大地缩减了。但是费尔普斯看重幻象效果,运用大量薄纱来演绎女巫的出现和消失。费尔普斯的阐释似乎基于他对观众喜好的理解,而非顺从学术观点(他无疑是了解这些学术观点的),而他的革新尽管得到了严肃的评论家的注意,在别处却没有什么反响。各种各样的人来观看他的剧作,这似乎是17世纪早期以来在社会阶级构成方面,最接近莎士比亚时代的一版。[1] 19世纪末威廉·波尔[2]更为学院风的演出理念,加上本森爵士[3]经费窘迫的巡演剧团,共同引领了本世纪(20世纪)简约版演出的风气。波尔的文本一点也不像他宣称的那样"纯粹",而他的剧团在郊区剧院登台,与环球剧院的三面式舞台(thrust stage)也几乎没有什么相似之处。他确实复苏了门房的角色,但不是为了一般观众:他的剧团面向一个知识分子与唯美主义者的小圈子。主要是他(而不是费尔普斯),促使20世纪重演版本中最终抹去了赫卡忒的角色。早在19世纪80年代,欧文爵士已经正式委托作曲家重新谱写音乐,唯独保留了原版本中的一个歌队;特里爵士[4]于1911年重演《麦克白》,依然保留了浩大的场面,但是第一次世界大战之后,该剧就一直以最简化的形式上演,几乎与最初的版本一样了。

原初剧本的舞台条件很难重新复原,传统的日光剧场早已被淘汰,而不出意料,尽管现代剧院经常上演《麦克白》,却鲜有成功的案例。偶尔有露天演出,也会被毫不留情地批评为剧目选择失当。吉尔古德[5]和理查德森[6]尽管都演技不凡,也未能救该剧于水火。奥利佛(斯特拉特福,1955年)的演出令人过目不忘,(似乎)主要是因为他

---

[1] Henry Morley, *The Journal of a London Playgoer*(1866; 2nd edn. 1891, repr. Leicester, 1974);第137—139页描述了费尔普斯的演出与剧场观众。
[2] William Poel, 1852—1934, 英国演员, 戏剧导演, 对20世纪上半叶莎剧演出与舞台布景的运用影响深远。——译者注
[3] 弗兰克·本森爵士(Sir Frank Benson), 1858—1939, 英国演员, 剧团经理。对当代戏剧产生了重要的影响。——译者注
[4] 赫伯特·比尔博姆·特里爵士(Sir Herbert Beerbohm Tree), 1853—1917, 英国著名戏剧演员。——译者注
[5] 约翰·吉尔古德爵士(Sir John Gielgud), 1904—2000, 英国著名莎剧演员, 现代戏剧的先锋人物。——译者注
[6] 拉尔夫·理查德森爵士(Sir Ralph Richardson), 1902—1983, 英国著名演员。——译者注

导 读

爆发力十足的表演与燃烧着怒火的眼睛与埃德蒙·基恩相似，也因为他自己独具特色、古怪的语言风格。1974年，崔佛·纳恩[1]于斯特拉特福（后来也于伦敦的奥德维奇剧院）导演了该剧，整个演出的大部分时间剧院灯火通明；这种实验让评论家和观众都深感困惑，而演出全程导演一直没做任何解释。两年之后他重新导演了该剧，这次是在斯特拉特福的一个小剧场——"另一处"剧院（The Other Place），演出不同凡响，大获成功。在这个空间里，不论观众多么全神贯注于中心演出区域，都不可避免地被灯光照亮，因此，他们无意之中和环球剧院的观众一样，以大约同样的方式接受了幻象。在主要剧场演出中强调宗教仪式，很怪异，令人厌烦，而小剧场中和了这种怪异感。因为在几近圆形的一个空间里，宗教仪式好像更有利于剧情的组织。伊恩·麦克莱恩（Ian McKellen）和朱迪·丹奇（Judi Dench）出演了五场，而演出之所以令人如此难忘，演员只占了小部分原因：尽管很多观众上学的时候就吃尽了阅读和学习该剧的苦头，也算是对《麦克白》烂熟于心了，却仍然不由自主地身体前倾，急于看到接下来会发生什么。事实证明，塞缪尔·约翰逊的判断是正确的：该剧的成功之钥是极具张力的叙事，而不是主人公的性格。

剧中叙事主要不是把事件当成事实来处理，更多展现的是创造了这些事实的幻象，最重要的是，叙述了那些创造了一个暴君，并且把他和受害者都毁灭的幻象。"真实的（what is）"变得完全含混不清，

---

[1] Trevor Nunn，1940— ，英国导演。——译者注

令人恐慌,反而是"虚无的幻影(what is not)"完全主导着事件的进程。马尔康的"胜利"理应带来的盛况,与《皆大欢喜》结尾的重归于好一样地敷衍了事:爵士国戚们也许对角色承袭了英国封号,受封为伯爵而深感满意,但是观众不会买账。剧终,留给我们的画面是一颗被砍掉的人头:该剧的戏剧化胜利应该利用令人目眩的幻象来加强,而不是削弱这部兼具个体性和政治性的悲剧。该剧在小剧场大获成功;在大剧院却依旧反响平平。1967年彼得·霍尔爵士[1]和约翰·拉塞尔·布朗[2]在国家剧院尝试重新引入赫卡忒,但是无功而返,主要是因为剧院的结构使其缺少实现演员空中飞行的条件,而他们发现这一点时已经晚了。但是在条件合适的剧院里,肯定有充分的理由重新演绎达文南特的版本,抛开对主要人物的改编,他那些源于詹姆士一世时代的音乐场景与对开本文本相得益彰,这一点在18世纪和19世纪都已经得到证明。出于与莎翁剧团同样的原因,我们需要有不止一个版本的《麦克白》,来服务两种截然不同的剧院。

五、文本

莎士比亚全集第一部对开本面世于1623年,当时只收录了《麦克白》的一个早期文本。伦敦杰加德(Jaggard)出版社花了三年的

---

1 Sir Peter Hall,1930—2017,英国演员,导演,皇家莎士比亚剧团创始人。——译者注
2 John Russell Brown,1923—2015,著名莎士比亚研究学者。——译者注

导 读

时间筹备出版全集，而《麦克白》很可能是 1623 年第二季度付印的。这部早期的《麦克白》是莎翁最短的一部悲剧，也是除了《错误的喜剧》和《暴风雨》之外最短的一部莎翁戏剧。整体来说，这个文本非常好，几乎不需要做文字上的修订。而且因其提供了充分的舞台指令，通常认为该版是从剧院提词本中衍生出来的，可能来自一个副本，所有在演出中删掉的部分都没有收录其中。

这样一来存在两个问题：第一个是台词的行数，台词明显没有正确地分行，因此看上去像是不规则的诗文；其中很多行都可以很容易重新编排，而且看起来并无不妥。第二个问题是第三幕第五场到第四幕第一场的场景顺序——包括了赫卡忒出场的部分——存在几处混乱，其中舞台指令尤其不充分，老实说，如果不稍做调整，根本没法表演。

1. 分行

查尔顿·辛曼[1]对莎翁第一对开本做了里程碑式的研究证明，确认《麦克白》的版面是由两位主要负责该剧的排版工设定的。文献研究称这两人为排字工 A 与排字工 B。排字工 A 负责该剧上半部的排版，直到第三幕第三场，排字工 B 负责其余部分，从第三幕第四场一直到剧终。在开始自己的那部分之前，B 还帮助 A 做了 2¼ 页的排

---

[1] Charlton Hinman, *The Printing and Proof-Reading of the First Folio of Shakespeare*, 2 vols. (Oxford, 1963), ii. 358-363.

版。很明显，他们把单个文本对半分开，各自处理手头的半部戏剧。《麦克白》开工的时候，《科利奥兰纳斯》的排版还没完工，而他们能够同时处理两个文本；但是《科利奥兰纳斯》完成之时，下一部悲剧（《哈姆雷特》，很久之后才付印）显然还没有准备好，这就是为什么排字工 B 能够有时间帮 A 排字，还能够同时翻阅 A 那一半的手稿，之后再继续自己部分的排版工作。

这点很重要，因为分行问题几乎完全出在该剧的前半部分，即排字工 A 负责的那部分。关于他的排版习惯，最近的研究关注的是词句的不准确，但是有证据证明他已经形成了独特的处理分行的习惯。B 可能对词句有点自以为是，总倾向于替换成自己的话，但是他显然对韵文台词不敢怠慢，甚至（如大多数后来的编辑所做的一样）会把剧中精彩的无韵体当成糟糕的韵文来排版。我认为，在他排版的文本中，仅有的分行问题就出自这种地方。而 A 好像完全不通节律，把诗行排得似是而非，甚至有些不是诗文的部分也当成诗文进行分行。

对开本是以两栏的版式印刷的，这意味着很多时候没有足够的空间放置长句子，尤其是一段台词的开头，说话者的名字还要占据额外的空间（他们没用页边空白部分）。针对这个问题，两个排版工采取了相同的处理方式：他们把这一行剩下的词句排到下一行的开头，开头字母用大写，就好像是一个新的诗行。不过在此共同的基础上，B 和 A 还是略有差异：B 只把剩下的词句印出来，然后在新的一行，准确开排下一句完整的诗句。而如果一行太短，A 会用后面一行的字句来填充，可能会出现多达十行的台词，都被随意断句，看似诗行，但完全不合韵律，之后才又重回正轨。

现在很清楚，A、B两人共用的手稿没有任何问题，问题完全来自 A 的坏习惯。改正分行问题通常相当简单，只要编辑们就如何校勘达成一致意见就行了；但有时候又没有那么简单，主要是因为《麦克白》剧本中有相当多的半行或者短行。少数几处，编辑们近三个世纪都没有对如何修订达成共识，而这些在舞台上演出的时候，听上去没什么问题，所以这些地方我就保留原样，不做修改了。

2. 第三幕第五场到第四幕第一场

这里存在着两个主要的问题：第一个，也是最著名的一个问题，关系到所有与赫卡忒有关的素材。第二个问题关系到一处明显的矛盾：第三幕第六场麦克白显然知道麦克德夫已经逃走了，而到了第四幕第一场末尾，他得知此事，却异常震惊。这两个问题互不相干，但来自本剧的同一部分，而且与该剧本格外缺少舞台指令这一特点联系起来，这部分文本就明显呈现出一丝异样。该剧其他部分的一些段落被怀疑是后来添加的，较出名的有第四幕第三场有关瘰疬（the King's Evil）的插曲，主要的依据是，如果删掉这一段，文本完全前后连贯。但是，正如缪尔所指出，这一插曲有明显的戏剧效果，而且我们拥有的文本本身是连贯的。第三幕第六场与第四幕第一场的特殊问题，是如果这两场保持现状，演出根本没法进行。因此，这两场与第三幕第五场一起,形成了迥异于其他任何部分的一个整体。这些完全是排版工 B 负责的部分,但是这种缺乏条理的排版和他已知的任何一种习惯都对不上,因此问题肯定来自他用到的手稿。这三场用到的素材好像包含了一个修订本的暂定稿,还没有整理成适合演出的定稿。

这很有可能是因为后来决定要修改这一部分,其主要目的无疑是为了引入赫卡忒式的戏份,但还有其他目的。第三幕第六场非常精彩,列诺克斯和"另一贵族"因为互相猜忌,说话躲躲闪闪,含糊其词。台词一直非常连贯,但之后就令人困惑不解了。对开本这样写道:

> 这一个消息
> 已经使我们的王上[1]大为震怒,
> 他正在那儿准备作战了。
>
> (第三幕第六场)

这里王上指的肯定是英格兰国王,在前文已经描述过他了。但是在几行后,列诺克斯问道:"他有没有差人到麦克德夫那儿去?"这里的"他"肯定指麦克白,尽管本场从"被这暴君篡逐出亡的邓肯世子现在寄身在英格兰宫廷之中"之后就没有提到他了。如果是要向英格兰国王爱德华报道消息,那么麦克德夫肯定已经到了英格

---

[1] 原文为"their King",朱译为"我们的王上"。——译者注

兰,但是列诺克斯还在后文祈祷天使飞到英格兰,加速传播麦克德夫的消息。

为了解决这个问题,汉默把"他们的王上"修订为"王上",来意指麦克白,而不是英王忏悔者爱德华[1],后来的大多数编辑都遵循了他的修订。但是此处唯一讨论的是爱德华,观众很难理解这个转换。另外,在第四幕,是爱德华在备战,而不是麦克白。最后,这个修改使故事变成了麦克白铁定知晓麦克德夫逃亡的消息,而第四幕第一场显示他又毫不知情——他当时的震惊竟然是装出来的,这让人难以置信。

在剧院里,第三幕第六场(遵循达文南特的改写)经常被完全省略,或者略加剪辑,附加到第四幕第一场的结尾之处——确实有人认为这才是这一场最初的位置,只是被搬过来放在第三幕第五场后面,用来承接第四幕第一场;不过这一场都被用来分割第三幕第四场和第四幕第一场。缪尔认为,这一场表现的是那些尚未发生且不确定是否属实的事件。第一幕到第三幕时间紧凑,到第四幕时间的概念就不再清晰,其他很多莎剧也是如此。第三幕第六场的合唱,把剧情分开,并且暗示最终的报应;这一场放置在此处,与《李尔王》第三幕第一场的作用非常相似。在《李尔王》剧中,就在李尔王完全发疯,葛罗斯特双目失明之际,肯特和一个侍臣谈的是考狄利娅抵达多佛;[2]

---

[1] Edward the Confessor, 1001—1066, 英国的盎格鲁-撒克逊王朝国王。——译者注
[2] 《李尔王》(1608) 第 8 场。这一场在悲剧《李尔王》(1623) 中也修改过了,在第三幕第一场,法国人抵达多佛的消息换成了讨论国内的探子,这让考狄利娅的行踪变得有点模糊不清(两个版本都收录在牛津版)。

麦克白

《麦克白》中,在麦克白最后一次与女巫见面,决心公然屠戮麦克德夫全家之前,列诺克斯和另一个贵族正在讨论英格兰出兵、苏格兰起义相关事宜。我认为在原处略做调整,可能删掉"这一切都是我们现在所渴望而求之不得的。这一个消息已经使我们的王上大为震怒,他正在那儿准备作战了。"就更好了,尽管这样依然留了一些令人不解之处。

赫卡忒的情况又有不同。她的出场和台词,很大程度上已经被编辑否定了,尽管在舞台上,她的戏份却些许增加了,成为《麦克白》歌剧改编发展的核心。在 21 世纪之前,赫卡忒的歌舞场面一直都雄霸舞台。借助舞台机械道具,她从天而降,神通广大,与命运三姐妹的台词风格截然不同;除此之外别无差异,但是《辛白林》中的朱庇特,《暴风雨》中的刻瑞斯与众女神也都一样,与剧中其他人物的话风差异明显。指摘她的戏份对剧情没有任何推动,甚至都算不上是一个充分的反对理由,因为她的出场其实提升的是观剧效果,而不是叙事效果,而且她主导了最重要的幽灵现身的场景,这样的安排合情合理。第三幕第五场,她对命运三姐妹的斥责可能有点晦涩难懂,但是这有助于彰显她的地位,好在第四幕第一场调度幽灵,现身作法。第三幕第五场写得特别出彩;其存在的合理性也毋庸置疑。

赫卡忒在第四幕第一场的出场稍嫌逊色:舞台指令没有提示她该如何出场,也没有说"其他三名女巫"姓甚名谁;合唱队伍很快就超过了三人,而且如果此处的"三"只是一个偶然的重复,指的是其他女巫出场,那么可能从一开始就不止三人。不论如何,这三女巫可能

导　读

和命运三姐妹很不一样。这句"大小妖精成环形"[1]，明显感觉与命运三姐妹的形象不符，因此这三名女巫的出场使唱词变得合乎情理了（尤其是如果她们像是第三幕第五场的"小精灵们"一样的少年人）。但是还有其他的反常之处：就在这次赫卡忒与其他女巫出场的前后，台词被分配给了女巫乙，而在其他场次中，她总是跟在一直唱主角的女巫甲之后开口说话。没有舞台指令明示赫卡忒何时下场，除非她和其他人一起，按照整体指令在跳舞之后隐去（如何做到？）。在这段时间里，她没有说一个字。女巫甲最后的终场白与她平时的语风不同，却完全是赫卡忒的口气。可能是重新给女巫编了号，因为赫卡忒一度在舞台上变成了"女巫甲"，而女巫甲相应地变成了"女巫乙"；这可能解释了为什么女巫乙地位突然得到了提升，也解释了为什么非赫卡忒莫属的终场白却给了女巫甲。但是中间幽灵现身的场景中肯定没有给女巫重新编号，因为甲乙丙的顺序如常，没有一个新加入的"女巫丁"。[2]

第四幕第一场赫卡忒的露面明显像是场景改写的结果。原来没有写到她，但是又不能干脆把她删掉，因为显然（就像在第三幕第六场）删掉了一些原来的素材，才把她添进来：女巫乙还是会不按顺序说话，没有谁来回应麦克白最后一个呼求。而假如她在第四幕第一场是不请自来，那么第三幕第五场也应该是后加的素材，可以直接删

---

[1] 原文为"like elves and fairies in a ring"，elf 指小精灵，fairy 为小仙女，与命运三姐妹造型不一致。——译者注
[2] 参见 E. B. Lyle, "The Speech-Heading '1'in Act IV Scene 1, of the Folio Text of *Macbeth*", *The Library*, 25（1970）, pp. 150-151。

掉——20世纪舞台上通常就是这样做的。

第三幕第五场和第四幕第一场的歌曲，对开本只是提了一下开头的几行。这是另一个反常之处，因为剧本中其他所有的歌曲都给出了全文。更为奇怪的是，这两场的文本都能在米德尔顿的戏剧《女巫》（*The Witch*）[1]的一份手稿副本中找到；该剧有好几处与《麦克白》互为呼应，而且其中寻欢作乐的粗俗场面似乎是对莎士比亚戏剧的戏谑模仿。几乎一模一样的歌曲文本出现在1674年达文南特的《麦克白》改编本中，因此很明显，这些歌曲与《女巫》一剧的紧密联系贯穿了整个17世纪。第三幕第五场的歌曲，也包含在与《女巫》手稿同时期的两部琉特琴歌曲（lute songs）手稿集内，以及1673年付印的一个《麦克白》四开本中。

有关这些场景，有太多未知之处，无法确凿地猜测出其起源何在：何时引入了赫卡忒这一角色，米德尔顿何时写作了《女巫》，第三幕第六场为什么一直没有修改好，尽管没人质疑这是莎士比亚的手笔，还有为什么这些歌曲没有全文印出来。接下来导读将讨论日期与作者问题。我能提供的最简单的解释，是莎士比亚和米德尔顿合作改写了该剧，米德尔顿贡献了歌曲，可能还有赫卡忒的台词，而没有完全改好，就并入剧院使用的提词本了。在第一个情况中，歌词可能早就到了音乐家手里，但是在某个时间点这些歌词肯定和其他歌词都在一起，不然达文南特就找不到它们。奇怪的是，对开本的出版商却拿

---

[1] Bodleian Library, Oxford, Malone MS 12; ed. W. W. Greg and F. P. Wilson, Malone Society Reprints (Oxford, 1948-1950).

不到这些歌词。此处的猜测是莎士比亚同意加入赫卡忒的素材,尽管这不是他自己写的。我觉得这好像最有可能。

3.《麦克白》的简短

《麦克白》的文本异常简短,已经被归为两个原因:第一,它源于一个演出精简本(通常认为这个剧本是为一次献给王室的演出而备,但这一猜度并无任何依据,也不太可能成立);第二,因为简洁是《麦克白》一剧的语言特征,因此也是整体结构的特征。

第二个原因我不以为然:《麦克白》的语言当然是独特的,而且既言简意赅,又锻造精密,展示出非凡的造诣,尤其体现在极其复杂的独白之中;但是,几处宫廷场景中冗长乏味的客套话,还有诸如马尔康与麦克德夫在第三幕第四场的对话,同样用了貌似高妙的语言。在莎士比亚更长的戏剧中,尤其是后期戏剧中,也存在同样的问题。

另一方面,如我之前所言,这个简短剧本确实像从一个经过剧院删改的副本发展而来的(与现在一样,那时候出版商惯常的做法是忽略剧场的删减版,尽可能多的还原作者原文)。也有可能是审查者[王室节庆主持人(the Master of the Revels)]要求删减或者改写某些段落,因为该剧触碰了政治敏感问题。但认为剧本材料,甚至整个场景的丢失是因为被审查删除的,这没有说服力,也不应该如此;因为剧场一般不删掉任何有重要叙事意义的素材,最终保留下来的一定是一个完整的演出剧本。正如《哈姆雷特》的"糟糕的四开本"肯定来自演出用的脚本，如果用更加准确的字句加以还原，也将会只比《麦克白》长一点点而已，几乎没有人会注意到省略了什么。所以我认为，《麦克白》之所以简洁，完全是因为它脱胎于演出脚本。

对此，我的结论是，今天我们手上的这个剧本，大体而言是一个大约于 1610 年至 1620 年演出的完好版本，尽管不够完美。在其背后，依稀可见一个更早版本的轮廓，那时候还没有赫卡忒的戏份。不过，就算我们想，也回不到更早的版本中了，其中一些部分早已经丢失，或者历经改编。

我认为没有必要寄希望于回归到更早的版本：过去认为编辑应该像考古学家一样，挖掘作者"原本的意图"，这种看法其实并不合理，因为在搬上舞台之前，戏剧并没有最终明确的意图，而在重新上演的时候，意图又会有改变。过去如此，现在亦然：贝克特的《等待戈多》至少有两种印本，米勒的《坩埚》至少有三个版本。不论哪个剧本，只要演员手中版本不一，排练都无法进行。一些流传下来的莎翁戏剧有两种早期版本的，例如《理查三世》和《哈姆雷特》，也会遇到相同的情况。而在牛津新版《莎士比亚作品全集》中，《李尔王》就包含了两个不同的全本。我们需要了解的，是手头现有的文本有什么用：我认为《麦克白》的现存版本忠实记录了早期某个历史时刻该剧的真实面貌。剧本编辑能做的不可能超出这个范围，因为真正的决定权掌握在表演该剧的剧团手中：他们将不得不对剧本做出一些调整，决定是保留还是删除赫卡忒的戏份。毫无疑问，任何一次表演都会包含更多的删减与调整，以适应人物表、剧场，最重要的，是要适应所处的各不相同的社会背景。在这一过程中，很可能就会有新的发现。

六、米德尔顿与《麦克白》的修改

早在1869年克莱伦顿（Clarendon）的版本面世以来，就经常有人提出，米德尔顿与《麦克白》第三幕第五场与第四幕第一场赫卡忒的台词部分有关。米德尔顿也疑似插手了该剧其他部分，而从克莱伦顿到威尔森，编辑们都有同感，认为这几处写得"明显逊色不少"（克莱伦顿），或许出自同一个"蹩脚写手"（威尔森）。尽管米德尔顿是一位专业性极强的剧作家，还是有可能与其他人（包括莎士比亚）一样，写出稍欠火候的作品，但是他最好的剧作绝对跻身巨作迭出的时代佳作之列。不论是什么原因导致米德尔顿与《麦克白》连在了一起，都无关写作功力。最初提到他的名字，是因为《女巫》中的歌曲。在保存至今的《女巫》手稿中，他在前言的一个注释中承认，这是他的作品。

19世纪末20世纪初，学界大肆渲染一种作者与作品"分裂"的风气，这种分割在之后的很长时间内销声匿迹，而现在，对作者身份的研究兴趣又回归了。文本比作者（们）是谁肯定重要得多，但是令人震惊的是，作者归属依然引起了评论的偏见。在纽约，电脑一度被认为可以用来更全面、更精密地查证数据证据。盖瑞·泰勒在《牛津莎士比亚作品全集的文本指南》(*Textual Companion to the Oxford Complete Works*, 1987)中,细致梳理了目前所有的信息,发现只有一种测试特别有价值,可以判断真实性。所谓的"功能词汇(function words)"在英语中具有足够的独特性,可以用来鉴定其使用者;而莎士比亚在使用"但是、通过、因为、不、因此、而、这个、到、与"[1]等词的时候,明显体现了前后一致的习惯。如果与他的用词规范偏离太多,就可以表明有另外一个作者的存在,尽管没法鉴别出是出自谁的手笔。泰勒用了一套极简的核心经典作为参照系,这套作品不包括那些曾被普遍质疑有可能出自多人之手的剧作。他从中排除了《麦克白》。显而易见,把该剧包括在核心经典之列的话,会影响测试数据结果,但影响微乎其微,因为被放入评估体系的多达31部作品。诸如赫卡忒那样简短的段落,不足以引起概率的变动,但是把去除了赫卡忒的《麦克白》与核心作品对照,他发现统计数字"呈现出了一丝异样(arouse some anxiety)":"高频使用莎士比亚不常用的'通过(by)'这个词,显示该剧其他部分在用词上很可能已经受到了改编的影响。"

这一观点在 R. V. 霍尔兹沃斯博士即将出版的专著中得到了肯定,本书围绕米德尔顿与莎翁的合作展开。霍尔兹沃斯慷慨地拿出数小时的时间,给我列出他用到的素材。其中主要是对于米德尔顿在用词偏好上的回应,包括舞台指令与戏剧语言。霍尔兹沃斯详尽地研究了以

---

[1] 原文为"but, by, for, not, so, that, the, to, with"。——编者注

导 读

"A 上场，见 B"这样精确的形式出现的舞台指令。大多数剧作家，包括莎士比亚在内，倾向于避免这种惯用语，也许是因为这样一来，到底"B"也同时上场，还是早已经在台上，就语焉不详了。他们更喜欢用的是"A、B 分别上场"或者"A 从一侧门上场，B 从另一侧门上场"。米德尔顿广为人知的 22 部剧作与假面剧中，有 10 次出现惯用语，其中包括《棋局》(*A Game at Chess*) 签名手稿的两处。这 10 次全部表示"B"也同时上场。1580—1642 年，在其他 634 部剧本中（包括有舞台指令的假面剧和表演），这种惯用语只有 27 处，很多都在海伍德（Heywood）的剧本中，而其中 10 处表示"B"已经在场了。其余的 17 处，有 3 处来自莎士比亚的剧本：一处出现在《雅典的泰门》中（在霍尔兹沃斯认为是米德尔顿写的一个场景中），另外两处都在《麦克白》中，分别位于第一幕第二场与第三幕第五场的开头。霍尔兹沃斯收集了文本中很多与米德尔顿的作品对应的词组和惯用词；他认为，单拿出哪一个都不具有说服力，但是合在一起就有分量了。他似乎尤为关注两处念白：第一幕第二场流血的军曹的台词，还有第四幕第一场麦克白在众幽灵消失后的独白。其他类似的惯用词就零零碎碎散见于文本中了，霍尔兹沃斯也没有在《麦克白》中发现《雅典的泰门》中那样清晰的两位剧作家的合作模式。过去经常有人怀疑第一幕第二场并非莎翁与米德尔顿合作写成，但是给出的理由并不令人满意：军曹 / 中士说话无章可循，仅仅是由于排字工 A 的无知，而使语体上产生反差，让一个身负重伤的人口中说出传令官的经典辞令，明显具有戏剧效果。麦克白的独白通常没有引发质疑，但是当然也有可能是在霍尔兹沃斯改写了第四幕第一场之后，结尾也需要相应做出一些调整。

毋庸置疑，剧中的歌曲与米德尔顿有关。霍尔兹沃斯发现，米德尔顿惯常照搬自己的素材，很少用到别人的东西。在《女人以外的伪装者》(*More Dissemblers besides Women*，1619) 中，他照搬了自己早期剧本中的两首歌——《奇普赛德贞洁的少女》(*A Chaste Maid in Cheapside*，1613) 以及《寡妇》(*The Widow*，约 1616)。如果霍尔兹沃斯其他的证据得到了多方认可，将能够证明，米德尔顿确实与《麦克白》的改写有关。他可能在其他时间插手了该剧，同时并入了自己的新素材。但是在一部无疑由莎士比亚主笔的戏剧中，米德尔顿竟然改动这么多处，个中缘由依然神秘难解。

七、日期

1. 原剧

自从 18 世纪末马龙[1]作出鉴定以来，通常认定《麦克白》写于 1606 年。而绝大多数评论家都发现，《麦克白》的创作时间与莎翁其他剧作紧密相关，其紧接《李尔王》之后，与《安东尼与克莉奥佩特

---

[1] 埃德蒙·马龙（Edmund Malone），1741—1812，爱尔兰文学批评家，莎士比亚作品编辑。——译者注

拉》接近。间或有人想尝试证明存在更早的版本，但都缺少说服力。没有证据证明本剧不是写于1606年，但也几乎没有证据来支持这个时间点。1603年詹姆士一世即位之后，公众对苏格兰的兴趣增加了，但这并不一定表明《麦克白》创作的时间要晚于1603年，因为关于他即位的议论早已有之，而他的母后玛丽王后在1587年被处决前后，一直都是一个饱受争议的著名人物。霍林斯赫德的《苏格兰编年史》（Chronicle of Scotland）首次出版于1577年，1587年得以再版（与莎士比亚用过的版次相同）。麦克白的故事列入其中，主题似乎是关于麦克多白（Macdobeth）的一首今已佚失的民谣。1596年8月27日的"书商公会（Stationers' Register）"提到了这首民谣。1600年凯姆普（Kemp）的《九日奇迹》（Nine Days' Wonder）中也提到了它："我遇到了一位品行正直的年轻人……一位名不见经传的小诗人，处女作关于麦克多尔，要不就是从哪儿搬来的麦克多白的悲惨故事，我确定是某位姓'麦克'的老兄，但我从来没想看一眼。"[Ed. Dyce（1840），第21页]

因此，没有理由认为《麦克白》与1603年詹姆士一世的即位特别相关，但是三个小小的典故，确实把创作日期推向1606年。这一年，英国耶稣会会长（The Jesuit Superior in England），亨利·加奈特（Henry Garnet）神父因卷入1605年11月5日的火药案件（有人图谋在国会上把国王炸死），于1606年3月5日被审判。经查，加奈特在证词中捏造了大量的伪证，为自己开脱，在自我辩护中含糊其词。他于1606年5月3日被实施绞刑，他手按《圣经》发伪誓的行为，成为当时政治辩论的一个普遍辩题，国王自己也参与其中。18世纪，沃尔伯顿（Warburton）指出该事件与第二幕第三场门房晦涩的暗示存在关联："一定是什么讲起话来暧昧含糊的家伙，他会同时站在两方面，一会儿帮着这个骂那个，一会儿帮着那个骂这个；他曾经为了上帝的缘故，干过不少亏心事，可是他那条暧昧含糊的舌头却不能把他送到天堂去。啊！进来吧，暧昧含糊的家伙。"这一段看起来肯定有弦外之音。据说加奈特在狱中借酒消愁，被指控与朋友沃克斯夫人（Mrs Vaux）私通，这可能体现在这一段："所以多喝酒，对于淫欲也可以说是个两面派：成全它，又破坏它……结果呢，两面派（an equivocator）把它哄睡了，叫它做了一场荒唐的春梦，就溜之大吉。"莎士比亚在别处鲜少使用"暧昧含糊（equivocate）"一词，但在本剧中他确实又用了一次。第五幕第五场，麦克白回应勃南森林在"移动"：

> 我的决心已经有些动摇，我开始怀疑起
> 那魔鬼所说的似是而非的暧昧的谎话了；[1]

此处这个词用得中规中矩。说起来，没有更常用到这个词，反而更叫人奇怪，因为完全可以把暧昧含糊（equivocation）看作本剧一个根本主题。麦克白从第一幕第三场首次亮相之际，就含搪塞自己的良

---

[1] 原文为"I pull in resolution, and begin/To doubt th'equivocation of the fiend/That lies like truth"。

导　读

心；麦克白夫人在第一幕第五场，以及之后的戏中，一直犹疑躲闪自己的人性；命运三姐妹所有的预言都模棱两可；马尔康、道纳本，所有的爵爷，包括班柯，在邓肯遇弑之后的台词；马尔康在第四幕第三场与麦克德夫的交谈等，众人都言顾左右，闪烁其词。尽管剧本中只有话中有话的门房直接与此事相关，我们依然可以想见加奈特审判案在神学与政治领域造成的轰动，这也是本剧中心思想的一个灵感来源。因此，本剧不可能完成于1606年5月之前。考虑到多年以后这一事件依然令人记忆犹新，剧本完全可能完成于这之后的任意时间。

第二个影射更加站不住脚。霍林斯赫德列出了马尔康的一些举措，即对支持他起义反对麦克白的爵士们表示感谢。莎士比亚仅仅选择了其中之一：

各位爵士国戚，
从现在起，你们都得到了伯爵的封号，
在苏格兰你们是最初享有这样封号的人。

（第五幕第七场）

"伯爵"是英格兰的封号，詹姆士一世给他苏格兰的拥趸大量晋封英格兰爵位，频频招致讥讽，但是封爵对他实现联合各王朝的野心非常必要。查普曼在《博西·德·安布瓦兹》第一幕第二场第54行提到了这件事。1605年，他与马斯顿和琼森因为在《嗬，往东去！》

（*Eastward Ho*！）中提及此事，获罪入狱。如果莎士比亚也同样在剧中暗示此事（好像之前无人讨论过这个暗示），那么他更为慎重，而且因其历史性，更不容易引起反对。但很可能他此处借用了同一个历史事实。如果是这样，这就奇怪地与通常观点形成了一致，认为该剧意在颂扬詹姆士一世，下文将对此展开充分的讨论。虽然该剧肯定戏剧化了苏格兰王朝，展示了斯图亚特的家系，但是初衷并不是为了大费周章地曲意奉承詹姆士一世。有人认为该剧是为宫廷演出而设计的，这更没有可能，而且没有任何证据显示该剧于1606年8月7日为丹麦国王表演过。确实，第三个影射更加具体，却同样没有可信度。

在第一幕第三场，命运三姐妹想尽办法，图谋报复曾经出言不逊的水手妻子，"她的丈夫是'猛虎号'的船长，到阿勒坡去了"（第一幕第三场）。哈克卢特（Hakluyt）[1]以及他的传人普尔卡斯（Purchas）[2]列出了所有名为"猛虎号"的船只的多次航程，从偶尔提及的船的吨位来判断，在1564—1606年，"猛虎号"应该至少有三次航程：一次是50吨位的，一次是140吨位的，一次是600吨位的。可能还有更多的航程，不论如何，很明显"猛虎号"是船只常用的一个名字，而命运三姐妹可能只是随口一提。但是看上去有两次航程确实与剧本有些关联。第一次是在1583年，一次野心勃勃地驶往叙利亚海岸的黎

---

[1] *The Principal Navigations Voyages Traffiques and Discoveries of the English Nation*, 1598-1600, 12 vols.（Glasgow, 1903）.
[2] *Hakluytus Posthumus or Purchas his Pilgrimes*, 1625, 20 vols.（Glasgow, 1905）.

导 读

波里（Tripolis on the coast of Syria）的商业远航；约翰·埃尔德雷德（John Eldred）和其他人从的黎波里继续启程，从陆上前往巴格达。在那里他们沮丧地发现，没有钱什么都干不成。整整过了五年，他们于1588年自的黎波里乘坐"赫拉克勒斯号（Hercules）"无功而返。1583年5月，埃尔德雷德、约翰·纽伯里（John Newberry）、拉尔夫·菲奇（Ralph Fitch）都在不同时间，通过"猛虎号"的事务长从阿勒坡（Aleppo）寄回家书（他可能跟他们一路到了此地）。阿勒坡一直以来不靠海，但是哈克卢特[1]书中事件的叙述都很随性，所以几乎很容易看出错误是如何产生的（这次航程有异常广泛的文献记录，令人瞩目）。另一段"猛虎号"的航程是在多年以后了，这在普尔卡斯的书中有详细记载。[2] 1604年12月5日，"猛虎号"从怀特岛的考斯（Cowes in the Isle of Wight）启程，前往远东。在历尽了风暴肆虐、海盗猖狂、灾难重重（有他们自己的经历，还有其他人的）的艰辛历程后，终于抵达日本。"猛虎号"的"幼崽号（Tiger's Whelp）"——一艘小救生艇——在一次暴风雨中失踪了，但它幸免于难，最终重归船队，这可能是剧中关于命运三姐妹法力有限的重要一笔的来由：

他的船儿不会翻，
暴风雨里受苦难。

（第一幕第三场）

---

1 Op. Cit. Vi. 1-9, v. 455, 465.
2 Op. Cit. Ii. 347-366.

麦克白

船队的残兵剩勇于 1606 年 6 月 27 号最终驶入了西南威尔士的米尔福德港（Milford Haven in south-west Wales）。E. A. 卢米斯（E. A. Loomis）指出，如果不算上进出港口的天数，他们共离开了 567 天，等于 7 乘以 9 再乘以 9，正如命运三姐妹魔法念唱的那样：[1]

> 一年半载海上漂，
> 气断神疲精力销；[2]

（第一幕第三场）

这一巧合令人惊讶，不容忽略。如果这几句确实另有所指，那么这一段就不可能写于 1606 年 7 月之前（消息抵达伦敦也需时日）。假如莎士比亚是按照时间顺序写作的（我们对此一无所知），就不可能早于这个时间开始动笔。像这样的典故，或者门房话中对加奈特事件的暗指，是完全可以事后添加到剧中的，但是这两处都不像是后来附加的，都与剧情有着根本的关联性。

这意味着相较于人们通常认为的时间，剧本应该于 1606 年更晚的某个时间完成。如果想象中的 8 月份宫廷演出没有发生，那么这一推测就非常有可能。弗尔曼于 1610 年或者 1611 年在环球剧院观看该剧，没有令人信服的证据显示，《麦克白》最近的演出日期是在此之前哪一天。有人提出 1607 年有三部剧与《麦克白》呼应，但是没有一

---

[1] E. A. Loomis, "The Master of the Tiger", *Shakespeare Quarterly*, 7（1956）, p. 457.
[2] 此为朱译，原文直译为"七个疲倦的夜晚，九倍再乘以九，他将沉沉浮浮，日渐憔悴"。——译者注

部经得起细查。现在可以确定《清教徒》(The Puritan)是米德尔顿的剧作[1]，1607年8月6日收录在书商公会的条目中。在该剧第四幕最后，一具死尸站起来了，高德弗雷爵士(Sir Godfrey)对郡督说："我们不用小丑，要让白色尸布裹着的鬼坐在上座。"此处并非强烈暗示这是班柯的鬼魂，而霍尔兹沃斯已经指出，米德尔顿早在讽刺剧《黑名册》(The Black Book，印刷于1604年)中，就让一个鬼魂"坐在……上座"。《语言》(Lingua)，一部作者不详的寓言式喜剧，收录在书商公会1607年2月23日的条目中（1606年的旧风格）。剧中有一处梦游的场景，但是与麦克白夫人的梦游场景没有紧密的相似性。之后的探讨都是基于斯卡里格(Scaliger)的观点，除了《麦克白》中医生对麦克白夫人梦游的诊断。博蒙特(Beaumont)的《燃烧的杵的骑士》(The Knight of the Burning Pestle)在第五幕第一场第18—28行，有一个段落与麦克白遭遇班柯鬼魂的情节相似，但是该剧直到1613年才付印，并且其最初的上演时间未知；缪尔认为"可能于1607年上演"(p. xvii)，但是M. 海特威(M. Hattaway)在新美人鱼版(New Mermaid edition, 1969)中更倾向认为该剧于1608年上演，但也强调没有定论。

在前面的导读中，我提出《麦克白》是为环球剧院创作，后来才考虑搬到黑衣修士剧院。如果该观点成立，那么该剧的最晚创作时间可能会是1608年，更有可能早于这个时间。通常推测该剧完成时间

1　D. J. Lake, *The Canon of Thomas Middleton's Plays*（1975），pp.109-135；雷克确认该剧完成于1606年。

要早于《安东尼与克莉奥佩特拉》，后者收录于 1608 年 5 月 20 日的书商公会条目中。巴纳比·巴恩斯[1]的悲剧《魔鬼的契约》(*The Devil's Charter*) 于 1607 年 2 月上演，明白无误地提到克莉奥佩特拉死于角蝰毒液。但是剧中既没有与莎剧语言上的呼应，克莉奥佩特拉的故事又是家喻户晓的。如果他暗指莎士比亚的戏剧，那么《麦克白》与《安东尼与克莉奥佩特拉》大概都写于 1606 年下半年。考虑到莎士比亚的多产，这并非没有可能，但是即便是莎士比亚也难以应对这样的工作强度。判定两剧孰先孰后的唯一证据，是作格律和词汇的测试，但这两部剧作主题与风格截然不同，创作顺序依旧不好确定。《麦克白》中两次暗示（第三幕第一场，第五幕第七场）可能提到了《安东尼与克莉奥佩特拉》一剧，但也可能仅仅是基于普鲁塔克的回忆。

我的结论只能说是一种推测：《麦克白》可能写于 1606 年下半年；无疑与《安东尼与克莉奥佩特拉》完成的时间接近，但是孰先孰后，我不能断言。

2. 改写的版本

剧中何时引进了赫卡忒以及她的歌舞团队，完全取决于《麦克白》与《女巫》之间的关系，因为这些歌曲在两部剧中都出现了。

---

1 Barnabe Barnes，约 1571—1609，英国诗人。——译者注

导 读

《女巫》的手稿是拉尔夫·克莱恩（Ralph Crane）制作销售的，从1619年至整个17世纪20年代，他经常受雇制作戏剧脚本。封面页上描述该剧"上演已久，由国王陛下的仆从在黑衣修士剧院上演"。该剧本包括米德尔顿的致辞，因此相当可信。"上演已久"暗示了1620年之前的一个日期，而国王剧团直到1609年才开始使用黑衣修士剧院。米德尔顿描述该剧，"未曾预料这番劳作（时运不济）[this (ignorantly ill-fated) labour of mine]"，过去用来表示演出失败。但是他接着又说，"女巫们事实上被依法（惩处）了，（我认为）这只让该剧长久以来遭到幽禁，不为人知"。这明显表明，《女巫》不再上演不是因为不受欢迎，而是因为经审查获准上演之后触及了某些法律，很有可能是宫廷发出了不满的声音。这部悲喜剧剧情复杂，讲述一个不受待见的丈夫受巫术摆弄变成性无能，被用来作为"离婚"（取消婚约）的理由。图尔纳[1] 1611年出版的《无神论者的悲剧》（*The Atheist's Tragedy*）用到了这个母题。但是在米德尔顿的剧中，随着故事情节的发展，最有可能暗指的是弗兰西丝·霍华德（Frances Howard）与她的第一任丈夫埃塞克斯伯爵（the Earl of Essex）闹得沸沸扬扬的离婚事件，詹姆士一世也卷入其中。她宣称埃塞克斯伯爵在她面前表现出性无能，但是和别的女性并不这样。有关后面这一点，米德尔顿的戏剧中也有所指涉，而图尔纳的剧中却没有。弗兰西丝与第二任丈夫，南安普敦伯爵（the Earl of Southampton）于1615年被指控谋杀（与离

---

1 西里尔·图尔纳（Cyril Tourneur），1575—1626，英国剧作家。——译者注

婚程序有关的）托马斯·奥弗伯里爵士（the Earl of Thomas Overbury）而受审，定罪为与西蒙·弗尔曼同谋实施了巫术，导致第一任丈夫性无能。米德尔顿认为，巫术是第三方所致。因此 A. A. 布朗厄姆（A. A. Bromham）认为在 1615 年全部案情水落石出之前，米德尔顿就可能已经写完了该剧。[1] 在剧中，情节并没有进行到底，最后几方都协商让步了；安妮·兰开夏（Anne Lancashire）呼吁把该剧作为一个整体进行更为全面的批评研究，这一观点令人信服。她认为该剧的目的是观念的革新，因此应该在 1613 年霍华德离婚请求获准之前，就已经写完了。她援引了一封写于 1610 年的信，信中指称，弗兰西丝意欲毒死埃塞克斯伯爵的谣言当时已经闹得满城风雨。但是兰卡夏接着指出，是图尔纳模仿了米德尔顿，而不是米德尔顿模仿图尔纳，这一点我认为缺少说服力。[2] 按照这个情况，《女巫》也有可能在 1613 年，或者 1613 年之前就早已写好了。但是该剧的创作时间究竟是否早于 1615 年，还是没法定论。从这一年开始米德尔顿经常为国王剧团写剧本。

这里增加一条证据，用来支持该观点。《女巫》中两首歌的曲谱留存至今：其中一首《来吧，赫卡忒》，可能是由罗伯特·约翰逊（Robert Johnson）作曲。另一首曲子是约翰·威尔森（John Wilson）作的，没有用在《麦克白》剧中。约翰逊从 1609 年到约 1615 年为国

---

1 "The Date of *The Witch* and the Essex Divorce Case", *Notes and Queries*, 225（1980）, pp. 149-152.
2 "The Witch, Stage Flop or Political Mistake?" in *"Accompaninge the Players"*: *Essays Celebrating Thomas Middleton*, 1580-1980, ed. Karl Friedenreich（New York, 1981）, pp. 161-181.

王剧团作曲，威尔森则从1615年或稍晚开始。威尔森生于1595年，因此不论他有多么早熟，都不可能在1615年之前就已经受雇于剧团。可以肯定的是，他更不可能在1613年之前就已经为剧团作曲了。

《女巫》和《麦克白》中赫卡忒的音乐素材哪个先写完，这个问题争论已久。最新的观点通常认为《女巫》要早，理由主要有两个：第一，由于《女巫》上演失败，米德尔顿便准备把其中的素材抽出来，用于《麦克白》的改编；第二，这些素材与《麦克白》格格不入，而《女巫》剧中的歌手们又在《麦克白》中获得了戏份，歌曲的内容与剧情相关。第一个理由认定米德尔顿不会从一个成功的戏剧中拿出歌曲，用在其他剧中（虽然实际上他的确这样做过）。第二个理由在我看来似乎两可。戏剧中出现的假面剧的素材通常与剧情没有多少联系；而就算米德尔顿挪用了歌曲，他肯定没有挪用赫卡忒之歌：在《麦克白》中，她是一位盛气凌人的女神，而在《女巫》中，她是舞队活色生香的领舞。另一方面，假如这些歌曲首先出现在《麦克白》中，米德尔顿就应该可以借鉴其中的人物表和主题，在他剧中荤段子频出的巫术闹剧里加以发展。所以我感觉这种先后顺序更有可能，而威尔森与约翰逊一起加盟《女巫》的创作，也证明了我的观点。第二首歌可能基于司各特《巫术的发现》（1584）中的素材，莎士比亚没有采用，但是米德尔顿采用了。但是，这只是一个附加内容，无论如何都不影响当前的观点。如果我的观点正确，赫卡忒的内容是转到黑衣修士剧院演出之后才添加的，那么很可能很早就添加在剧中了；弗尔曼在1610年或者1611年就已经在环球剧院看过了《麦克白》，因此那时可能就已经存在为黑衣修士剧院改编的版本,同样的版本用在两个剧院里。弗尔曼没有提到赫卡忒,但是他也没有提到幽灵,或者幽灵的预言,而这些幽灵肯定在原剧中就写到了。

我的这一结论比关于原剧的推测更为不确定:我认为《麦克白》改写于1609—1610年,而《女巫》写于1615年。

八、来源

"来源"一词没有精确的定义,通常用来指文学素材,即提供了构成莎士比亚戏剧基础的主要内容。但是有趣的是,这个范围正在逐渐扩大,不断有新的素材引入进来。塞涅卡(Seneca)的段落(参见下文第三节)就属于这类情况。我也在第五节增加了关于中世纪戏剧的讨论,以及在第二节讨论斯图亚特王朝的政治,后者本身与文学素材无关,但是由于斯图亚特政治已经被看作该剧"唯一的起因",所以也必须当成来源之一。不论如何,第一节讨论历史叙事,之后自然轮到政治。对一部作品文学来源的鉴定取决于清晰的叙事,或者词句的呼应,又或兼而有之。对其进行文学批评的重要性在于能够使人认识到作者是如何改动素材,使之形成终稿的一部分的。

关于第一、第三节,杰弗里·布洛(Geoffrey Bullough)在《莎士比亚的叙事与戏剧来源》(*Narrative and Dramatic Sources of Shakespeare*,1973)第七部分中,提供了大量的素材和充分的讨论。肯尼思·缪尔在《莎士比亚戏剧来源》(*The Sources of Shakespeare's Plays*, 1977) 一书给出了更为简练的总结。在"人人丛书(Everyman series)"的霍林斯赫德的《编年史》(*Chronicles*),以及 R. 霍斯利(R. Hosley)编辑的《莎士比亚的霍林斯赫德》(*Shakespeare's Holinshed*, New York, 1968) 中有更加简短的节选。而基思·托马斯(Keith Thomas)的《巫术的兴衰》[1](*Religion and the Decline of Magic*, 1971) 一书,则是有关伊丽莎白一世与詹姆士一世时代对待巫术态度的权威论著。

1. 编年史

莎士比亚在写作其他英国历史剧之时,用到了霍林斯赫德1587年面世的《编年史》第二版中关于英格兰和苏格兰的部分。1577年的第一版分为两卷,配有木版画插图;在重印的时候被合并为不带插图的单卷本,后来还增加了第三卷(长度为前两版的总和)。我们没法肯定莎士比亚知道《编年史》中有关麦克白的插图,虽然有一幅插图经常被重印,上面是麦克白与班柯和命运三姐妹见面:两名男人骑在马上,身着伊丽莎白时代的绅士服装,而三姐妹衣着讲究。霍林斯赫德说[2]自己的叙事是对赫克托·伯蒂乌斯(Hector Boethius)的拉丁文《苏格兰编年史》(*Chronicle of Scotland*, 约1527)的翻译,过程中他用到了贝伦登(Bellenden)约于1536年付印的苏格

---

[1] 此为1992年上海人民出版社版本译名。——编者注
[2] *Description of Scotland*(1585—1587),封面页与献词。

兰文译本。[1] 事实上，与其说后者是一部英译本，不如说是基于拉丁文原著的自由发挥。在几处细节上，莎士比亚似乎更接近贝伦登的记叙，而不是霍林斯赫德的，只不过他能够信手拈来将其化为己用。博伊斯和霍林斯赫德都是严谨勤勉的编年史作家，对自己手头很多堪称神话传说的素材却几乎不做评判。但是布坎南（Buchanan）在《苏格兰史》（*Rerum Scoticarum Historia*，1582）中，对以梦兆或巫术为基础的大多历史素材提出了质疑。布洛与缪尔都认为，莎士比亚参考过布坎南的著述，主要基于他对麦克白心理做出的评价，尽管他们承认这些观点可能从霍林斯赫德的记载中早就发展成型了。更无法确定莎士比亚是否参考过约翰·莱斯利（John Leslie）的《苏格兰起源》（*De Origine Scotorum*，1578年罗马出版），或者威廉·斯图亚特（William Stuart）的《苏格兰编年史大观》（*The Buik of the Chronicles of Scotland*）（该书到1858年才出版，詹姆士一世可能拥有其手稿）。莱斯利手绘了斯图亚特宗族的谱系图，一直延伸到詹姆士做王储的时候，当时他的母后依然在世。但是作为第四幕第一场八个国王装束的幽灵出场的来源，还是霍林斯赫德书中提到的更为清晰（布洛的书中没有提及），接下来将会加以讨论。莎士比亚似乎为了一些戏剧的写作而投入了不少研究，但我怀疑他是否为写作《麦克白》做过调研。[2]

---

[1] Ed. E. B. Batho and H. W. Husbands, Scottish Text Society (Edinburgh, 1941)。"Boethius"是苏格兰姓氏博伊斯（Boyis）的拉丁文拼写，他也用半拉丁化的"Boece"。他大约生于1465年，在巴黎大学待过几年，师从伊拉斯谟（Erasmus）以及其他学者，并在回到苏格兰后还与他们有书信往来。他建议阿伯丁（Aberdeen）的主教在当地修建一所大学学院，并于1505年成为第一任校长。他于1536年去世。
[2] 有关博伊斯、布坎南、莱斯利以及斯图亚特，参见 Bullough, pp. 436-442。

导 读

霍林斯赫德试图从一些异常混乱的事件中厘清头绪,来论证"君主"在社会中的核心重要性。但是尽管他煞费笔墨,这些事件看起来还是更像一群部族首领经年混战,只是阶段性地臣服于其中一个称霸群雄的首领罢了。要想坐稳王位,不会比现代首相统领一个基于比例代表制建立的联合政府更容易。霍林斯赫德记录了统治者试图通过立法建立世袭制度的努力,显然认为这是想以都铎、斯图亚特王朝曾采用过的方式来稳定政府。这正好解释了麦克白后半生编年史的重要性,因为这形成了14世纪斯图亚特王朝建立之后,斯图亚特家族自己杜撰的神话家谱的起点。班柯(历史上并无其人)据说为麦克白(历史上真实存在过)所杀,但是他的儿子弗里恩斯逃到了威尔士,诱奸了一位公主,他们的儿子沃尔特后来又逃回了苏格兰,最终因战功赫赫赢得了王室总管(Royal Steward)的职位,擢升高等宫廷侍臣。沃尔特开创了斯图亚特家族的历史,他的职位也世代传袭。后人的姓氏由此而来,霍林斯赫德一直把它拼写为"Steward"[1]。

《编年史》中,麦克白生平的第一部分,是司空见惯的内战外攻。麦克白是一名成功的武将,代表邓肯出战。邓肯作为一位还算年轻的国王,毁誉参半,有人赞颂他热爱和平,有人批评他怯懦无为。莎士比亚对此做了戏剧调整,让邓肯年高而望重,并略去了对他公开的指摘。但是他没有简单地美化邓肯:邓肯倚重他的将领,原因不得而知,但是他接连晋封考特爵士,剧中对此也不无讽刺。霍林斯赫德讲

---

[1] 即"管家",取其职位之意。——译者注

麦克白

述了麦克白第一次遇见"命运三姐妹,也(可以说)就是命运女神,要不就是一些仙女神人,身负未卜先知的异能"(Bullough,第495页)。她们的预言,不论是对于剧情,还是对于班柯后代的神话,都同样重要。麦克白没有再次遇见她们,但他可能借助了一手遮天的权势,也可能从"他笃信无疑的某些巫师(巫师之前的预言都已经应验了)口中得知"麦克德夫会带来威胁。换句话说,他逐渐开始依赖算命的,尚未应验的预言来自"某位女巫,他对她非常信任"。这众多形象被合并成命运三姐妹,明显属于戏剧化浓缩,也从中产生了(有关命运三姐妹究竟是何身份)本质上明显的暧昧不明,她们既像命运女神,也像村子里的神婆。

麦克白的妻子听到最初的预言之际,"全力怂恿他去放手一搏,因为她野心勃勃,欲壑难填,想获封王后"。伯蒂乌斯的描述更为具体,添加了细节,"她经常称他为懦弱的胆小鬼",但是显而易见,莎士比亚是从一个世纪以前霍林斯赫德的叙事中发展出了麦克白夫人的形象。福累斯城堡的军官邓沃德揭发有人施巫术,使国王达夫罹患重病。达夫后来痊愈了,平息了一触即发的叛乱,并处决了他关在城堡的叛匪。邓沃德为他的一些亲戚求情免死,虽未获恩准,却得到了达夫的信任。邓沃德的妻子野心勃勃,一番煽动,加深了他对达夫的嫌隙。在达夫来访之际,他们灌醉了他的两个内侍,邓沃德割断了国王的喉管。事情败露之时,他假装惊惶,杀死了内侍灭口。他对嫌疑犯如此无情,引起了一些贵族的疑心,但是他们不敢挑战他的权力。接下来六个月,日月无光,凶兆四起,马匹互食。

导 读

很明显,达夫之死被添加了一堆神乎其神的细枝末节,莎士比亚拿来用在了邓肯身上,而霍林斯赫德对此只用了一句话加以叙述。霍林斯赫德对麦克白的记叙在第一部分的结尾处,是麦克白在初为国王的十年内,以强有力的统治将国家治理得井井有条。他制定了重要的法规,明显地加强了中央集权,还赋予了家庭中女儿和寡妇有条件的继承权,提升了女性的地位。霍林斯赫德对麦克白的事迹精挑细选,加以褒扬,显然是表达对伊丽莎白一世统治的支持。

麦克白与麦克德夫的不和,包含了一个关于福累斯城堡建成的复杂故事,莎士比亚把它缩减为麦克德夫违抗邀请(命令),拒绝赴宴。但是谋杀班柯,被看作麦克白统治腐坏的开始。霍林斯赫德借用这一罪行,引入了对斯图亚特家族全部谱系的详细记叙,不管是神话传说还是历史真实都包括在内,直至写到玛丽和詹姆士(当时还没当国王),他突然笔锋一转:"但是话说回麦克白,为了陈述史实,也为了接续上文,诸位需了解,自从麦克白设计谋杀了班柯之后,他的统治便由此败落。"似乎其后麦克白多行不义,依据的是斯图亚特家族的神话,而不是既定的事实。

麦克白治国有方的部分,莎士比亚按下不表,但很可能把这一点写到麦克白潜在的性格中。说他完全压缩了麦克白统治苏格兰的年数,却也不尽然。剧中第四幕中的时间尺度发生了剧烈改变,虽然没有直接说明:第一幕到第三幕的时间多多少少是连续的,强调了事件的迅速更迭,但是第四幕第一场(不论有没有赫卡忒)在舞台呈现上就少了那种紧迫感,也没有那么明确的时间性(尽管麦克白在

第三幕第四场表示,想要"趁早"去向三姐妹问卜)。第四幕第三场标志着时间节奏的完全改变;通常认为这里表现出经历了很长的时间(在剧场也确实好像如此),但是时间实际上并没有感觉得那么长,改变了的只是时间的节奏。此后,观众很难说出第五幕发生的事件距离第二幕到底有多长时间。剧场时间极大地取决于舞台的节奏,而莎士比亚经常用一部戏的第四幕来改变整体的时间视角,为之前没有展开呈现的行动赢取整体上的发挥空间。《哈姆雷特》中,王子乖乖地启程前往英国之后,就失去了紧张感。编辑曾经如实地给莎翁的戏剧排出了重大事件一览表,据说《奥赛罗》有"双重时间方案"。

莎士比亚从霍林斯赫德编年史中另一个主要的题外话中,发展出了马尔康与麦克德夫的对话。霍林斯赫德经常从其他地方借用素材,鲜少自己原创。莎士比亚对此做了修辞加工。我不知道这一处是从哪里借用的,这一对话本身是一场技巧娴熟、内容复杂的辩论,但是形式与前文太过不同,阻碍了叙事的流畅。莎士比亚恰恰运用了这一不同改变了时间节奏,从而调整了视角。霍林斯赫德描述了一场漫长而又胜负难辨的战役,直到英格兰军队到来,马尔康才最终占了上风;而这在第五幕的打斗场面中被大大缩水了。伯蒂乌斯对这场战役非常不满,他把苏格兰人道德上的败坏归咎于马尔康接受了英国化。这一段声讨,被霍林斯赫德搬到书中,用在对苏格兰最初的"说明"中:与英国人接触之后,苏格兰人也开始"学他们的举止做派,接着是他们的语言……我们祖先的节制与美德,对我们自己来说渐渐变得无足轻重，尽管我们对昔日的荣誉尚有一丝留恋"。这一声讨对关于马尔康当政的叙述起到了负面影响，可能正因如此，莎士比亚把马尔康塑造为一个模棱两可的人物。大概这也是为什么麦克白讽刺道："那么逃走吧，不忠的爵士们，去跟那些饕餮的英国人在一起吧。"(第五幕第三场)。

2. 斯图亚特政治

麦克白的故事被用作斯图亚特神话的基石，这显然也是莎士比亚选择它的一个原因。1606年威廉·沃纳[1]写成了长诗《阿尔比恩时代的英格兰》(*Albion's England*，1586年首版)的《续篇》(*Continuance*)，把麦克白加了进去，追溯了斯图亚特王朝对英格兰和苏格兰的王位继承历史。从中明显看出他对新国王和新王朝颇有兴趣。但当时伊丽莎白一世依然在世，如果因为该剧正对观众口味，就认为其是有意创作出来讨詹姆士一世欢心的，这样的想法极为危险。作为剧团的资助者，詹姆士一世比伊丽莎白一世要活跃得多，他接管了宫内大臣剧团，将其整编为国王剧团。这样演员们就有义务定期在宫廷演出，也给宫廷里业余的假面剧提供专业的协助。没有证据显示詹姆士在其他方面做出过正面的干预，但是他对王室节庆主持人审查政治敏感题材，倒是做了很多负面的干预。1604年，出现了一部讲述高里伯爵

---

[1] William Warner，约1558—1609，英国诗人。——译者注

（Gowrie）在爱丁堡密谋刺杀詹姆士的戏剧，虽然该剧同样符合观众期待，却被彻底禁演。没有人知道它具体触犯了哪条审查标准，但是把一个尚处于执政期的王室搬上舞台，这是统治者绝对无法准允的。很明显必须慎之又慎，但是上赶着讨好又是另一回事。

18世纪后期，马龙提出，1606年詹姆士一世的国丈，即丹麦国王克里斯蒂安抵达伦敦进行国事访问之前，在宫廷上演了三部戏剧，其中可能就有《麦克白》。[1]但是报告中没有提及戏剧的名称，马龙也没有伪造证据来证明自己的推测。尽管如此，这个说法一再死灰复燃，尤其是H. N. 保罗（H. N. Paul）的《皇家戏剧〈麦克白〉》（*The Royal Play of Macbeth*）于1950年出版之后，如今人们时不时直接把它当成既定事实。这个观点理应被推翻，因为这会给界定该剧完成时间提供错误的证据，还会扭曲其他批评家的判断。保罗整合了众多有趣的历史素材，在处理细节时细致入微，但他认为该剧是莎士比亚奉詹姆士一世之命写成，于1606年8月在汉普顿宫上演，这个观点却没有任何的证据支持。他首先杜撰1605年詹姆士一世曾到访牛津，与莎士比亚进行了一次会晤，而他认为莎士比亚在场归结于（传说中）他与一家客栈老板夫妇（剧作家威廉·达文南特的父母）有私交。没有正式的论证来支持该观点，但之后保罗每次重提，都煞有介事，好像这事已经得到了考证。之后出现的有关《麦克白》的大量信息虽然都非常有用，却没有一条能证明保罗的这一奇思妙想。保罗本人指出，支撑自

---

[1] E. K. Chambers, *The Elizabethan Stage* (Oxford, 1923), iv. 173.

己观点最强有力的证据,是第四幕第三场称颂忏悔者爱德华通过"触碰"给患者医治瘰疬,并没有确凿的证据支持其真实性。因为詹姆士一世确实有时会去触摸病人,但是非常不情不愿,而神学上对此的严肃质疑促使他修改了这一仪式。他公开否认这是奇迹,而莎士比亚保留了奇迹的观点。为了自圆其说,保罗还提出了另一种猜测,认为地方议会热切恳请詹姆士一世继续触摸患者,尽管他对此顾虑重重。因此他们利用王室节庆主持人〔乔治·巴克爵士(Sir George Buck)〕来确保莎士比亚在剧中插入这一段,不是为了歌功颂德,而是为了劝谏国王回心转意。这件事空口无凭,也没有证据证明"一切种种都表明,8月7日在汉普顿厅上演的就是《麦克白》"。相反,保罗告诉我们,"只有窥探剧作家潜心写作时的想法,才能知晓他的内在力量",他也这样来揣摩詹姆士一世、巴克爵士,还有其他人的心思。对人物生平做过深刻研究的历史学家,也许可以只凭借洞察力,就对出名的事件做出阐释,但是保罗拿不出这样的研究,只拿出了他的洞察力,杜撰出不为人知的事件。

确实,我们仍然不清楚该剧是不是对国王的曲意逢迎。《麦克白》与过去的戏剧,《理查二世》以及《裘力斯·凯撒》不同,关注点不在王权的政治理念上。所有可能指向詹姆士一世的重要人物,或早或晚都亦正亦邪,没有定论。唯一的例外是忏悔者爱德华,但他却没有露面,并且从任何角度来说,他都是英格兰国王,不是苏格兰国王。与霍林斯赫德相比,莎士比亚可能把邓肯理想化了,但他留给邓肯的唯一美德也只是年岁和阅历,同时剧中仍旧保留了一些对他的指摘。

该剧最鲜明的反讽之一，是邓肯对忤逆的考特爵士的评论：

> 世上还没有一种方法，
> 可以从一个人的脸上探察他的居心；
> 他曾经是我绝对信任的一个人。

（第一幕第四场）

他话音未落，随即就遇见了自己仓促提拔的新晋考特爵士（麦克白），而就在刚才，观众还听到后者在思考弑君大事（第一幕第三场）。班柯被看作詹姆士一世的祖先，品行诚实，但不如《哈姆雷特》中霍拉旭那样形象鲜明。

第四幕第一场八个国王的场面，明显是对班柯的皇室后代加以戏剧化的呈现，但是其方式稍显古怪：詹姆士本人是斯图亚特王朝的第九位国王，他继承的是母后玛丽女王的王位［他的父亲，达恩利勋爵（Lord Darnley）自己也是斯图亚特家族一员，通过与玛丽联姻晋封王号］。班柯遇刺之后，霍林斯赫德列举了斯图亚特家族的完整谱系（172/b/61-174/a/25；布洛的书中没有给出细节，第499页）。虽然可以数出来有几位国王，但此处他没有一一列举，而列表中数不清的兄弟姐妹以及各自的配偶，使整体数字模糊不清了。60页以后，霍林斯赫德评论道："据此可以了解斯图亚特是如何登基的，王位传承至今：玛丽女王是如今在位的查尔斯·詹姆士（Charles James）的母亲，是国王罗伯特之后的第八位君主。"（罗伯特二世，第一位斯图亚

导　读

特国王)(245/a/67-74,布洛没有提及)。这句话很容易造成误解,让人误以为詹姆士一世是第八位国王,但是如果仔细阅读,这里明显指的是玛丽女王,霍林斯赫德写书的时候她依然在世。在《编年史》书中很多页之后(390/b/1-49,布洛没有提及)的一个段落里,他注意到两位初代斯图亚特君主之后,所有的斯图亚特即位时都尚未成年,霍林斯赫德在题为"未成年的继位者"的一条索引中,明确提到了这个段落。这一次他从一数到了九,而第九位,毫无争议就是詹姆士一世。霍林斯赫德对此印象深刻,因为幼王即位,实际上明显不利于长子继承权原则。他多次指出,这就是为什么苏格兰早期的历史中,虽然多次想要尝试建立王朝,却一直没有明文宣布。《麦克白》中,邓肯封马尔康为肯勃兰亲王(Prince of Cumberland),宣布他从年龄上已经可以封王授爵(第一幕第四场)。但是麦克白的惊恐,清楚地表明马尔康立为王储太过年幼。马尔康自己在第四幕第三场也说:"我……年轻识浅";而第五幕第三场麦克白提到马尔康,还轻蔑地称其"马尔康那小子"。马尔康从苏格兰逃亡,一开始被废黜了王位,不过这并没有引起其他王公贵族的惊讶或悔恨。第二幕第四场显示,苏格兰君主政体奉行的是推举制[1]。霍林斯赫德对这个话题的兴趣,很可能暗示了第四幕第一场出现的幽灵具有象征意义:一戴盔之头(最初的篡位),一流血之小儿,一手持树木的头戴王冠之小儿,最后是八位国王的出场。

"国王"有时候用来表示在位的女王,但是这种含义非常少见,

1　后来,推举的概念在欧洲王室(除了神圣罗马帝国)的继位问题上变成了仅仅走个过场。

而在舞台传统中都以男性的形象呈现。玛丽是一个充满争议的人物，但是如果把她删除，恐怕詹姆士一世也会龙颜不悦。如果"八王"不是一个单纯的纰漏，那么很可能是故意不提第九王——为了避免提到在位的君王，哪怕只是象征性的暗示。但如果王朝复辟之前，登台上演的都是男性国君，那么还是前后矛盾。不论做何解释，好像强调的都是尽人皆知的王室神话，而不是对国王本人的取悦。

这是一位历史学家迈克尔·霍金斯（Michael Hawkins）的一篇题为《历史、政治与〈麦克白〉》（*History, Politics, and Macbeth*）的重要论文得出的结论。[1]霍金斯颇具启发性地概述了16世纪与17世纪初重要的政治问题（第160—163页），发现剧中对这些政治问题的呈现一直都是模棱两可的。这些问题包括：前封建社会中典型的家族效忠问题，这后来发展成为更复杂的封建纽带关系，再后来特指对中央政府君王本人的效忠（由此发展出一套官僚体系，但没体现在《麦克白》剧中）。前封建时期的家族效忠形式适用于11世纪苏格兰的情况，与普遍的看法相反，莎士比亚的英国历史剧和罗马历史剧显示了他对于其他社会和政府结构的兴趣，也用来反映或者有时质疑自己的观点。裘力斯·凯撒试图把罗马共和国变成一个君主政体，通常的观点是认为这会对罗马造成威胁，但同时共和制的优点也体现出来。《理查二世》提到了象征性的王权不一定与实际的治国能力相等同，因此第四幕被整个删剪了。而在《哈姆雷特》中，推举与委任取代了王位

1　参见 John Russell Brown, ed., *Focus on Macbeth* (1982), pp. 155-188。

的世袭；诸如此类，不胜枚举。

《麦克白》中重现了家族的关系纽带，但是这一主题一直没有占据主导地位。麦克白家族没有子嗣，马尔康年轻识浅，手足无措；麦克德夫揭竿而起，既是为了血债血偿，也是出于对苏格兰国运的担忧。莎士比亚对剧中呈现的时空"特殊性"的尊重，意味着本剧没有直接表现封建纽带关系。但是他遵从了霍林斯赫德的观点，赋予了爵爷们勇敢、忠诚、荣誉等骑士美德，并且更进一步让他们谈吐也随之文雅起来。这种宫廷用语潜在的暧昧性，我在上文业已探讨。正如霍金斯指出的，这两种政治模式（家族效忠和封建纽带）都以模棱两可的形式表现出来；第三种模式，对君主个人的效忠，就更加如此了。詹姆士一世在《皇家礼物》[1]中，认识到了私德与公德之间不可避免的冲突，以及政治权宜之计的必要性。[2]邓肯年事已高，这让他成为一位族长式的国君，但是他的美德本质上属于私德，而非公德，他也没有显示出随机应变的机智。暴政更加说明了问题：霍金斯说到，詹姆士一世觉得"一种正统观点……认为宜当心甘情愿，承受最坏的暴君实施的压迫，因为这是上帝的安排，以考验基督徒作为臣民之谦卑"。麦克白在剧中主要因其暴政而众叛亲离，因为众爵爷一直都没有坐实他到底有没有犯下弑君重罪——如果没有，他登上王位就不算篡权。这个问题也一直含混不清，最后的解决办法也没有顺从詹姆士的著名观点。霍金斯最后得出结论（第180页），认为剧中一切"都在一个非

---

1 *Basilikon Doron*，詹姆士一世1599年为长子亨利而作的手册。——译者注
2 参见John Russell Brown, ed., *Focus on Macbeth* (1982), p.173。

常不稳定的政治世界中暗箱操作"。因此，该剧的政治观点包含了含混性以及其他方面的黑暗，对于詹姆士一世的回应，绝非简单的称颂逢迎。霍金斯甚至认为该剧根本不可能获选上演，供两位国王观看，现在看来，这个观点言之有理。

命运三姐妹预言班柯的子孙世代为王，这一斯图亚特王朝谱系的神话，在1605年8月19日詹姆士一世君临牛津之时，以简练的拉丁语对话形式表现出来，奉承得恰到好处。布洛的书中翻译了这一段（第470页），毫无疑问是恭维之词。所有的编年史都记载了此事，所以并没有给《麦克白》增添任何新鲜材料。莎士比亚可能对此也有所耳闻，但布洛的译文1607年才出版，他当然不可能在剧中加以表现了。

因此，我的结论是，《麦克白》主题的选择不是为了取悦国王，更多的是与公众兴趣有关，与公共剧场有关。诚然，该剧主题明显冒着政治上的危险，但保罗引用的部分，更可能是出于避免被审查的需要，而不是为了讨好国君。以及，斯图亚特政治当然是《麦克白》一剧重要的来源之一，但该剧并不是奉王室诏令而作。

3. 古典文学中的女性

经常有人提出，源自塞涅卡作品的成语为《麦克白》提供了意象，甚至修辞结构。看起来，除了《泰特斯·安德洛尼克斯》(*Titus Andronicus*)和《理查三世》之外，《麦克白》与塞涅卡作品的联系比其他大多数莎剧更加明显。这可能并非出于巧合：塞涅卡笔下的主人公要

导 读

么本身邪恶，要么像赫拉克勒斯一样，在狂怒中变身恶人。泰特斯·安德洛尼克斯逐渐执着于恶，陷入疯狂，理查三世一贯作恶多端，而麦克白逐渐堕入了他最开始在自己心里感知到的那种邪恶的深渊。莎士比亚可能在文法学校时读过塞涅卡的拉丁文原著，似乎也知道都铎时代的译本。零零散散的只言片语，很有可能来源于莎士比亚自己的记忆，也可能如缪尔（Sources，第214页）所认为的那样，源于旧著重读。

事实上，莎士比亚对塞涅卡作品的汲取，似乎是为了塑造麦克白夫人的形象，而不是麦克白的形象。最经常被提及的是《美狄亚》（Medea）与《阿伽门农》（Agamemnon）。两部剧中位高权重的女性，美狄亚与克吕泰涅斯特拉（Clytemnestra），都对她们的丈夫实施了报复，而她们的孩子们也都受到了连累：阿伽门农献祭了他和克吕泰涅斯特拉的女儿伊菲革涅亚（Iphigenia），以确保到特洛伊的航程一路顺风；美狄亚在被伊阿宋（Jason）抛弃之时杀死了他们的亲生骨肉。从霍林斯赫德关于邓沃德妻子的描述，到莎翁笔下麦克白夫人的转变，以及麦克白夫人叙述的不存在的孩子（她这么说是为了证明自己的女性特征），《美狄亚》和《阿伽门农》都对《麦克白》一剧做出了贡献。但是，如英嘉-斯蒂娜·尤邦卡[1]所言，美狄亚与麦克白夫人的形象更为接近。[2]美狄亚召唤了赫卡忒，调制了一种难以下咽的酒（比麦

---

[1] Inga-Stina Ewbank，已故利兹大学英国文学教授。——译者注
[2] "The Fiend-like Queen: A Note on *Macbeth* and Seneca's *Medea*", *Shakespeare Survey* 19 (1966), pp. 82-94，重印于 Kenneth Muir and Philip Edwards, eds., *Aspects of Macbeth* (Cambridge, 1977), pp. 53-65. 引用自 Studley 翻译的 *Medea in Tenne Tragedies* (1581), 2 vols., Tudor Translations (1927), ii. 53-98.

克白夫人更多地暗示了命运三姐妹的作用），并且在杀死自己的孩子之前，要求"解除女性的柔弱（unsexed）"：

> 假如亘古的勇气依然停驻于我的胸中，
> 放逐所有愚蠢的女性恐惧吧，从你的头脑中给予我怜悯……

不久之后她又说：

> 既然我的子宫已经结出了果实，也理应
> 向我证明能孕育更大的邪恶之力量与危险影响
> 你将如何与你的丈夫分别？你跟随他身后
> 以鲜血清洗你血淋淋的双手……[1]

对于美狄亚来说，这些描述的是事实，而对麦克白夫人而言，这些描述更关乎女性气质的概念，以及纯粹想象中对女性气质的排斥。

克吕泰涅斯特拉的人格魅力，使阿伽门农相形见绌；美狄亚的丈夫伊阿宋，在背叛美狄亚，投身到一种更为传统的生活之时，明显是软弱的。她们以暴力毁灭了负心人，但是她们的悲剧取决于丈夫的负心。麦克白夫人需要鼓舞自己摇摆不定的丈夫，也与前两者异常相似，而首先展现出野心的当然是麦克白，妻子麦克白夫人保障丈夫的

---

[1] 此二处引文为本书译者所译。——编者注

野心得以实现。如果说她不像这两位古典作品中的贵族女性那么容易被激怒,应该说她的破坏力也更逊一筹:美狄亚与克吕泰涅斯特拉确实杀了人,而她则没有(第二幕第二场)。她也不是霍林斯赫德曾明示过的那样,是一种普遍意义上的典型恶女:她的罪行依据的是"解除我的女性柔弱(unsex me here)"(第一幕第五场),主要是她的人性的颠覆,其次才是女性气质的颠覆。同理,认为剧中与她相对的女性是完美女性形象,这一观点也是错误的:麦克德夫夫人作为配角,虽出场不多,形象却相当饱满,并且在与儿子拌嘴的时候,展示了一种独立气质,令人耳目一新。她当然不是完美的偶像,可供人顶礼膜拜。最后,麦克白夫人不断质疑麦克白的"男子汉气概",重申男女之间的差异,麦克白强硬反驳道:"只要是男子汉做的事,我都敢做;没有人比我有更大的胆量。"(第一幕第七场)美狄亚的暴力在麦克白夫人这里得到了缓和,变成了半真半假的想象("我曾经哺乳过婴孩",第一幕第七场);同样,男女对立也变温和了;"解除我的女性柔弱"在一定程度上并不指向确定的含义,而麦克白在说到"男人"的时候,有时指男性,有时泛指人类。

4. 命运三姐妹

麦克白夫人的招魂术似乎只是说说而已;命运三姐妹就另当别论了。基思·托马斯《巫术的兴衰》一书研究了对"女巫"的迫害,清楚显示在女巫审判案中,不加掩饰的厌女症起到了决定性作用。但是

麦克白

当时这一主题充满争议：伊丽莎白时代最著名的研究——司各特的《巫术的发现》(1584)，从头到尾抨击了当时人们对巫术的信奉，并且强调原告指控女性实施巫术只是源于私人恩怨。詹姆士国王当时还在苏格兰，出版《恶魔研究》(1597)一书，对此加以回击。他强烈反驳司各特的观点，结合自己个人的经验，讲述传统信念的力量。1591年出版的一个小册子——《苏格兰新闻》(*News from Scotland*)，记录了艾格尼丝·桑普森[1]等人的审判案，其中提到她"供认"自己想给国王下毒，并且窃听他的隐私。[2]詹姆士1603年抵达伦敦，诏令在伦敦重新出版《恶魔研究》，并且敦促议会重新推行并加强反巫术律法的实施。他本人出席了在苏格兰贝里克郡(Berwick)进行的艾格尼丝·桑普森审判案，并且一直匿名出席了英格兰各地的审判案。但是好像他的兴趣发生了转变，开始曝光错误的指控，撤销错误的判决。但是，就算他的信心减弱了，也没有废止1603年法案。

没有任何证据显示，不论是在《麦克白》，还是在早期关于亨利六世统治的戏剧中，莎士比亚运用了上述任何一部著述。在关于亨利六世的戏剧中，圣女贞德和葛罗斯特公爵夫人都有呼唤黑暗力量的戏份。我在评论《麦克白》第一幕第三场台词的时候援引了《恶魔研究》，在评论第四幕第一场的时候援引了《苏格兰新闻》，但都

---

[1] 在苏格兰女巫审判案中获罪，1591年被实施绞刑。——译者注
[2] "于是她把王上拉到一旁，把他与王后两人在挪威乌普斯路（疑为瑞典乌普萨拉）新婚之夜说的悄悄话原本本本告诉了他，包括他俩的一问一答"，*Newes from Scotland* (1591), facsimile ed. H. Freeling for the Roxburgh Club, 1816, B2^r-B2。这个简短的小册子关于审判案语焉不详，但是提供了关于巫术与拷打的具体描述，往往充斥色情渲染。历史上的被指控者包括了博斯韦尔伯爵(the Earl of Bothwell)。

导 读

意在证明通常的看法，并非暗指莎士比亚借用了其中的词句。第四幕第一场的歌曲中好像涉及了司各特，但是这应该不是莎士比亚的亲作。

我已经在命运三姐妹的章节中，讨论了乡间巫术和命运女神的关系。关于乡间巫术，莎士比亚用的都是常识，包括第四幕第一场的巫宠和加到大锅里熬毒用的各种动物。这些情节的来源可以追溯到古典时代以及中世纪，包括塞涅卡的《美狄亚》，也包括奥维德（Ovid）的作品。但是尽管釜中炖的玩意儿似曾相识，却不是生搬硬套。没有谁能辨明三姐妹的来源，霍林斯赫德的暗示也无济于事；无疑这是莎士比亚从自己记忆中的古典神话，尤其是从德尔斐神谕（Delphic）以及其他巫卜含混的预言中拼凑而成的。结果这个混合拼接的形象，看上去宛如原创。安东尼·哈里斯（Anthony Harris）在《夜晚的黑色代理者》（Night's Black Agents, Manchester, 1980）中评论道："在《仲夏夜之梦》中，莎士比亚革新了几个世纪以来对仙女的旧有观念……同样，他也创造了独一无二的命运三姐妹形象。"（第43—44页）

5. 鬼看门人

第二幕第三场里，门房的独角戏基于14世纪奇迹剧[1]写成。传统

---

[1] Miracle play，中世纪以《圣经》故事为表演内容的戏剧。14、15世纪，奇迹剧在英国各地广泛演出，通常在圣诞节、复活节、基督圣体节等宗教节日演出，舞台架设在城市广场或可移动的大马车上。著名的奇迹剧组剧有四个，即切斯特组剧（Chester）、约克组剧（York）、威克菲尔德组剧（Wakefield / Towneley，故又称托内莱组剧）和考文垂组剧（Ludus Coventriae）。——编者注

的奇迹剧组剧演出在 16 世纪逐渐消失了,教会在宗教改革之后最终禁止演出奇迹剧;而在之后的很长时间里,奇迹剧依然留存在大众的记忆之中。现存的文本都没有指出是谁在看守地狱的入口,但是好几部讲述耶稣死后事迹的戏剧中都有两三个把门的魔鬼,它们看到耶稣到来先是大为震惊,后来愉快地给进入地狱的圣灵引路。在切斯特组剧和考文垂组剧的表演中,"堕入地狱(Descent into Hell)"场景之后紧接着考文垂组剧和约克组剧中的"地狱惨象(Harrowing of Hell)",再到切斯特组剧、约克组剧和托内莱组剧(此处是约克剧的一个版本)中的"最后审判(Last Judgement)"场景。《麦克白》中的门房好像是剧作者将该角色和把守天堂之门的圣彼得通过戏仿合并而成的一个角色,因为在这些剧中,耶稣没有请求获准进入地狱。在约克组剧的"地狱惨象"中(ed. L. Toulmin Smith, Oxford, 1885),耶稣请看门人开门:

    Principes, portas tollite,
    打开大门,你这倨傲的王子
    Et introibit rex glorie,
    至福之王应门而入。

(第 181—184 行)

在"最后审判"中,尤其是在约克组剧中,众魔鬼和《麦克白》中的门房一样,迎接了各色各样恃强凌弱的坏人。

导 读

　　门房在指名道姓的时候，有一处令人困惑：他召唤了魔鬼别西卜（Beelzebub）的名字，在后文他问："凭着还有一个魔鬼的名字，是谁在那儿？"这时又不提名字了。别西卜是《圣经》中少数几个有名有姓的魔鬼之一，在《马太福音》第 12 章第 24—27 节中，他被称为"邪灵的首领（the prince of devils）"，显然耶稣把他等同于撒旦；而麦克白的门房把他当成路西法统帅的三恶魔之一，就像马洛在《浮士德博士》(Dr. Faustus) 中戏仿的最后审判日戏剧一样，路西法由别西卜和靡菲斯特（Mephistophilis）左拥右护，在最后一幕上场。门房说不上来"另一个魔鬼的名字"，学界通常归咎于他记性不好，但是更有可能的是，这源自奇迹剧的惯例，小鬼都是无名小卒。在约克组剧的版本中，路西法在天堂单独行动，但是堕落之后他出现在地狱门口，带着一个无名的同伙。在切斯特组剧的版本里，他俩同时出现在天堂，名为路西法和莱特伯恩（Lightburn），后者其实就是路西法的英语拼法［Anglicization of Lucifer，马洛在《爱德华二世》最后一幕中也用了这个名字，莱特伯恩扮演剧中谋杀了国王的神秘小丑——原型似乎是爱德华的同性情人加弗斯顿（Gaveston）：过去认为鸡奸与恶魔有关，现在通常依然持此论调］。切斯特组剧版本中，地狱里的魔鬼又没有名字了，虽然对话显示，他们还是在天堂时的那两位；托内莱组剧版本也差不多，但是写得没有这么明确。在最后审判剧中，小鬼都是没有名字的，但是鬼王时有称谓：切斯特组剧称之为撒旦；约克组剧称为别西卜、撒旦和彼列（Belial）；托内莱组剧称为提提韦勒（Titivillus）；考文垂组剧也称为彼列。在纽卡索诺亚剧（Newcastle Noah）中，诺亚妻子问恶魔（Diabolus）叫什么名字，他拒绝回答。一直不提名道姓，明显与一个传统有关，可能是因为大众害怕说出魔鬼的名字。这无疑是门房的玩笑含义所在。

附　录　1611年环球剧院《麦克白》

西蒙·弗尔曼因其令人半信半疑的占星学，半吊子的魔术和巫术而广为人知，也因不问贫富行医问诊而大获成功（甚至成为英雄）。他于1611年4月、5月间，开始动笔写一卷记述自己观戏经历的笔记，题为"弗尔曼看戏笔记：为公共政策（公共道德）而作"。最终他只是断断续续地记录了四部戏剧：《麦克白》《辛白林》《冬天的故事》，还有一部肯定不是莎士比亚编剧的《理查二世》。后两部他标注日期为1611年，《辛白林》没有注明日期，但他宣称是1610年4月20日看的《麦克白》，当天是星期六。不过，1610年4月20日不是星期六，1611年4月20日才是星期六，这无疑是他的笔误。那时候一年还是按照旧惯例，从3月25日"圣母玛利亚日"[1]开始标注新一年的日期，所以在4月记不清今夕何夕应该很普通（就像现在1月一样）。威尔森说，5月以前几乎从来不上演戏剧。但他们更多参照的是天气，而不是日历，4月里还是时有好天气的。

众多古怪之处，让人怀疑这一文件可能是伪作。现存于牛津大学

1　Lady's Day，也称为天使报喜节。——译者注

麦克白

阿什莫林博物馆 MS 208，早在 19 世纪由科利尔（Collier）首次公之于众，收录于一批藏品中，其中几件被认定是伪作。最终 J. 多佛·威尔森在《英国研究评论》中宣称这是真品。[1]其中，最不容置疑的最后一部分出自 R. W. 亨特（R. W. Hunt）。科利尔称笔迹是真的，H. W. 布莱克（H. W. Black）在 1832 年忙于为阿什莫林手抄本做登记编录时，还给了他一本副本。

不幸的是，尽管这是真品，笔记内容中的证据依然显示弗尔曼的演出记录可信性不高。他的记忆混乱不可靠，有充足的理由认为，他既看了舞台演出，也看了霍林斯赫德的《编年史》。他极不可能看到麦克白和班柯骑在马上，如果真是这样，他们也不可能"骑马穿过一片树林"。谢莉（第 168—189 页）详细探讨了这个细节，做出结论，认为最大的可能是麦克白与班柯上场前幕后有马蹄声的音效（几乎没有舞台指令要求舞台上要出现真的马）。但是他们确实骑了马，旁边还有一棵大树，不过这是霍林斯赫德书第一版的一幅插图（Bullough，第 494 页）。在插图旁边的文本中，霍林斯赫德描述了麦克白与班柯遇到三名"如精灵或仙女一般的"[2]妇人（Bullough，第 495 页）。弗尔曼在笔记中也做此评述，但这些话在戏剧中没有，也不可能有。而任何看过 1611 年由男演员扮演的命运三姐妹的人，都不可能用这样的词来描述她们。

因此，尽管我们试图相信，但这应该不是对环球剧院上演过的

---

1 *The Review of English Studies*, 23（1947），pp. 193-200.
2 原文为 "nymphs or fairies"。——编者注

（几乎唯一的）一场《麦克白》的记叙。无疑，弗尔曼没有看过麦克白夫妇徒劳地想把手上的血迹洗掉的场景，这一幕历来被大书特书，因为他的评论感觉像是由想象而来（特别是看完麦克白夫人梦游的戏之后）。不过，如果说他的记述不可靠，也不能证明他在日记中没有提及剧中的主要事件。1611年环球剧院有可能上演了赫卡忒的戏份，也可能没有，但肯定上演了幽灵的戏份，可是弗尔曼一点都没有提到。实际上，他直到第三幕第四场班柯的鬼魂上场，都记录得非常详细，但之后就很敷衍了事了，而奇怪的是，他在总结中竟然没有找到与公共道德相关的任何内容，但他的确回头提到了梦游的场景。

基于上述原因，尽管这一段记录显然非常有趣，我还是没有把它包含在导读之中，而是放在了此处，以现代的拼写形式印出（弗尔曼自己的拼写非常古怪，肯定不是从霍林斯赫德那里发展而来的）。手抄本在S.肖恩鲍姆（S. Schoenbaum）1981年出版的《莎士比亚：记录与影像》（*Shakespeare: Records and Images*）第7—20页被加以再现、转录。

《弗尔曼看戏笔记：为公共政策而作》

1610年4月20日，星期六（占星符号显示为土星），于环球剧院观看《麦克白》。其中首先应注意到麦克白与班柯，苏格兰二绅士骑马穿过一片树林，途遇三名精灵或仙女一般的妇人，她们向麦克白问安，呼喊三回，"万福，麦克白，考顿之王（考特爵士），未来的国王，但是后继无人，等等"。班柯问道："何以只对麦克白预言，却不对我有一句话说？"三位林仙说道："是也，祝福，班柯，你虽然不是国王，你的子孙将要君临一国。"

他们就此作别，来到苏格兰宫廷，觐见苏格兰国王邓肯，彼时正值忏悔者爱德华亲政的朝代。邓肯盛情欢迎他们，立麦克白为诺森伯兰亲王（肯勃兰；伦敦人依然经常分辨不清），随后差遣他回自己城堡，命麦克白做好迎驾准备，第二天夜晚他将亲往赴宴。麦克白被妻子说服，设计谋杀邓肯，于邓肯前来做客之际趁夜弑杀国王。正逢这两天众多年轻才俊纷纷露面。麦克白行刺邓肯得手，双手鲜血无法洗去，其妻拿过沾血的匕首隐藏起来，也无法洗净手上的血迹。这表明他们两人都惊慌失措。

凶杀之事暴露，邓肯二子为求自保，一人流亡英格兰，一人逃难威尔士。因其逃离，被疑犯有弑父之罪，这当然是子虚乌有的罪名。麦克白继而被立为王，随后因惧怕老友班柯"虽然不是君王，子孙却要君临一国"，他设计除去班柯，在他骑马途中杀之。第二天麦克白设宴遍请群臣，班柯理应也来赴宴。麦克白提及高贵的班柯，希望他也到场。结果如他所愿，在他起身狂饮之时，班柯鬼魂前来，坐在他的座椅之上。他回头准备再落座之时，看见了班柯的鬼魂，随即大受侮慢（冒犯），张皇失措，暴怒不已，言及班柯被杀，众人听到此话，都怀疑是麦克白所为。

此后麦克德夫逃往英格兰，投诚邓肯世子。他们起兵杀回苏格兰，于邓西嫩（Dunsinan，弗尔曼写作"dunston Anyse"）击败麦克白。麦克德夫在英格兰时，麦克白杀戮了麦克德夫的妻小。之后于战场上，麦克德夫杀死麦克白。

还应注意麦克白之妻如何在夜晚睡梦中起身梦游，梦呓中坦白了罪行，医生记下了她所说的话。

缩写与参考文献

除非另加标出，否则书籍的出版地均为伦敦。从早期文中引用的书名与引文通常用现代拼写方式给出。

莎士比亚作品

17世纪的莎士比亚作品版本按照时间顺序排列；后来的版本按照字母顺序排列。

Witch	Thomas Middleton, *The Witch*, Malone MS 12, Bodleian Library, Oxford, *c.*1630; ed. W. W. Greg and F. P. Wilson, Malone Society Reprints (Oxford, 1948/1950)
Yale	*Davenant's Macbeth from the Yale Manuscript*, ed. Christopher Spencer (New Haven, 1961)
1674	*Macbeth*, a Tragedy: with all the alterations, amendments, additions, and new songs. As it is now acted at

	the Dukes Theatre, 1674
Cambridge	W. G. Clark and W. A. Wright, eds., *The Works of William Shakespeare*, The Cambridge Shakespeare, 9 vols. (Cambridge 1863-1866)
Clarendon	W. A. Wright, ed., *Macbeth*, Clarendon Press Series (Oxford, 1869)
Collier	John Payne Collier, ed., *The Works of Shakespeare*, 8 vols. (1842-1844)
Foakes	R. A. Foakes, ed., *The Tragedy of Macbeth*, The Bobbs-Merrill Shakespeare Series (Indianapolis/New York, 1968)
Hunter	G. K. Hunter, ed., *Macbeth*, The New Penguin Shakespeare (1967)
Johnson	Samuel Johnson, ed., *The Plays of William Shakespeare*, 8 vols. (1765)
Muir	Kenneth Muir, ed., *Macbeth*, The Arden Shakespeare (1951, rev. 1984)
Oxford	Stanley Wells and Gary Taylor, eds., *The Complete Oxford Shakespeare* (Oxford, 1986). In modern spelling; see also the companion volume in original spelling (1986), and *Textual Companion* (1987)
Warburton	William Warburton, ed., *The Works of Shakespear*, 8

	vols. (1747)
Wilson	J. Dover Wilson, ed., *Macbeth*, *The New Shakespeare* (Cambridge, 1947)

其他作品

Bullough	Geoffrey Bullough, ed., *Narrative and Dramatic Sources of Shakespeare*, v ii. *Major Tragedies* (London and New York, 1973)
Demonology	King James I, *Demonology* (Edinburgh, 1597; London, 1603)
Davenant	William Davenant, *Macbeth*: see Yale and 1674
Dent	R. W. Dent, *Shakespeare's Proverbial Language: An Index* (Berkeley, 1981)
Hawkins	Michael Hawkins, "History, Politics, and Macbeth", in J. R. Brown, ed., *Focus on Macbeth* (1982), 155-188
News from Scotland	*Newes from Scotland* (1591); facsimile ed. H. Freeling, The Roxburgh Club (1816)
OED	*Oxford English Dictionary* (1st edn.)
Pepys	Robert Latham and William Matthews, eds., *The Diary*

	of Samuel Pepys, vols. v-viii (1971-1974)
Record	W. W., *A true and just Recorde, of the Information, Examination and Confessions of all the Witches, taken at S. Oses in the Countie of Essex* (1582)
Shirley	Frances A. Shirley, *Shakespeare's Use of Off-stage Sounds* (Lincoln, Nebr., 1963)
Tilley	M. P. Tilley, *A Dictionary of the Proverbs in England in the Sixteenth and Seventeenth Centuries* (Ann Arbor, Mich., 1950)

莎士比亚作品是人生地图

——《牛津版莎士比亚》赏读

1564年,在大不列颠岛沃里克郡埃文河畔的斯特拉特福小城,威廉·莎士比亚诞生了。他的生日不详,但在当地圣三一教堂的教区登录册上有记载:"约翰·莎士比亚之子威廉,四月二十六日受洗。"当时,孩子通常在出生后三天接受洗礼,因此人们可以将4月23日推算为莎士比亚的出生日。说来也巧,五十二年后的1616年4月23日,莎士比亚逝世。伟人总有异于常人之处,于是,莎士比亚的传记作家都乐得将1564年4月23日正式定为莎士比亚诞辰日。

莎士比亚的创作时期是英国的文艺复兴时期,那个时代人们提倡遵循古希腊、古罗马的一个理念,即"人是衡量一切的标准",人文主义作家歌颂人的尊严和现实生活。在《哈姆雷特》中,受国王指派,看似与哈姆雷特意气相投的发小、朝臣罗森格兰兹和吉尔登斯特恩前去探究哈姆雷特王子精神恍惚的真正原因。哈姆雷特在他们面前说了一通"宏论",其中有一段描绘人的话,极其精彩:"人类是一件多么了不得的杰作!多么高贵的理性!多么广大的能力!多么优美的仪表！多么文雅的举动！在行为上多么像一个天使！在智慧上多么像一个天神！宇宙的精华！万物的灵长！"（第二幕第二场）但令人感到意外的是，哈姆雷特接着却说："可是在我看来，这一个泥土塑成的生命算得了什么？"哈姆雷特心境变得枯寂的原因是，他看见去世父亲的鬼魂，知道了父亲被杀那件悖人道、伤天理之事，他对叔父（现在的国王）恨入骨髓："他杀死了我的父王，奸污了我的母亲，篡夺了我的嗣位的权利。"（第五幕第二场）哈姆雷特的故事就是王子复仇的故事。在后来发生的事情中，神明般的悟性不断点亮他的内心之光，顺导他走出复杂曲折的迷宫。悟性让他觉得跟先父鬼魂见面就是一场人生噩梦，他再也不能"即使把我关在一个果壳里，我也会把自己当作一个拥有着无限空间的君王"（第二幕第二场）。他想方设法验证鬼魂的话，这时候悟性让他觉得"凭着这一本戏，我可以发掘国王内心的隐秘"（第二幕第二场）；在他思考去死还是继续活下去的时候，悟性让他觉得"惧怕不可知的死后，惧怕那从来不曾有一个旅人回来过的神秘之国，是它迷惑了我们的意志，使我们宁愿忍受目前的磨折，不敢向我们所不知道的痛苦飞去"（第三幕第一场）；在奥菲利娅将许多"芳香已经消散"的赠品还给他的时候，她已是其父亲和国王手中对付自己的工具，于是他用装疯卖傻的方式对她说："要是你一定要嫁人，我就把这一个咒诅送给你做嫁奁；尽管你像冰一样坚贞，像雪一样纯洁，你还是逃不过谗人的诽谤。进尼姑庵去吧，去；再会！"（第三幕第一场）；当朝臣奥斯里克告诉哈姆雷特，国王下赌六匹巴巴里马，雷欧提斯下赌六把法国剑和短刀，请哈姆雷特跟雷欧提斯比剑时，哈姆雷特心里很不舒服，但悟性让他觉得这已是不可回避的事："我们不要害怕什么预兆；一只雀子的死生，都是命运预先注定的。注定在今天，就不会是明天；不是明天，就是今天；逃过了今天，明天还是逃不了，随时准备着就是了。"（第五幕第二场）

在一般读者看来，做事延宕似乎是哈姆雷特的最大特点之一，柯尔律治评论说他是"过度自审的学者"，叔本华说他"厌世、愤世"，无数的评论家喜欢用弗洛伊德"恋母情结"的说法去解读他。若细读原剧，哈姆雷特对复仇一事确实瞻前顾后，还责怪自己"现在我明明有理由、有决心、有力量、有方法，可以动手干我所要干的事，可是我还是在大言不惭地说：'这件事需要做。'可是始终不曾在行动上表现出来；我不知道这是因为像鹿豕一般的健忘呢，还是三分懦怯一分智慧的过于审慎的顾虑"（第二四开本第四幕第四场），甚至在他去见母亲的路上，看见国王独自一人在祈祷，他的头脑闪过一个杀了他的念头，但他最终还是收起了刀。为什么呢？是前面所说的高贵的理性（在这里即是宗教意识基础上的道德意识之理性）阻止了他，他觉得自己的父亲正在受着煎熬；对比之下，现在国王正在祈祷，试图洗心赎罪，若当即杀了他，那"一个恶人杀死我的父亲；我，他的独生子，却把这个恶人送上天堂。啊，这简直是以恩报怨了""我的剑，等候一个更惨酷的机会吧；当他在酒醉以后，在愤怒之中，或是在乱伦纵欲的时候，有赌博、咒骂或是其他邪恶的行为的中间，我就要叫他颠踬在我的脚下，让他幽深黑暗不见天日的灵魂永堕地狱"（第三幕第三场）。因此，我的观点是，哈姆雷特做事延宕并非因为天性优柔寡断，而是等待复仇的合适时机。

这位被誉为"人类最伟大的天才之一，人类文学奥林匹斯山上的宙斯"（马克思）的剧作家，将整个人类的世界搬上了舞台，其作品具有无限延伸、超越时空的价值。他逝世四百多年来，对他的作品的研究绵绵不断，在全世界范围催生了永不枯竭的著述，甚至鸿篇巨制，以及根据莎翁原作改编的戏剧、电影、舞蹈等。

莎士比亚的作品是人生的百科全书，无论从事什么职业，无论身处何地，我们经常会在莎士比亚作品中惊讶地看到自己，看到我们生活中的人。于是，一个问题盘亘在我们的头脑里："为何老是莎士比亚？"回答似乎只能是："还有谁能像莎士比亚无处不在呢？"因为在他的戏剧中，无论你是谁，是国王、元老、王子、廷臣、贵族、富家子弟，是大将、军人、传令官、卫士、警吏，还是管家、随侍，抑或是音乐师、商人，甚至修道士、妖婆、阴魂，每个人物都按照自己的认识和思想，扮演独特的社会角色。对不同人物的一言一行，以及一个人对周围一事一物的看法与反思，莎士比亚都有不同的摹状，并见小看大，归纳至一种人、一类事。我们仅举一例，即从五部剧中看看对"虚伪、卑鄙小人"的描绘。在《哈姆雷特》中，哥哥雷欧提斯劝妹妹奥菲利娅，说哈姆雷特献的小殷勤只是逢场作戏，因此要有戒心，妹妹奥菲利娅回答道："我的好哥哥，你不要像有些坏牧师一样，指点我上天去的险峻的荆棘之途，自己却在花街柳巷流连忘返，忘记了自己的箴言。"（第一幕第三场）在《李尔王》中，弄人跟李尔王和肯特伯爵说："他为了自己的利益，/向你屈节卑躬，/天色一变就要告别，/留下你在雨中。"（第七场）在《奥赛罗》中，奥赛罗的旗官、阴谋家伊阿古用一种似非而是的方法来赢得奥赛罗对他深信不疑的信任，他说："吐露我的思想？也许它们是邪恶而卑劣的；哪一座庄严的宫殿里，不会有时被下贱的东西闯入呢？哪一个人的心胸这样纯洁，没有一些污秽的念头和正大的思想分庭抗礼呢？"（第三幕第三场）在《罗密欧与朱丽叶》中，朱丽叶听乳媪说罗密欧杀死了最亲爱的表哥提伯尔特之后，对罗密欧产生误会，描述了一种虚伪的人："啊，花一样的面庞里藏着蛇一样的心！哪一条恶龙曾经栖息在这样清雅的洞府里？美丽的暴君！天使般的魔鬼！披着白鸽羽毛的乌鸦！豺狼一样残忍的羔羊！圣洁的外表包覆着丑恶的实质！你的内心刚巧和你的形状相反，一个万恶的圣人，一个庄严的奸徒！造物主啊！你为什么要从地狱里提出这一个恶魔的灵魂，把它安放在这样可爱的一座肉体的天堂里？哪一本邪恶的书籍曾经装订得这样美观？啊！谁想得到这样一座富丽的宫殿里，会容纳着欺人的虚伪！"（第三幕第二场）

　　莎士比亚是一位天才艺术家，他能将水变成琼浆，将岩石变成纯金，将沙变成珍珠。莎士比亚是象牙塔与市井的宠儿，超越时空、万众瞩目的偶像。为什么呢？我很赞同英国18世纪新古典主义大师塞缪尔·约翰逊将莎士比亚作品比作人生地图。莎士比亚兼具心理学家的细腻观察力和戏剧家的生动表现力，创造了无数鲜明、生动的个体，构成了一幅幅人生地图。不仅如此，他更是以哲学家的高度概括能力，以思虑考察万物万事，走出盘根错节的细节，得出极具普遍性的结论,出乎常人意料,又十分入情入理。莎士比亚向我们提供了人生地图和人生智慧,这是成就他伟大的两个支柱。

莎士比亚是最伟大的现实主义大师。在舞台上,他"把一面镜子举起来映照人性,使得美德显示她的本相,丑态露出她的原形,时代的形形色色一齐呈现在我们眼前"(《哈姆雷特》第三幕第二场)。人生中具有神效的驱动力有多种,这里只是举三个例子,讲讲爱情、影响别人的欲望。在《威尼斯商人》中,巴萨尼奥打开铅箱,看到鲍西娅的美貌画像时,似乎听到满场的喝彩声,无比陶醉。这时,鲍西娅也感到无比陶醉,因为自己终于可以嫁给心爱的男人了,她说:"为了自己,我并没有野心做更好的一个人,但是为了您的缘故,我愿我能够再好六十倍,再加上一千倍的美丽,一万倍的富有;我但愿我有无比的贤德、美貌、财产和交游,好让我在您心上的账簿中占据一个靠前的位置。"(第三幕第二场)爱情让人意识到兼顾求于外、修其内两个方面的必要性。在《罗密欧与朱丽叶》中,两个情人在黑夜里想对着圣洁的月亮发誓,但又不敢,因为月有圆有缺;想私订终身,但又觉得太突然,突然得像电闪,电闪会即刻消失。于是,朱丽叶说:"我的慷慨像海一样浩渺,我的爱情也像海一样深沉;我给你的越多,我自己也越是富有,因为这两者都是没有穷尽的。"(第二幕第一场)爱情是"馈赠"自己一切的过程,这种"馈赠"不是将"投我以木桃,报之以琼瑶"视为报答,而是永以为好的必备条件。在《雅典的泰门》中,主角泰门慷慨好施,大家口头上都承认他是最为出类拔萃的人,是一个具有魅力的人。于是,诗人想象,各色各样的人都到泰门跟前献殷勤,并说出自己头脑中曾经有过的一个画面:"先生,我假定命运的女神端坐在一座巍峨而幽美的山上;在那山麓下面,有无数智愚贤不肖的人在那儿劳心劳力,追求世间的名利,他们的眼睛都一致注视着这位主宰一切的女神;我把其中一个人代表泰门,命运女神用她象牙一样洁白的手招引他到她的身边;他是她眼前的恩宠,他的敌人也一齐变成了他的奴仆。"(第一幕第一场)经济地位、社会地位到了一定程度后,谁都想享受一下高朋满座、发表指点江山高论的快乐。

接下来说说莎剧给我们以启迪的智慧问题。中道为至德,是达到和谐、平衡的必经之路,违背中道,物极必反。在《威尼斯商人》中,葛莱西安诺看到好友安东尼奥脸色不好,说:"您把世间的事情看得太认真了;用过多的担忧思虑去购买人生,是反倒要丧失了它的。"(第一幕第一场)在《奥赛罗》中,虽然奥赛罗的旗官伊阿古由于没有得到提升,最终成为邪恶的阴谋的化身,但他确实是一个聪明过人的人。在训斥威尼斯绅士罗德利哥时,他说了一段经常被人援引的话:"我们的身体就像一座园圃,我们的意志是这园圃里的园丁。"在这段话里,他说:"要是在我们的生命之中,理智和情欲不能保持平衡,我们血肉的邪心就会引导我们到一个荒唐的结局;可是我们有的是理智,可以冲淡我们汹涌的热情,肉体的刺激和奔放的淫欲。"(第一幕第三场)在《李尔王》中,葛罗斯特伯爵的儿子埃德加看到可怜的李尔王和可怜的父亲,决定陪伴他们,"倘有了同病相怜的侣伴,天大痛苦也会解去一半"(第十三场)。他不断给自己鼓气:

"一个最困苦、最微贱、最为命运所屈辱的人,可以永远抱着希冀而无所恐惧;从最高的地位上跌下来,那变化是可悲的,对于穷困的人,命运的转机却能使他欢笑!"(第十五场)

每个人有每个人的特点,每件物有每件物的特点,真正有智慧的人明白做到人尽其用、物尽其用的道理,即"圣人常善救人,故无弃人;常善救物,故无弃物"(《道德经》二十七章)。在《罗密欧与朱丽叶》中,劳伦斯神父是个努力悟道、论道、传道的人,他寻觅毒草和奇花来装满他那只柳条篮子,他说:"石块的冥顽,草木的无知,/都含着玄妙的造化生机。/莫看那蠢蠢的恶木莠蔓,/对世间都有它特殊贡献;/即使最纯良的美谷嘉禾,/用得失当也会害性戕躯。/美德的误用会变成罪过,/罪恶有时反会造成善果。"(第二幕第二场)

一个人若不懂得学习别人好的经验,借鉴别人的教训,再聪明的人也会陷入糊涂,正所谓"不贵其师,不爱其资,虽智大迷"(《道德经》二十七章)。莎士比亚又怎样从正面给我们教导,从反面给我们提醒呢?做人品德为先,怎样的人就有怎样的思想和行为。在《李尔王》中,奥本尼公爵说:"智慧和仁义在恶人眼中看来都是恶的;下流的人只喜欢下流的事。"(第十六场)说到正面的教育,怎样用一种既入世又出世的态度来看待生活,懂得知足,是重要的一课。在《雅典的泰门》中,一个元老说:"真正勇敢的人,应当能够智慧地忍受最难堪的屈辱,不以身外的荣辱介怀,用息事宁人的态度避免无谓的横祸。"(第三幕第五场)当泰门在海岸附近的窟穴中挖到那让乞丐发财、享受尊荣的金子时,他已经厌恶自己、厌恶人类了;"性情乖僻"

的哲学家艾帕曼特斯说："自愿的贫困胜如不定的浮华；穷奢极欲的人要是贪得无厌，比最贫困而知足的人更要不幸得多了。"（第四幕第三场）

　　莎士比亚于1616年4月23日逝世，他的遗骸被埋在家乡教堂的祭坛下面。根据他生前的指示，此处竖着一块墓碑，墓碑上写着："好心的朋友，看在耶稣的分上，切莫移动埋葬于此的遗骸。不碰这些石块者上天保佑，使我尸骨不安者必受诅咒。"本·琼森说："他本人就是一座没有墓志铭的纪念碑！""他不属于一个时代，而是所有的世纪。"若你想了解莎士比亚有多么伟大，我只能说，"去看他的作品吧"，因为他的灵魂、思想和心都在他的作品中向我们袒露。莎士比亚说："凡事三思而行；跑得太快是会滑倒的。"（《罗密欧与朱丽叶》第二幕第二场）在作品中，莎士比亚呈现给我们一个宽广的世界，这个世界具有多样性、复杂性，慢读、细读他的作品会让我们拥有一双深邃的眼睛，借此洞察层层叠叠的人生，拥有复杂而又简单的头脑，借此理解那繁杂一团的世界。

史志康

上海外国语大学教授、博导

中国英国文学学会副会长

2023年3月16日

于上海莎煌剧团工作室

编校说明

一、《牛津版莎士比亚》经典文库为斯坦利·韦尔斯主编的莎士比亚戏剧权威版本，由导读、戏剧正文、注释等部分构成。其中导读旨在引导现代读者从创作过程、灵感来源、批评史、表演史等角度去理解莎士比亚。戏剧正文系将早期版本经严格审校和细致注释而成，以加深读者对莎剧文本的理解。

二、考虑到本套书的读者除了莎士比亚领域的学者、研究者，还有广大的莎士比亚爱好者、文学爱好者，为平衡阅读的兴趣和需求，中文版将戏剧正文（含详尽注释）放在了前面，将专业性更强的导读放在了后面。

三、原版附有编辑过程（Editorial Procedures）一节，是对牛津版戏剧正文部分编辑过程的说明，因这一部分以解释戏剧正文的编辑思路为主，对读者理解戏剧正文帮助不大，故删去。

四、原版对戏剧正文附有详尽注释，提供了人名来源、用典出处、语气说明、表演提示、版本差异、英文单词含义等信息。编校时，删去了解释版本差异、英语单词含义等对理解中文戏剧正文帮助不大的注释，留下了与中文戏剧正文内容更相关的注释。

五、原版以附录形式补充说明了戏剧中的台词拼写、分行等问题，以及对人名的解释、戏服样式、乐谱等内容。编校时，删去了对中文读者理解戏剧正文帮助不大的附录，留下了更相关的附录。

六、原版附有英文单词索引，对中文版意义不大，故删去。

七、原版每书附有 10—20 幅插图，展现了地图、剧本插图、舞台布景、戏服、人物形象等内容，但因图片印刷质量不高，清权难度较大，且删去不影响理解文意，故删除。

八、莎士比亚戏剧文本为诗体，故标有行号；但本套书朱译版为散文体，无法标行号，故删除。非本套书莎士比亚剧本的其他参考文献，行号均为原版书行号。

九、朱生豪先生译文以作家出版社 1954 年出版的《莎士比亚戏剧集》为底本、牛津版原文为依据，进行了编校，主要处理了以下内容。

（一）漏译：漏译内容严格按照牛津版文本补出。

（二）错译：典故、隐喻缺失，理解偏差及其他错误，以准确性为标准进行了修订。

（三）分场问题：牛津版的导读和注释中有许多对戏剧原文的引用，为方便读者查找戏剧原文，将朱生豪版本的分场调整为与牛津版一致。

（四）地点说明：地点说明是后期编辑们为舞台布景之便所加，莎士比亚原剧本和牛津版剧本均不含地点说明。本系列书与牛津版保持一致，删去了朱生豪版本中的地点说明。

编校说明

十、受编者水平所限，编辑工作中难免有疏漏、不足之处，竭诚欢迎读者批评指正。

《牛津版莎士比亚》中文版编辑部
2022 年 12 月 30 日

牛津版莎士比亚经典文库

终成眷属　　　　　　温莎的风流娘儿们
安东尼与克莉奥佩特拉　仲夏夜之梦
皆大欢喜　　　　　　无事生非
错误的喜剧　　　　　奥赛罗
科利奥兰纳斯　　　　理查二世
哈姆雷特　　　　　　罗密欧与朱丽叶
裘力斯·凯撒　　　　驯悍记
约翰王　　　　　　　雅典的泰门
李尔王　　　　　　　泰特斯·安德洛尼克斯
爱的徒劳　　　　　　特洛伊罗斯与克瑞西达
麦克白　　　　　　　第十二夜
一报还一报　　　　　维洛那二绅士
威尼斯商人　　　　　冬天的故事